MÖRDAR-ANDERS OCH HANS VÄNNER
(SAMT EN OCH ANNAN OVÄN)

杀手安德斯及其全部含义

JONAS JONASSON

〔瑞典〕约纳斯·约纳松 著
祁阿红 费国萍 译

人民文学出版社
PEOPLE'S LITERATURE PUBLISHING HOUSE

著作权合同登记号　图字 01-2020-7599

Jonas Jonasson
MÖRDAR-ANDERS OCH HANS VÄNNER (SAMT EN OCH ANNAN OVÄN)

Copyright © Jonas Jonasson，2015
First published by Piratförlaget，Sweden.
Published in agreement with SPERANZA AB in association with Brandt New World Agency and Partners in Stories.
Simplified Chinese edition copyright © 2021 by Shanghai 99 Readers' Culture Co.，Ltd
All rights reserved.

图书在版编目(CIP)数据

杀手安德斯及其全部含义 /（瑞典）约纳斯·约纳松著；祁阿红，费国萍译. —北京：人民文学出版社，2021
ISBN 978-7-02-016813-2

Ⅰ. ①杀… Ⅱ. ①约… ②祁… ③费… Ⅲ. ①长篇小说-瑞典-现代 Ⅳ. ①I532.45

中国版本图书馆 CIP 数据核字(2020)第 251746 号

责任编辑　卜艳冰　邱小群　刘佳俊
封面设计　钱　珺

出版发行　人民文学出版社
社　　址　北京市朝内大街 166 号
邮政编码　100705
网　　址　http：//www.rw-cn.com

印　　刷　杭州钱江彩色印务有限公司
经　　销　全国新华书店等

字　　数　212 千字
开　　本　889 毫米×1194 毫米　1/32
印　　张　8.875
版　　次　2021 年 1 月北京第 1 版
印　　次　2021 年 1 月第 1 次印刷

书　　号　978-7-02-016813-2
定　　价　55.00 元

如有印装质量问题，请与本社图书销售中心调换。电话：010－65233595

爸爸，你本来是会喜欢这部作品的。它是献给你的。

第一部分

一个不同凡响的生财之道

第一章

在瑞典一家年久失修的旅馆接待前台，站着一个正在想入非非的男子。不用多久，他的生活就将与死亡、人身伤害、窃贼和恶棍进行亲密接触。

他是马贩子亨利克·伯格曼唯一的孙子，继承了祖父很多的缺点，不过这也是常有的事。他祖父是瑞典南部贩马这个行当中的翘楚，每年交易的马匹少说有七千匹，而且匹匹上乘。

但从1955年起，那些翻脸不认人的农民把祖父的冷血，不，热血动物都换成了拖拉机，其更换速度之快令老人难以置信。交易量从七千匹降至七百匹，后来又降至七十匹，最后降成只有七匹。五年后，家中几百万克朗的家产都在柴油的青烟中化为乌有。1960年，他那尚未出世的孙子的爹，为了尽可能拯救这个家，挨家挨户走访该地区的所有农户，大谈特谈机械化的危害。当时许多谣言不胫而走，比如说，柴油溅到皮肤上会致癌——当然，它的确溅在皮肤上了。

孙子他爹还说，研究证明柴油会引起男人不育。不过他真不该这么说，因为这种说法毕竟毫无根据；另一方面，农夫们都有孩子，少则三个，多则八个，他们虽然要养家糊口，性欲却十分旺盛，所以柴油的这个副作用，对他们来说实在是求之不得。去买避孕套是很难为情的事，但是去买麦赛福格森牌或约翰迪尔牌拖拉机就没什么难为情的了。

一贫如洗的亨利克被他最后剩下的那匹马踢死了。悲痛万分的儿子虽然没有了马,却挑起了生活的重担。他学完了一门课程,不久就被法西特公司录用。这是国际上一家主要的打字机和机械计算器制造公司。可是他的一生将第二次遭到生活的践踏,因为市场上突然出现了电子计算器。日本的产品可以放进上衣的内兜,似乎是在取笑法西特生产的那种砖头般大小的产品。

法西特机器的体积没有缩小(起码缩得不够快),但公司本身缩小了,缩到最后荡然无存。

贩马商的儿子失业了。为了逃避两次被生活欺骗的现实,他与瓶中之物结下了缘。失业,愤愤然,总是不洗澡,总是不清醒。在比他小二十岁的妻子眼里,他很快就失去了吸引力。妻子忍了一阵子,又忍了一阵子。这个有耐心的年轻女人最终意识到,有可能结束与这个男人的错误婚姻。一天早上,丈夫穿着污渍斑斑的白色内裤,在家里走来走去找东西的时候,她对丈夫说:"我要离婚。"

"你看见那瓶干邑白兰地了吗?"

"没有。不过,我要离婚。"

"昨晚我放在餐柜上的。你肯定动了。"

"可能是我清理厨房的时候把它放进酒柜了。我记不清了。不过,我跟你说,我要离婚。"

"酒柜里?我真该先看看那儿。我真傻。你要搬出去?你要带上那个刚刚尿裤子的小东西,是吗?"

是的,她把孩子带走。孩子有淡黄的头发和一双温和湛蓝的眼睛。今后,他将成为一名接待员。

孩子的母亲曾经想当一名语言教师,但在离毕业考试只有十五分钟的时候,她孩子来到了这个世界。现在,她带着小孩、自己的物品,还有签了字的离婚文书,搬到了斯德哥尔摩。她重新使用起娘家的姓:佩尔松,并没考虑会给孩子带来什么后果,因为孩子已经取名佩尔。(不是不能叫佩尔·佩尔松,不是有人叫约纳斯·约纳松嘛,但是总是有点单调乏味。)

在首都等着佩尔·佩尔松母亲的工作是马路停车管理员。她从这条街走到那条街,几乎每天都要听因违章停车被罚款的那些人喋喋不休,主要是那些被开了罚单又能轻易支付罚款的人。她成为教师的梦想——想把德语介词支配宾格或与格的知识传授给那些满不在乎的学生——中断了。

但是,这本来只是一份临时工作,他的母亲却干了很长的时间。也真是无巧不成书,有一天,一个违章停车者正在喋喋不休地抱怨时,突然发现这个穿制服的人居然是个女子,他就走了神。有了前因,就会有后果。后来他们在一家餐馆共进晚餐,等到喝咖啡加小甜点的时候,那张违停罚单已经被撕成了两半。等这个因产生第二个果的时候,这个违章者已经向佩尔·佩尔松的母亲求婚了。

谁知这个求婚者竟是一个要回雷克雅未克的冰岛银行家。他答应他的未婚妻,只要她肯跟他一起回去,她要什么都可以。他还会用冰岛男人的手臂来欢迎她的儿子。光阴荏苒,当初那个浅黄头发的小男孩,如今已经长大成人,可以自己做决定了。他希望在瑞典有个较好的发展前途,谁也无法把今后要发生的事与可能发生的事进行比较,所以无法判断这个儿子的打算是对还是错。

佩尔·佩尔松学习不是很用功,才十六岁,还在上学,就找了一份工作。他从不告诉母亲他具体干的是什么工作。他这么做自然有他的理由。

"孩子,你这是要去哪儿啊?"母亲会问。

"妈妈,我去上班。"

"这么晚?"

"是的,我们大部分时间都在营业。"

"你都干些什么呢?"

"我都告诉你上千次了。我是嗯……娱乐业的助理。人们在那里聚会什么的。"

"什么类型的助理?你们那儿的名称……"

"妈妈,我得赶紧走了。再见。"

佩尔·佩尔松又一次溜走了。本来他就不愿说更多的细节,比如他的老板在斯德哥尔摩南部胡丁厄的一幢破旧的黄色大木屋里,包装和出售临时的情爱。这家店名叫爱神俱乐部。还有,他负责后勤工作,兼任服务员和巡视员。把每个客人带到合适的房间,找到合适的情爱对象,花费合适的时间,这些都很重要。他安排时间、计算时间,隔着门偷听(放飞自己的想象)。一旦发现要出岔子时,他就发出警报。

他母亲移民冰岛后,当他完成了自己学业——正式意义上的毕业——的时候,他的老板决定转行做其他生意。于是爱神俱乐部摇身一变,变成了海角旅馆。虽然它既不靠海边,也不在海角,但是老板说:"我总得给这个鬼地方取个名儿吧。"

总共十四个房间,一晚上收费二百二十五瑞典克朗。公用厕所和浴室。每周换一次床单和毛巾,但是要等用得不能再用了才换新的。其实老板并不愿意把一个妓院改成一个三流旅馆。客人有陪床的时候,他挣的钱更多。如果姑娘们有空闲,他还能临时搂一个来取乐。

海角旅馆唯一的优势就是它看上去不违法。这位曾经的妓院老板在监狱里待过八个月,他觉得待的时间太久了。

佩尔·佩尔松展露了自己在后勤方面的天分,因而得到了接待员的工作。但他觉得情况可能会更糟糕(即使薪水不减)。他要办理客人入住登记和离店手续，务必让客人把钱付了，还要关注预定和退订的事。他可以显得开心一点，只要他的态度不产生负面影响。

这是个有着新名头的新生意，他从事的工作与以前不同，而且担负的责任也比以前更大，所以佩尔·佩尔松找到老板，谦卑地提出让老板给他调整薪水。

"上调还是下调？"老板问。

佩尔·佩尔松说他希望上调。谈话没有朝他期望的方向发展。现在他希望至少能保住现有的薪水。

他保住了。不过，老板还挺慷慨，提了个建议："他妈的，搬到前台后面那个房间里去住，这样你妈走了之后，你就不要再住那个租的房子了。"

好吧，佩尔·佩尔松觉得，这倒的确能省点钱。而且他的薪水是私下支付的，他还能领到社会福利和失业津贴。

于是年轻的接待员与工作融为一体。他不仅工作和生活在前台，而且住也住在前台。一年过去了，两年过去了，五年过去了，无论从哪个方面来看，他的情况并没有比他爸爸或祖父好到哪里去。这完全是他死去的祖父的错。老爷子曾经是个百万富翁。而他的第三代血脉现在却在旅馆站前台，接待满身臭气的客人，还说他们名叫杀手安德斯或其他诸如此类的可怕名字。

这个叫杀手安德斯的人，是海角旅馆的长住客，真名实姓是约翰·安德松，整个成年时期都是在狱中度过的。他不善言辞，不过他很早就明白一个道理：如果有人不同意，或者正在考虑不同意你的意见，那么拳头是最给力的解决办法。如有必要，他还会接着揍他们。

这种沟通方式，最终给年纪轻轻的他招来一堆狐朋狗友。这些新朋友竭力怂恿原本就很暴力的他去酗酒与服用毒丸，这下几乎把他给毁了。他二十岁的时候，就因酗酒与吸毒入狱服刑十二年，因为他无法解释他的斧子是怎么砍进那个人——那个当地最大的安非他命①经销商——的后背的。

八年后，杀手安德斯出狱了，他很高兴，想庆祝一下，可是还没等他清醒过来，就又被判了十四年。这一次他使用的是猎枪。而且是近距离，对准人家的脸开枪，而受惠者是被斧子砍死的那个家伙的接班人。前来清理现场的人看到了这个特别恶心的场面。

在法庭上，杀手安德斯说他不是故意的。至少，反正他觉得他不是故意的。他记不清究竟发生什么。之后他又犯了类似的案子。他割了另一个"药丸"贩子的喉咙，因为这人指责他态度恶劣。这个很快就被割喉的人说得基本上没错，可是这并没有能救他一命。

五十六岁那年，杀手安德斯再获自由。和前几次不同的是，这次不是在监狱外短暂逗留——这次是永久的。他是这么打算的。他要远离酒精，远离毒品，远离所有与酒精和毒品有牵连的人或物。

啤酒没那么糟糕，通常能让他开心，或者说有点开心，或者说起码不会让他发狂。

他去了海角旅馆，觉得夜里在那儿还能寻欢作乐。他在狱中十几年或者几十年都没能尽兴。结果令他扫兴，失望之余，他还是决定登记入住。他总得有个地方落脚，一晚二百克朗也没什么可计较的，再计较可能又要重蹈覆辙。

房间钥匙还没拿到手，杀手安德斯已经把自己的经历向他遇到的接待员和盘托出。即使他觉得这和后来的事没什么关系，他还是把他童年的事也说了。他的童年记忆主要是他老爸为了忍受工作的

---

① 即苯丙胺，是一种中枢兴奋药及抗抑郁症药。

压力,下班后总是喝得醉醺醺的,他的老妈为了忍受他老爸,也喝得醉醺醺的。这一来他老爸就受不了他老妈,于是就经常当着儿子的面打老婆。

接待员听完之后,什么也没敢说,赶紧和杀手安德斯握手表示欢迎,并自我介绍说:"我叫佩尔·佩尔松。"

"我叫约翰·安德松。"杀人犯说,并保证以后尽量不去杀人。接着他问接待员能不能来点儿皮尔森啤酒。他十七年一滴都没沾过,难怪喉咙有点干。

佩尔·佩尔松不想因为一杯啤酒跟杀手安德斯结下梁子。他边倒酒边问安德松先生,是否考虑过要远离酒精和毒品?

"那样不会捅娄子。"约翰·安德松答应了,"不过,听着,叫我杀手安德斯,大家都这么叫。"

第二章

从一些小事中寻找快乐还是蛮不错的。比如，几个月来，杀手安德斯既没有杀接待员，也没有杀旅馆周围的人。再比如，老板允许佩尔·佩尔松每周日关闭前台，让自己休息几个小时。只要天气（这可不像大多数东西）宜人，他就抓住机会到旅馆外面去。他没有办法去寻欢作乐，因为手头并不宽裕。不过，静静地坐在公园长凳上沉思，是不用花钱的。

他坐在那儿，随身带了四个火腿三明治和一瓶蔓越莓饮料。这时候突然有人说："孩子，你好吗？"

站在他眼前的是一个比他大不了多少的女子，显得又脏又累，脖子上有个神职人员的白色领圈，虽然上面有些污渍，但依然很显眼。

佩尔·佩尔松对宗教并不虔诚，不过，牧师总归是牧师，和他在前台上班时遇到的杀人犯、瘾君子、窝囊废一样，都值得他尊重。也许更值得尊重。"谢谢您的问候，"他回答说，"我觉得好多了。也许并不好。我觉得你会认为我的生活并不怎么样。"

天哪，自己太实诚了，他心想。最好纠正一下。"我不想麻烦你来为我的健康和幸福操心。我只要填饱肚子就行了。"他打开午餐盒的盖子，表示交谈就此结束。

可是牧师没有领会他的意思。她说如果能让他生活得更好一点，给他多少提供一点帮助也谈不上什么麻烦。至少她能为他进行祈祷。

祈祷？佩尔·佩尔松很是疑惑：这个脏兮兮的牧师以为祈祷能有用吗？她以为天上会像下雨那样下钱吗？或者下面包和土豆？不过……为什么不呢？他不愿拒绝心怀善意的人。"牧师，谢谢了。如果你认为对上天的祈祷能使我活得更容易，我是不会感到大惊小怪的。"

　　牧师笑了笑，让正享受周日休假的接待员向旁边挪了挪，给自己腾出地方。接着她就开始了自己的工作。

　　"上帝，看看您的孩子吧……顺便问一下，你叫什么名字啊？"

　　"我叫佩尔。"佩尔·佩尔松说，心里纳闷：上帝知道这个之后会干什么？

　　"上帝，看看您的孩子佩尔，看他是怎么受苦……"

　　"啊，其实我根本不知道自己是在受苦。"

　　牧师无法进行下去了。她说要从头开始，因为只有不打断她，祈祷才能有效果。

　　佩尔·佩尔松赶紧道歉，并保证让她平静地完成祈祷。

　　"谢谢，"牧师说，"上帝，看看您的孩子吧，即使他不觉得自己是在受苦，看他怎么才能感觉生活得更好吧。主啊，赐予他安全，教会他爱世人，世人也将爱他。哦耶稣啊，戴着十字架来到他身边吧，愿天国来临，诸如此类。"

　　诸如此类？佩尔·佩尔松心生疑窦，但一声也不敢吭。

　　"我的孩子，上帝保佑你具有力量和活力和……力量。以圣父、圣子和圣灵的名义。阿门。"

　　佩尔·佩尔松不知道这个人祈祷得究竟好不好，但他刚才听到的似乎有点草草了事。他正要说话，牧师抢在他前头说："请付二十克朗。"

　　二十克朗？就为这几句话？

"我难道应该为你的祈祷付费?"佩尔·佩尔松问。

牧师点点头。祈祷不是张口就来的,它需要专注、虔诚,还需要体力——毕竟,牧师也要在地球上生活下去,只要她在这里祈祷,虽然她不是生活在天堂,不过她最终还是要去的。

佩尔·佩尔松刚才听见的祈祷词既不虔诚,也无专注可言,至于到时候天堂会不会对牧师敞开大门,他没有丝毫把握。

"那么,十克朗?"牧师说。

她是不是把本来就不高的价格降到了几乎免费?佩尔·佩尔松仔细地看着她,看出了……什么。是让人可怜的东西?他肯定她很可怜,但不是骗子。"想吃块三明治吗?"他问。

她喜上眉梢。"哦,谢谢。那太好了。上帝保佑你。"

佩尔·佩尔松说,从历史角度来看,几乎所有的事情都表明,上帝太忙了,顾不上对他特别眷顾。上帝刚接受的祈祷不可能改变上述情况。

牧师似乎想要反驳,但接待员很迅速地递上午餐盒。"给。多吃少说。"

"《诗篇》第二十五章里说,上帝引导谦卑的人做正确的事,并教导谦卑的人。"牧师说着往嘴里塞满了三明治。

"你刚才说什么来着?"佩尔·佩尔松问。

她真的是个牧师。狼吞虎咽地吃完四块火腿三明治后,她告诉他说,直到上周日为止,她还有自己的会众,结果就在她布道的时候,教会执事部主席打断了她,让她从讲坛上下来,收拾东西离开。

佩尔·佩尔松觉得这真是太糟糕了,天国里难道工作都没有保障吗?

有肯定有,但主席认为他有理由采取这样的措施,而且想不到所有会众都支持他。顺便说一句，这也包括她自己。更有甚者，在她离开的时候，起码有两名会众把《诗篇》朝她身上砸。

"你可以想象，这件事说来话长了。你想听吗？我要说的是，我的生活并不像玫瑰花坛那么美好。"

佩尔·佩尔松暗自思忖：他想听牧师诉说她的一生中如果不是睡在玫瑰花坛上，那是睡在哪里？是不是他自己就有足够的苦水要倒，不需要听牧师的故事？"我觉得，听一个生活在黑暗中的人讲故事，不会使我的生活更光明，"他说，"不过如果故事不太长，我可以听个大概。"

听个大概？大概从上个周日到这个周日，她已经游手好闲地晃悠了七天，一直睡在地下室的储藏间里，还有天知道其他什么鬼地方，找到点什么就吃点什么……

"比如找到四块三明治，就吃掉四块。"佩尔·佩尔松说，"也许这儿的蔓越莓饮料，能帮你咽下我仅有的那点食物。"

对此，牧师是来者不拒的。喝完饮料解了渴之后，她说："长话短说，我不信仰上帝了，更不信耶稣。是我老爸逼着我追随他的脚步——我爸的脚步，不是耶稣的脚步——不幸的是，他没有儿子，只有女儿。我老爸也是被我祖父逼着做了牧师的。也许他们——他们俩——是恶魔派来的，很难说。反正我们家都是做牧师的。"

说到成为父亲或祖父的受害者，佩尔·佩尔松顿时对牧师产生了好感。他说只要孩子们能够摆脱长辈们为他们设置的羁绊，他们就会有明确的人生追求。

牧师本想指出没有长辈，就不会有他们，可是话到嘴边又咽回去了。她问他为什么会到公园的……这张长凳上来。

哦，这张长凳。他说他生活和工作的旅馆大堂的环境令人压抑,还说了把啤酒给杀手安德斯的事。

"杀手安德斯?"牧师问。

"是的,"接待员回答,"他住在七号房。"

佩尔·佩尔松想,既然她问了,他也不妨花点时间告诉她。于是他说起了败光百万家财的祖父、自暴自弃的父亲、改嫁给冰岛银行家并离开瑞典的母亲。他谈了自己十六岁就在妓院谋生,现在这家妓院改成了旅馆,他做了大堂的接待员。

"我现在正好有二十分钟休息时间,可以到这个凳子上来坐坐,远离干活时要打交道的那些小偷和流氓,结果遇上了一个不相信上帝的牧师;她先是想骗走我最后那一点硬币,然后吃光了我所有的食物。简单地说,我的生活就是这样。设想一下,我回去后发现那个妓院没有变成旅馆的情景吧。谢谢你为我做的祈祷。"

这个脏兮兮的牧师,嘴唇上还沾着面包屑,脸上露出了愧色。她说自己的祈祷不可能这么快就立竿见影,尤其是因为过程太草草了事,而且祈祷的聆听者并不存在。她后悔让他为那个蹩脚的祈祷付费,尤其是他这么慷慨地把自己的三明治都给她吃了。"请再跟我说一点旅馆的情况吧,"她说,"我猜大概不会有多余的房间,能让亲朋好友享受优惠价吧?"

"亲朋好友?"佩尔·佩尔松说,"我们什么时候成为朋友了?"

"哦,"牧师说,"现在也不晚嘛。"

第三章

牧师被安排在八号房间,与杀手安德斯的房间仅一墙之隔。佩尔·佩尔松从来不敢要杀手付房钱,他却让牧师先预付一周的房费,而且不打折扣。

"预付?可是我就剩下这点钱了。"

"那就更不能有闪失了。我可以临时为你拼凑几句祈祷词,是完全免费的,也许会有效果呢。"接待员说。

就在这时,进来了一个穿皮夹克、戴墨镜、留短须的男人,活像个黑帮成员,而实际上他就是。他没有客套地寒暄,而是开门见山就问在哪儿能找到约翰·安德松。

接待员身体挺得更直,回答说他不能随便泄露客人住海角旅馆的信息,因为保护客人身份秘密是他义不容辞的责任。

"你他妈的赶快告诉我,不然我就把你给阉了,"穿皮夹克的人说,"杀手安德斯在哪儿?"

"七号房。"佩尔·佩尔松回答说。

这个恶狠狠的家伙消失在走廊上。牧师注视着他的背影,心想会不会有什么麻烦,接待员会不会在想,她这个牧师能不能提供什么帮助?

佩尔·佩尔松可没这么想。他还没来得及说什么,穿皮夹克的人就回来了。

"杀手睡得像个木头。我知道他会这样——现在最好就让他暂时这么躺着。把这个信封收起来，等他醒来交给他。告诉他，伯爵向他问好。"

"就这些？"佩尔·佩尔松问。

"是的，哦，还有，告诉他信封里有五千，而不是一万，因为他的活儿才干了一半。"

夹克男说罢扬长而去。五千？很明显，这五千本该是一万。现在要由接待员来向那个可能是瑞典最危险的人解释为什么会有这个差额了，除非他把这项任务委托给牧师，因为她刚才还说要帮忙的。

"杀手安德斯，"她说，"还真有这个人？不是你瞎编的？"

"迷失的灵魂，"接待员说，"事实上，非常迷失。"

使他感到吃惊的是，牧师说既然非常迷失的灵魂这么迷失，一名牧师和一名接待员向他借一千克朗，到附近像样的餐馆好好地撮一顿，应该不违反道德吧。

佩尔·佩尔松说想不到她居然提出这样的建议，这算什么牧师？不过他也承认这个主意很诱人。当然，杀手安德斯之所以被称为杀手安德斯，绝不是浪得虚名。如果接待员没有记错的话，杀手安德斯得此诨名有三个理由：一把斧子砍进别人的脊梁、一颗猎枪子弹打中别人的脸庞、一刀割断别人的喉咙。

向杀手偷偷借钱是否明智的问题被打断了：杀手已经醒了，正披头散发地拖着脚步穿过走廊向他们走来。

"我渴了，"他说，"我今天有一笔酬金要送过来，不过还没到，我没钱买啤酒或者吃的。能不能向你先借两百克朗，等……"

这好像是询问，然而又不是询问。他指望马上就拿到两百克朗钞票。

但是牧师向前跨了半步。"下午好，"她说，"我叫约翰娜·谢兰德，以前是教区牧师，现在是自由牧师。"

"牧师都他妈的是狗屎。"杀手安德斯说，看都没看她一眼。与人沟通这门艺术从来就不是他的强项。他接着问接待员："那么，能给我点钱吗？"

"我不同意你的说法，"约翰娜·谢兰德说，"确实到处都有一些迷失的人，我们这一行里也有，不巧的是，我就是其中之一。我很乐意与你讨论此事，杀手安德斯……呃，先生。也许等以后吧。现在我想和你讨论一下一个装了五千克朗的信封，是一位伯爵送来的。"

"五千？"杀手安德斯嚷嚷道，"应该是一万！你这个该死的牧师，你把剩下的钱弄到哪儿去了？"宿醉未消、睡眼惺忪的杀手怒视着约翰娜·谢兰德。

佩尔·佩尔松可不想让大堂里发生杀牧师的惨剧，赶紧补充说，伯爵让他们转告安德松，钱只能付一部分，因为他的活儿才干了一半。他希望杀手安德斯明白，他和他旁边的牧师都是清清白白的，只是替人传话而已。

但是约翰娜·谢兰德接过了话茬儿，因为"该死的牧师"这话让她心里很不爽。

"你真不害臊！"她严厉的语气差点让杀手感到羞愧。她接着说，他这个杀手必须搞清楚，她和接待员从来没想过要拿他的钱。"虽然我们手头有点紧——确实紧。既然说到这个，我想问问，杀手安德斯，你能不能考虑先借给我们一千克朗，一两天就还。哦，当然一个星期最好。"

佩尔·佩尔松大惊失色。牧师本来还想在不让杀手安德斯知道的情况下一声不响地把信封里的钱拿走。接着她却又怒斥杀手指责他们偷钱，弄得他羞愧得脸都要红了。现在她竟然要向杀手借钱。

她知不知道自己正在招来杀身之祸?她是不是意识到她正在把他们俩都置于死地?这个女人还是去死吧!他应该在杀手还没说出更狠的话之前,就让她闭嘴。

但是,他得先帮她打圆场。杀手安德斯居然坐了下来,也许因为他太震惊了。他起初以为这个牧师要偷他的钱,现在她来不及偷了,竟然开口要借!

"我明白,杀手安德斯,你觉得你被人骗了五千克朗,对吗?"佩尔·佩尔松说,尽量显得精通财务。

杀手安德斯点点头。

"我要重申并强调,我没有,这位瑞典最奇葩的牧师也没有偷你的钱。不过,如果有什么事——不管什么事——只要我能为你效劳,你尽管说!"

"有什么事我能效劳⋯⋯"是每个服务行业的人都会挂在嘴边的口头禅,其实他们根本就是有口无心的。不幸的是,杀手安德斯却把他的话当真了。"好哇,"他无精打采地说,"请帮我把丢失的五千克朗找回来,这样我就不会揍你。"

佩尔·佩尔松没有丝毫去找伯爵的想法,因为伯爵曾经威胁要把他给阉了。假如再次碰到他就够糟糕的了,更不要说还要去找他讨债⋯⋯

接待员已然是心烦意乱,却听见牧师答应说:"一定!"

"一定?"他惊恐地重复。

杀手安德斯听见连续两次"一定"后,说了一声:"好!"

"呃,我们肯定要帮杀手安德斯,"牧师接着说,"我们海角旅馆的人愿意为你效劳。我们全方位地让所有人的生活更简单,无论是杀人犯还是抢劫犯,我们的收费也很合理。上帝并不以那种方式区分人。也许他会那样,但是我们还是先处理好这件事:你能不能解释一下你究竟干了什么'活儿',怎么会才干了一半?"

此时佩尔·佩尔松只恨无地洞可钻。他刚才听牧师大言不惭地说"我们海角旅馆的人",而她根本还没有登记入住呢,更不要说付房钱了,可是她居然要以旅馆的名义与一名杀手进行金融交易!

接待员觉得这个新房客很讨厌。但除此而外,他也不知道怎么办才好,只能站在大堂靠近放冰箱一侧的墙边上,尽量显得毫无兴趣的样子。他觉得一个人如果不去惹毛别人,就不会被别人打死。

杀手安德斯脑子里现在一片混乱。牧师在这么短的时间里说了这么多话,他根本就听不明白(再加上她是牧师这件事,就更让他摸不着头脑了)。

她好像提出要进行某种合作,这种事通常不会有什么好的结果,不过听她这么说好像也没有什么坏处。并不是所有的事情开始的时候都要大打出手的。出人意外的是,事实上往往等到最后一刻再使用这一招,效果才是最好的。

于是杀手安德斯详细地解释了他所从事的"活儿"。和他们想的不一样,他并没有杀人。

"嗯,我觉得杀人很难只杀一半。"牧师若有所思地说。

杀手安德斯说他已经决定不再杀人,因为代价太高:如果他再一次杀人,那么他在八十岁之前都别想再有自由。

可是他才出狱不久,刚找到一个地方落脚,就有四面八方的人找上门来。他们大多数人都不惜重金,想让他干掉他们的敌人或熟人,也就是说杀人。但杀手安德斯已经决定洗手不干了,或者更准确地说,他从来就没想干过。只是不知怎么搞的,每次都以那样的结果而告终。

除了合同杀人外,他偶尔也接一些合乎情理的活儿,比如最近这一次，他要去打断一个男人的双臂，因为这个人买了伯爵——杀手安德斯的雇主和老熟人——的车，把车开走了。当天晚上，那人玩二十一点纸牌游戏的时候把钱全输光了，没有付买车的钱。

牧师不知道什么是二十一点纸牌游戏——她以前两个教区的会众在礼拜结束后的联谊活动中没有用多少时间来玩这个游戏。他们玩金银棒，有时也挺好玩。总之，牧师对买汽车的过程更感兴趣。

"他没付钱就把车开走了吗？"

杀手安德斯解释说，在斯德哥尔摩的非法圈子里，这是个老规矩。在这次的事件中，尽管是一辆已经用了九年的萨姆，不过规矩还是一样的。让伯爵宽限几天是不会有问题的，但如果到期不来付款，那就麻烦了。到时候有麻烦的是借方，而不是贷方。

"比如说，要打断一条胳膊？"

"是的，或者像我说的那样，两条。如果车子成色新一点，还要根据情况，先断肋骨，然后打脸。"

"两条胳膊只断了一条。那是你算错了，还是其他什么原因？"

"我偷了一辆自行车，把棒球棒放在行李架上，骑着车子去找那小子。我找到他的时候，他一条胳膊上抱着个刚出生的女婴，他求我行行好，或者做做好事什么的。我这人内心深处还是挺善良的，我妈总这么说我。我把他的另一条胳膊打断了两个地方。我让他先把娃娃放下，免得我把他打倒在地的时候，把娃娃摔伤。我利索地挥动球棒，他真的摔倒了。现在想想，趁他倒在地上哀号的时候，我不如打断他的两条胳膊。我早就注意到，我的反应并没有自己想象的那么快。如果喝了酒或者嗑了药，我脑子就根本转不起来。不是我不想转。"

牧师留意到一个细节。"你妈真说过你心眼儿好？"

佩尔·佩尔松也在想这件事,但他坚持自己的策略,紧靠在大堂的墙上,尽量保持安静。

"是的,她说过,"杀手安德斯回答,"不过,她是在我爸威胁她不要啰嗦,不然就让她满地找牙之前说的。直到我爸喝酒喝死之前,她一直不敢多言。哦天哪。哦天哪。"

牧师本来想说解决家庭纠纷,用不着打得对方满地找牙,不过做事总要看时机和场合。这会儿她想总结杀手安德斯提供的信息,以确认她自己的理解是否正确。也就是说,他最近的雇主扣了他百分之五十的钱,因为他只在同一条胳膊上打断了两处,而不是打断了两条胳膊?

杀手安德斯点点头。是的,如果她说的百分之五十是指只有一半的钱。

是的,她就是这个意思。她又补充说,伯爵看来是过分挑剔了。不过,她和接待员很乐意帮忙。

由于接待员不愿意反驳她,牧师接着说:"给我们百分之二十的佣金,我们就去找伯爵,让他改变主意。不过这只是小事一桩。我们的合作进入第二阶段才会更有意思。"

杀手安德斯试着领会牧师的话。她说了一大堆,还提了个奇怪的比例。但是他还没来得及问什么是"第二阶段",牧师就抢先说了:

第二阶段就是在牧师和接待员的指导下,拓展杀手安德斯的小业务。他们会谨慎公关,扩大客户群;编制价目表,避免和无力支付的人打交道;制定明确的道德准则。

牧师注意到,接待员的脸色发白,就像他靠着的那面墙旁边的冰箱一样白,而杀手安德斯则显得一脸茫然。她决定暂时先停一下,让前者呼吸一点新鲜空气,让后者好好想想怎么去战斗,而不是继续想怎么去理解。

"顺便提一句，杀手安德斯的心眼儿好，我非常佩服，"她说，"想想吧，那个娃娃毫发无伤。天国是属于孩子们的。在《马太福音》第十九章里，我们可以找到证据。"

"是吗？我们能找到？"杀手安德斯问，他忘了就在半分钟前，他还决定要狠狠地扇那个一声不吭的家伙一巴掌。

牧师虔诚地点点头，没有往下说。这一章的后面就劝诫不要杀人，要像爱自己一样爱自己的邻居，还有——关于打掉牙齿的事——你要尊重母亲，同样，也要尊重父亲。

杀手安德斯脸上的怒气渐渐平息。佩尔·佩尔松本来就没有生气，现在他终于敢相信他们能逃过一劫了（也就是说，他相信在与七号房间的房客交流后，他和牧师还能活下来）。接待员开始试着用力呼吸，而且也恢复了说话的能力，并想办法向杀手安德斯解释百分之二十的意思，对改善整个局面做出贡献。杀手道歉说，他坐牢的时候，对日子的计算很有两下子，至于百分比，他只知道伏特加有四十度，在无人监管的地下室造出来的度数会更高。在之前的一些调查中，警方查明他用商店里买来三十八度酒和家酿的七十度酒来吞服药丸。警方的报告不是都那么可信，即使在刚才那个事例中，调查报告是对的，有这样的结果也不足为奇——他血液酒精含量达到一百零八，此外还包括检测到的毒品含量。

牧师被渐渐愉快的氛围感染，向杀手安德斯保证说，只要放手让她和接待员担任他的代理人，他的营业收入将会翻倍——至少如此。

这时佩尔·佩尔松机灵地从大厅冰箱里拿出两瓶啤酒。杀手安德斯一口气喝完第一瓶，接着喝第二瓶，他认为自己听懂了所有的解释。"唔，他妈的，就这么干。"杀手三口两口喝完第二瓶，打了个嗝,向他们告辞。为了表示友好,他一边说着"喏,百分之二十",一边从手头五张面值一千克朗的钞票中抽出两张递给他们。

他把剩下的三张塞进衬衫前胸的口袋里,宣布到了他吃早午饭的时间了,他要去拐角的老地方吃饭,意思是他没时间再讨论业务了。

"祝伯爵好运!"门口传来他的声音,接着人就不见了。

第四章

在《名门望族大全》上查不到这个被称为伯爵的人。其实在哪儿都查不到。他欠了税务局将近七十万克朗,可是不管多少催款通知书寄到他的已知最新地址——菲律宾首都马尼拉的马比尼大街——从来都是石沉大海,收不到任何税款。税务机关哪里知道,这个地址是信手随便选来的,通知寄到的是当地一个鱼贩子的家里。鱼贩子打开信封,把通知书用来包虎虾和章鱼。伯爵和他的女友就住在斯德哥尔摩。女友被称为伯爵夫人,是一个销售麻醉品的高级分销商。他用女友的名义在斯德哥尔摩南郊开了五家二手车销售商店。

伯爵老早就在做这一行了。早些年,只要一把活动扳手就可以拆卸旧车,重新拼装出一部新车来,并不需要什么计算机学位。不过,他进入数字技术年代,比大多数同行都顺利,所以几年之间,他的店就从一家发展到五家。随之而来的就是他与税务部门的财务纠纷,同时也给地球那一边的一个勤劳的鱼贩子带来了些许的乐趣和恼怒。

伯爵认为变化的时刻是一种机遇,而不是威胁。在整个欧洲及世界其他地区,新生产的汽车可能要卖到一百万克朗,可是借助电子学和互联网上的五步攻略,只要五十克朗就可以偷来一部车。有一段时间,伯爵专门对准在瑞典登记的宝马X5系列车下手:他在格丹斯克的搭档会派两个人过来取车,并把它们开到波兰,给这些车编造一个新档案,然后再把它们弄回瑞典。

有一阵子，这种买卖的净利润是每辆车二十五万克朗。后来宝马变聪明了，在每辆新车及车况较好的二手车上都装了GPS跟踪装置。他们没有公平竞争意识，甚至都没把这个情况提前告知偷车贼。警方突然出现在中间人位于安格赫尔姆[①]的仓库，一举抓获了那些波兰人，并缴获了他们的赃车。

但是伯爵逃过一劫。不是因为他被误认为与马尼拉一个鱼贩子生活在一起，而是因为被抓的波兰人非常热爱生活，不愿告密。

伯爵是多年前偶然得到这个绰号的，那时他以优雅的姿态威胁欠款的人。他会说出诸如"如果汉松先生能在二十四小时内结清与我的账目，我将不胜感激，保证不会把他剁成小块"之类的话。这个叫汉松（或其他什么名字）的顾客发现，最好还是把钱付了。谁都不想被剁成小块——不管多少块，因为剁成两块就吃不消了。

岁月流逝，伯爵（有了伯爵夫人这个贤内助）变得越来越粗野，接待员面对的就是这么个粗野的家伙，不过伯爵这个名头却保留下来了。

佩尔·佩尔松和约翰娜·谢兰德出发去找伯爵，代表杀手安德斯追讨五千克朗。如果成功了，七号房的杀手将来会变成他们的财源。如果失败……不，他们不能失败。

牧师建议以毒攻毒对付伯爵，她觉得表现谦卑在那些圈子里是行不通的。

接待员不同意，一再表示反对。他是接待员，擅长的是处理表格与安排接待，而不是暴力罪犯。即使要处理暴力罪犯，也绝不会

[①] 瑞典西部小镇。

拿此地最厉害的大佬来练手。而且，牧师跟她所说的那些圈子的人打过交道吗？她怎么就断定一个拥抱不能解决问题呢？

一个拥抱？找到伯爵，就现在的情况向他道歉？连小孩都知道这样做是没有用的。

"我来负责教训他，一切都能搞定。"牧师说，他们已经来到伯爵办公室门前。他的办公室周日照常开门。牧师一进门就说："这个时候，不要拥抱任何人。"

佩尔·佩尔松琢磨着，他们两个人当中，他更有可能遭到被阉割的危险。但是面对牧师的勇气，他也只好顺从。她的表现让人觉得她身边这个人不是接待员，而是耶稣。不过，他很想问问以毒攻毒是什么意思，可惜现在已经来不及了。

听到门铃响，坐在办公桌前的伯爵抬起头来。他意识到进来了两个人，但没有认出是谁。不过不是税务局的，他从其中一个人的领子就可以判断了。

"伯爵先生，你好，又见面了。我叫约翰娜·谢兰德，是瑞典教会的牧师，不久前我还是个教区牧师，现在我们不谈这个。旁边这位是我的老朋友、老同事。"

这时候，约翰娜·谢兰德才意识到自己并不知道接待员姓甚名谁。在公园长凳那会儿，他对她很好，在协商房费时，他有点儿小气，在她与杀手安德斯唇枪舌剑地交谈时，他几乎一声不吭，但后来又勇敢地和她一起面对杀手安德斯，想要瓜分伯爵那五千克朗的欠款。现在伯爵就在他们眼前。她想用祈祷骗接待员二十克朗的时候，他可能提到过自己的名字，但当时那一切又发生得太快。

"我的老朋友和老同事……当然，他也是有名有姓的。我们大家往往都有这么个玩意儿……"

"佩尔·佩尔松。"佩尔·佩尔松说。

"我说了,"约翰娜·谢兰德接着说,"我们到这儿来是代表……"

"你们不就是几个小时前我在海角旅馆见到的两个人嘛。我交给你们一个装了五千克朗的信封。"伯爵肯定自己没有弄错。当然,斯德哥尔摩南部可没多少戴着脏兮兮的领圈的女牧师,起码不会同时出现两个。

"正是如此,"牧师说,"只有五千克朗,还少五千克朗。我们的委托人约翰·安德松,让我们到这儿来收取余款。他托我转告你,满足他的愿望对大家都有好处。因为安德松先生说,如果不这样,伯爵会死得很惨,而安德松先生自己也会像以前一样,因为同样的理由再去坐二十年的牢。或者像《圣经·箴言》第十一章第十九句所说的那样,'恒心为义的,必得生命;追求邪恶的,必致死亡'。"

伯爵陷入沉思。上门来威胁他?他应该用牧师的领圈勒住她的脖子,切断她的呼吸。而这样就会像牧师解释的那样,把有用的白痴杀手安德斯变成恒定不变的老白痴。在杀手灭掉他之前,他要先下手为强,但这反过来又意味着,他再也找不到像杀手这样得力的人为他卖命,去打断别人的骨头了。至于《圣经》对这件事怎么说,他才不在乎呢。

"嗯……"他犹豫了。

牧师继续交谈的进程——她不敢有任何闪失,以免使谈判陷入僵局。她解释了杀手安德斯为什么在同一条胳膊上打断两处,而让另一条胳膊完好无损。他这么做是为了遵守与代理人——牧师本人和旁边的朋友佩尔·扬松——共同制订的道德准则。

"佩尔·佩尔松。"佩尔·佩尔松纠正说。

准则规定，他在履行责任时不得伤害孩子，杀手安德斯在突发情况下急中生智，否则就会伤及孩子。或者如主在《历代志（下）》第二十五章第四句中所言："不可因子杀父，也不可因父杀子。各人要为本身的罪而死。"

伯爵说牧师是信口雌黄，他倒要看看她怎么解决这件事。受到惩罚的受害人正开着还没付钱的车四处转悠，握着方向盘的是他那条没打石膏的胳膊！

"我们已经仔细考虑过这个难题。"牧师张口就来。回答了这个她刚刚知道的问题。

"所以？"伯爵问。

"呃，我们建议这样……"牧师灵机一动想出了办法，"你把上次任务欠杀手安德斯的五千克朗还给他。我们知道，考虑到你的业务范围，日后你还会需要他帮忙。到那时，如果我们高层管理者认为某项任务适合他干，我们肯定会根据适当的价格把任务接下来。我们再回到目标上，只要那个人身边没有娃娃，就打断他的双臂：已经治愈的那条和另外一条，即上次不该放过的那条。而且不再额外收费。"

与一名牧师以及另一个人——不管他是谁——讨论这种事情，伯爵感觉别扭，不过对方说的话倒是可以接受。他付了五千克朗，和牧师以及另一个人握了握手，答应说如果他需要给某个家伙一顿教训，一定会再联系他们。

当他们告别时，伯爵说："扬松先生，我之前说过要把你阉了，对此我表示道歉。"

"没什么的啦。"佩尔·佩尔松回答。

"一条胳膊换一条胳膊。"牧师脱口而出，她赶紧住口，以免说出《利未记》第二十四章里的"以眼还眼""以牙还牙"[1]。

"什么?"伯爵问。他疑心刚才又受到了威胁,几分钟之内被威胁两次,有点太过分了。

"没什么,"佩尔·佩尔松赶紧说了一句,抓住牧师的胳膊,"我们要出去的时候,我的小约翰娜正沉浸在《圣经》里。我的天哪,太多情了。走吧,宝贝。门在这儿呢。"

---

[1] "以牙还牙""以眼还眼"并非出自《利未记》,而是出自《圣经·申命记》第十九章。原文是:"要以命偿命,以眼还眼,以牙还牙,以手还手,以脚还脚。"

第五章

在拜访完伯爵回来的路上,牧师和接待员默不作声,各自从不同的角度在思考问题。

接待员觉得他们要倒霉了。还有那些钱,可能会让他们更倒霉。不过他已经习惯倒霉了。他几乎注意不到更多类似情况。但是除了在关于祖父的噩梦里,他还从来没见过这么一大笔钱。然而,他要和牧师商量……怎么按照要求去把人揍一顿?

约翰娜·谢兰德似乎是在寻找正确答案,不过她能想到的最合适的答案是,应该教会那些敬畏上帝的人如何做出选择。

"《诗篇》第二十五章。"她没有把握地补充说。

接待员他从来没有听到过那么愚蠢的话,并建议她动动脑子,而不是一味地背诵《圣经》语录,好像它已经深入她的骨髓。尤其是这骨髓的主人既不信上帝也不信《圣经》。佩尔·佩尔松认为,最后两条语录根本就是无的放矢。她引用最后一条语录是想说:是上帝委派他们俩,通过杀手安德斯来让那些道德有问题的人改邪归正,是吗?在这种情况下,上帝为什么要找一个不信仰他的牧师来负责这个项目呢?同时还找来一个从来都不想看《圣经》的接待员?

牧师感到有些委屈地说,驾驭人生的航船从来就他妈的不容易。从出生直到一个星期之前,她一直被禁锢在家族传统中。她现在担任了新的角色,能在更高层管理一个刺客了,但她不知道,以这种方式对本来就不存在的上帝实施报复是否正确。她只能摸索着前进。在实验期,她也许能挣到一两个克朗。说到这儿,她要谢谢佩尔·扬松或佩尔松,因为她的《圣经》"自动驾驶仪"出了点偏差,在可能最糟糕的时候对伯爵说出"一条胳膊换一条胳膊"的话,多亏了接待员机智地岔开了话题。

"没什么的啦。"接待员说这话的语气中一点自豪也没有。

他没再对其他的事情加以评论。不过看来牧师和接待员在有几件事情上还是英雄所见略同的。

他们回到旅馆。佩尔·佩尔松把八号房间的钥匙交给牧师,并说房费的事以后再说。一个星期天竟然会发生这么多的事情,他想早点上床睡觉了。

牧师尽量以与人为善的处世方式感谢他说:"谢谢你陪我度过了愉快的一天。明天见,佩尔。晚安。"

这一天,他先是遇到一个牧师,接着遇到一个伯爵,随后成为他非常熟悉的杀手的顾问,到了晚上,佩尔·佩尔松躺在前台后面房间的床垫上,抬头盯着天花板。在这里或者那里打断一条胳膊不会是世界末日,尤其是对待那些无法用比这个更好的办法来对待的人,而且这能给执行者和管理者带来财富。

牧师是他遇到的最奇怪的人。即使他这些年在被上帝遗忘的海角旅馆遇到过许多形形色色的怪事,他仍然可以这么认为。

是她让事情有了进展,在此过程中她似乎精于财务(在公园长凳那儿,她即便把祈祷词准备得再好——也挣不到二十克朗)。

"约翰娜·谢兰德,我要暂时把我的马车套在你的火车上,"佩尔·佩尔松自言自语,"我会的。你浑身散发出钱的气味,这个气味很好闻。"

他关掉床垫旁边的裸露的灯泡,很快就睡着了。

他很久都没睡得这么沉了。

第六章

　　一家专门替人打架与整人的公司要处理的事务多得出乎意料。当然，最初定下的收入分配方案是：杀手安德斯拿百分之八十，接待员和牧师平分剩下的百分之二十。但是做生意的成本也必须考虑。比如说，如果杀手安德斯的旧工作服已是血迹斑斑的时候，就需要换新的。这个问题毫无异议。但是他提出要大家平摊执行任务前他喝啤酒的钱。他声称自己清醒时无法把人打成肉酱。

　　接待员和牧师答复说，稍加练习就可以在清醒的时候发动袭击；问题是杀手安德斯从来没有试过。他们坚持自己的观点，认为他在执行任务的日子里应该少喝酒。

　　杀手安德斯在啤酒谈判中败下阵来。但是他让他们相信：指望他乘公交车去干活，或者把棒球棒夹在偷来的自行车行李架上，骑着它去执行任务，是没有道理的。大家一致决定公司承担出差时的出租车费。接待员和以前爱神俱乐部的常客塔克希·托尔斯滕谈拢了一个固定价格。当时姑娘们称这个人为"骗子塔克希"，所以这也是接待员记得他的唯一原因。佩尔·佩尔松看着曾经的嫖客，开门见山地说："让你在大斯德哥尔摩地区做私人司机，每周一两个下午，每次一两个小时，要多少钱？"

　　"每单六千克朗。"塔克希·托尔斯滕答道。

　　"我给你九百。"

　　"成交！"

　　"无论看见或听见什么，你都要守口如瓶。"

"行！我保证。"

这伙人摸索着干起来，而且每周一开一次跟进会。根据杀手安德斯所描绘的在执行任务时碰到的各种麻烦，他们不断调整当初的价目表。价格也因客户要求的组合而不同。比如，打断右腿的单价是五千克朗，和打断右臂一样。但是同时打断右腿和左臂，就要收取四万而不是三万。这是根据任务难度而定的，正如杀手安德斯活灵活现地描述的那样，在挥舞棒球棒把右腿打烂后，再要打左臂就很费事。特别是他这个人分不清左右（所以也分不清右左），做起来更是难上加难。

他们也很关注道德准则。第一条，也是最重要的规则是：当妈妈或爸爸（多半是后者）被拳打脚踢的时候，不能让孩子看到。不能直接或间接地让孩子受到伤害。

第二条规则是，由此而受的任何伤都必须在一定的时间内能痊愈：不应该让那些为自己罪行付出代价的人一辈子都一瘸一拐地走路。举例说吧，要明智一点，不要打碎膝盖骨，因为医生要把它拼合起来基本上是不可能的。不过，剁掉一根手指是可以接受的。两根也行。而且是每只手。但是，不能再多了。

最常见的订单是用棒球棒打断某人的胳膊或腿。但有时客户希望从被打的人脸上可以清楚地看出效果：这个人不守规矩，不能谨言慎行。这时候就需要用拳头，戴上铜指节套，专门把额骨、鼻梁骨、颧骨打成骨折，最好还要打得此人眼圈发黑，眉棱骨开裂（顺便说一句，最后这种情况几乎每次都会出现）。

佩尔·佩尔松和约翰娜·谢兰德都想让对方相信，被他们的代理人所打的人，都是自作自受。毕竟每个客户都认真讲述了他们自己的案子。迄今为止，他们唯一拒绝代理的是个刚刚刑满释放的海洛因吸食者。原因是他在狱中接受心理动力治疗后意识到一切都要怪他那个现年九十二岁的幼儿园老师。杀手安德斯觉得这可能有道理，但佩尔·佩尔松和约翰娜·谢兰德认为这缺乏证据。

海洛因吸食者失落无助、没精打采地离开了。更糟糕的是，那个老太太两天后就患肺炎去世了，他丧失了复仇的机会。

他们的分工是这样的：佩尔·佩尔松必须在前台工作，接收来单、报价，并承诺二十四小时内回复是否接单。然后由他召集约翰娜·谢兰德和杀手安德斯开一次管理层会议。杀手偶尔会前来开会，但是只要投票结果为二比零就可以接单。

一旦收到现金付款，就如约执行任务，通常是在几天之内，一般总是在一周之内完成。尽管有时杀手混淆了袭击部位的左与右，但客户对他的干活质量是没有理由抱怨的。

牧师试着教过杀手："你的左胳膊是戴手表的那只。"

"手表？"杀手问。自从第一次杀人之后，他学会了以年和十年来计时，而不是以小时和分钟。

"或者说，是你吃饭时拿叉子的那只手。"

"我在监狱里只用勺子吃饭。"

第七章

事实上,他们的业务还没有真正地展开,要不然他们在海角旅馆的生活会是相当滋润的。关于杀手安德斯非常厉害的传言,还没有很快扩散到合适的圈子。

这个小群体中,唯一对每周只工作几个小时没有疑义的是杀手安德斯本人。尽管他尝过了各种酒的味道,但他们不能指责他是个工作狂。

接待员和牧师经常讨论如何把他的技能推向市场。有个周五的晚上,两个人谈得非常投机。约翰娜·谢兰德提议他们去接待员的房间喝瓶酒,庆贺他们的交谈圆满结束。他的房间里除了一把椅子、一只衣橱,就是地板上的一个床垫了。这个主意听着挺诱人,但是佩尔·佩尔松对于他们的初次见面记忆犹新:当时牧师曾想骗他的钱。他可以和她一起喝一瓶酒,但最好还是在开会的地方喝,喝完各自散去。

牧师失望了。接待员虽有点令人不快,但倒也挺可爱。当初她真不该在公园长凳那儿跟他索要祈祷的费用。出乎她意料的是,她本想得到一点点的爱,没想到公园的初次相遇却使她现在处于劣势地位。

不过两个人总算还是在一起喝了一瓶酒,也许这瓶酒使他们达成了一个共识:争取媒体的关注能有效帮助他们实现既定的目标,当然这种方法也有些冒险。他们决定让杀手接受瑞典某个合适的媒体的独家采访,这样他的独特才能就会广为人知。

接待员看了各种早报、晚报、周报和各种杂志；看了各个电视频道的各种节目，听了广播，得出的结论是，全国两家小报中的一家也许能让他们得到最好、最快的结果。他最后决定找《快报》，因为它的名字听上去比《晚邮报》要快。

与此同时，牧师向杀手安德斯解释了这个计划，并且耐心帮他排练采访：告诉他要发布什么信息，哪些要说，哪些坚决不能说。总而言之，他在报纸上的形象将会是：

1. 待价而沽
2. 危险
3. 疯狂

"危险和疯狂，我觉得我能做得到。"杀手安德斯说，但他的语气似乎不太自信。

"你具备所有的先决条件。"牧师鼓励他。

一切准备就绪之后，接待员与他所选中的报纸的新闻编辑取得了联系，说他能够帮他们安排对那个杀人狂魔安德松进行独家专访，还说这人还有个知名度更高的绰号——杀手安德斯。

那位新闻编辑从未听说过这个杀人狂，不过她听了之后，认为这会是个很好的新闻标题。"杀手安德斯"这个说法符合标准。她要求了解更多情况。

佩尔·佩尔松解释说，事情是这样的，约翰·安德松因为多次杀人，整个成年时期都是在监狱里度过的。也许叫他杀人狂魔有些夸张，但是除了那几个被他杀了的人（他也因此被判入狱）之外，佩尔·佩尔松说他不敢想象杀手安德斯的衣橱里还可能藏着多少副骨架。

总之，这部活的杀人机器最近出狱了，他通过佩尔·佩尔松传话，说他想接触《快报》，宣布他已经洗心革面。也许还没有。

"也许还没有？"编辑不禁问道。

报纸很快就查明了约翰·安德松可怜的历史。新闻媒体上以前从来没有出现过杀手安德斯的名字，于是接待员做了充分的准备，想解释杀手的绰号最近是怎样在狱中被叫开的，不过他的忧虑是大可不必的。报纸说既然名字叫杀手安德斯，那就叫杀手安德斯。这很好嘛！报纸这次就独家使用"杀人狂"，超越任何老套的耸人听闻的谋杀报道。

第二天，一名记者和一名摄影师在有点像妓院大厅的海角旅馆大堂里与杀手安德斯以及他的朋友们见面。他的朋友们把记者拉到一边，解释说他们俩不能出现在这次报道中，因为曝光会危及他们的生命。询问记者能不能保证做到这一点。

年轻的记者明显有些紧张，他必须考虑一会儿。以前还从来没有过外人对报纸的新闻报道方式提出过什么条件。不过既然约翰·安德松是采访对象，略去中间人也是合情合理的。他们俩提出的只能拍照、不能录音或录像的要求，执行起来有些难度。现在接待员又以含糊不清的理由，要求保证他本人和牧师的人身安全。记者和摄影师的脸色沉下来，不过他们最终还是答应了。

杀手安德斯详细描述了他这些年来杀人的种种手法。但是，根据之前商量的公关策略，他不能提酒精和毒品对他行为的影响，他只能列举使他勃然大怒而再次使用暴力的因素。

"我憎恨不公正。"他告诉《快报》记者，因为他记得牧师说起过这个。

"我觉得每个人大概都这样，"仍然很紧张的记者回应说，"你想到什么具体不公的例子了吗？"

杀手安德斯和牧师准备过这个话题，不过此刻他的大脑一片空白。他早餐时是否应该喝点啤酒，让大脑能正常工作？或者说，他已经喝多了？

他没办法穿越回去补上早餐啤酒，好像也就不可能在早餐时让自己喝多了。他打了个响指，让接待员从冰箱里拿了瓶新鲜的皮尔森啤酒。杀手把啤酒瓶拿在手里，十五秒钟打开瓶盖，半分钟把啤酒一饮而尽。

"呃，我们说到哪儿啦？"杀手安德斯一边问，一边舔掉嘴唇上的啤酒沫。

"我们正在讨论不公正的问题。"记者回答。他从未见过这么快喝完一瓶啤酒的人。

"哦，是的，说到我怎么憎恨，对吗？"

"是的，你憎恨什么样的不公？"

在所有的排练中，牧师发现杀手的理智说来就来，说走就走。现在他的理智已经信马由缰了。

她想得没错。杀手安德斯一辈子都不记得应该憎恨什么。刚刚喝下去的啤酒更令他心满意足。他坐在那儿，几乎爱上了整个世界。不过他当然不能这么说。他只能即兴发挥。

"是的，我憎恨……贫困，还有可怕的疾病。它们总是伤害社会上的好人。"

"是吗？"

"是的，好人得癌症什么的，坏人就不得。我恨这一点。我恨剥削普通人的家伙。"

"你想到了谁？"

是啊：杀手安德斯想到谁了呢？他想到了什么？他怎么就想不起来自己该说什么呢？关于杀人的话题，他是不是应该宣布不再杀人了，还是相反的话？

"我不再杀人了，"他脱口而出，"也许还会杀。在我那份憎恨名单上的人都得小心。"

憎恨名单？他心里嘀咕。**什么憎恨名单啊？哦，可别让记者接着问……**

"憎恨名单？"记者问，"上面都有谁？"

该死！一时间，杀手安德斯的脑袋天旋地转。**我要好好地想想……是什么来着？**他应该表现得疯狂、危险。还有什么呢？

牧师和接待员没有祈求神灵保佑他们的杀手，保佑他好好地应付这次采访，因为他们觉得他们自己与神灵的关系很差。但是他们还是满怀希望地站在那里，希望杀手安德斯能有办法化解窘境。

杀手安德斯的视线越过《快报》记者的肩膀投向窗外，他能认出街对面一百码开外一座大楼上的瑞典地产中介的霓虹标志。它旁边是瑞典商业银行在这个郊区的支行。从座位上，他几乎看不到，但他知道它就在那儿，因为他曾多次站在那儿的公交车站站台外，抽着烟，等公交车带他去最近的某个藏污纳垢之所。

杀手安德斯思路混乱，任由看到的事物给自己灵感。

地产中介、银行、公交车站、吸烟的……

他从未拥有过步枪或者手枪，但这并不代表他不会凭经验射击。"谁在我的憎恨名单上？你确定想知道吗？"他压低了嗓门，话说得很慢。

记者点点头，表情严肃。

"我讨厌房地产经纪人，"杀手安德斯说，"或者银行职员，吸烟的人，乘公交车的上班族……"

这些就包括了他看见的和记得的马路那边的所有一切。

"乘公交车的上班族？"记者很吃惊。

"是的,你有同感吗?"

"不。我是说,你怎么会憎恨乘公交车的上班族?"

杀手安德斯好像进入了角色,开始尽情发挥。他把嗓音压得更低了,语速更慢了:"你喜欢乘公交车上下班吗?"

此刻,《快报》记者真的吓坏了。他向杀手保证说,他不喜欢乘公交车上下班,他和女友都骑车上下班,另外他也没想过对乘公交车的上班族应持怎样的态度。

"我不喜欢骑自行车的人,"杀手安德斯说,"不过更不喜欢乘公交车的人。也不喜欢在医院工作的人,还有园丁。"

杀手安德斯开始自由发挥了。牧师觉得最好打断他,免得记者和摄影师意识到他在捣乱,或者胡言乱语,或者两者兼而有之。

"抱歉,请原谅,杀手安德斯,我指的是这位约翰,下午要休息了,他还要吃一片黄色和一片橙色的药丸。必须确保今晚不出意外。"

采访没有按照计划进行,不过他们还是有点幸运,他们设法让采访对他们有利。牧师感到有些遗憾,因为最重要的部分还没有说到。这个部分她对杀手重复说过不下二十次。不妨这么说吧,就是一种广告词。

就在这时候,奇迹发生了。他想起来了!摄影师已经上了报社的车,坐在方向盘后面,记者的一只脚也跨上了车。杀手向他们喊道:"如果你们需要打碎膝盖骨,知道去哪里找我!我的开价不高,但我的手段很高。"

《快报》记者睁大眼睛。他感谢杀手提供的信息,把另一条腿收进车里,右手揉着完好无损的膝盖骨,关上车门,对摄影师说:"快走。"

次日《快报》的海报式标题是：

瑞典最危险的人？
杀手
安德斯
在独家专访中，他宣布
"我要再次杀人"

那句引语并非原文再现，但是如果人们说的话不适合用作标题，报纸只能写出被访者可能要表达的意思，而不是他们得到的真正的原话。此谓之创意新闻。

报纸用整整四个版面向读者描述了杀手安德斯如何可怕：在这篇报道中，他承认了自己的种种暴行，尤其是他潜在的心理变态倾向——他憎恨所有人，房地产经纪人、医务工作者……以及乘公交车上下班的人！

杀手安德斯对大多数人类怀有刻骨仇恨。最终的结果是：没有人，绝对没有人能安然无恙。因为杀手安德斯的服务是可以花钱买的。他说如果价钱合理，他愿意代表《快报》记者打碎一个人的膝盖骨，任何人的膝盖骨。

报纸上除了勇敢的记者采访杀手的报道，还刊登了对一位精神病专家的采访。专家在接受采访时，强调说他只能用一半时间泛泛而谈，另一半时间解释说，不可能把杀手安德斯关起来，因为从医学角度来说，他现在并没有对自己或他人构成危险的记录。他肯定有犯罪记录，但是从法律角度上来说，他已经赎过罪了。只是嘴上说说，假定他在一个假定的未来可能会实施更多暴行，但这种假定是没有用的。

报纸根据精神病专家的话推断，除非杀手安德斯再次行凶，否则社会对他无计可施。也许这只是时间问题。

报道的结尾是一篇情绪激动的专栏文章，作者经常在这家报纸亮相。她在文章开头就写道："我是一个母亲。我是一个乘公交车上下班的人。我惊恐万分。"

《快报》报道之后，斯堪的那维亚半岛上那些可以想象得到的地方，以及欧洲其他一些地方，纷纷要求对杀手进行采访。接待员只接受了几家国际报纸（德国《图片报》、意大利《晚邮报》、英国《每日电讯报》、哥伦比亚《日报》、法国《世界报》），仅此而已。他们用英语、西班牙语或法语提问，富有语言天赋的牧师帮着进行沟通，她翻译出来的内容不是杀手安德斯当时所说的话，而是他应该说的话。不可能让他在电视镜头前，或者在懂得他所说内容的记者面前随心所欲地发挥的。他们三个人别指望能重新创造出和《快报》打交道时的好运。只要让其他斯堪的纳维亚的媒体复制《世界报》的引言（杀手的原话，但经过牧师歪曲和修饰之后的译文），就不会出错。

"你的公关能力是无与伦比的。"约翰娜·谢兰德对佩尔·佩尔松赞赏有加。

"没有你的语言天赋，事情就无法取得成功。"佩尔·佩尔松也投桃报李。

第八章

这个人成了在瑞典和半个欧洲大陆都赫赫有名的"杀手安德斯"。他每天要到中午十一点左右才醒来。他会先穿衣服（如果他睡前脱衣服的话），然后懒洋洋地穿过走廊去吃早饭——接待员为他准备的奶酪三明治和啤酒。

此后他会稍事休息，到下午三点左右才真正有了饿意。这时他就去当地小酒馆吃一点瑞典家常菜，再喝点啤酒。

如果不工作，他就这样打发时光。自从引起媒体关注之后，他的工作频率越来越高。他与接待员、牧师的生意如预期一样火爆起来。周一、周三、周五都要干活，杀手安德斯已经不愿意再多干了。实际上，他根本就没有要比现在干得更多的愿望，因为要求打碎膝盖骨的订单比原计划多了这么多。当然，这是他无意中亲口说的，为的是在报纸上招揽业务，但那些要求造成别人肢体伤害的人，想象力似乎太贫乏，根本提不出自己的意见。

吃完家常饭菜后，杀手立即着手安排自己的任务，然后进行当晚的开怀畅饮。由于坐出租车来回，他干一票大约只要一个小时左右。控制醉意非常重要，如果事前喝太多啤酒，可能会坏事。多喝几杯啤酒，就会把事情弄糟，出现比较滑稽的结局。当然不会像在菜单上加上烈酒和药品那么滑稽可笑。再蹲十八个月大牢，他可以忍受，但是再蹲十八年，他是绝对不能忍受的。

如果牧师和接待员有话要对他们的生意伙伴说，最合适的时间是十一点吃早饭和下午三点吃晚饭之间。这段时间，杀手安德斯已

· 43 ·

从讨厌的宿醉中清醒过来，而当天的酗酒尚未开始。

碰头会可以随时召开，但是，每周一上午十一点半的会议则是固定的，在旅馆小小的大堂里碰头。大堂的一个角落正巧有一张桌子和三把椅子。总之，只要没在城里某个奇怪的地方醉得不省人事，杀手安德斯就会来开会。

每次开会的流程相同。接待员给杀手安德斯一瓶啤酒，给自己和牧师各一杯咖啡。接下来就讨论新的订单、下一步的行动、财务方面的进展，以及一些其他事务。

他们在业务上真正存在的唯一问题是，在打断某人胳膊或者腿的时候，尽管事先给了杀手安德斯各种好的建议，但真要一动起手来，他还是分不清左右。牧师尝试着教他一些新的窍门，比如右边就是你通常与别人握手的那一边。但是杀手说他不习惯和别人握手。如果气氛友好，他常常是举杯，如果不友好，他的两只手都要派上用场。

牧师想，可以在杀手安德斯的左拳上写个大写字母 L。这肯定能解决问题。杀手点头表示同意，但是觉得为保险起见，可以在另外一个拳头上写个大写的 R。

这个主意被证明是弄巧成拙：当对于杀手安德斯来说是左时，对于那个面临巨大不幸的被袭击目标，当然就是右。所以直到在杀手的左拳写上 R（反之亦然）之后，这个方法才变得有效。

接待员很开心地说，他们的客户网络正在拓展；左右拳调换之后，客户的投诉几乎没有了；他们收到来自法国、德国、西班牙和英国的订单。不过，没有意大利的，因为那些事情他们自己似乎就可以在那里摆平。

问题在于他们是否要扩大经营。公司是否到了招募新成员的时候了？杀手是否能推荐合适的人选？这个人可以去打断别人的胳膊和腿，但是能把握分寸吗？假如杀手坚持每周只工作三天，而且每天不超过一两个小时呢？

　　杀手从这些话里听出了批评的意思，他回答说他可能不像接待员和牧师那样对攒钱那么感兴趣，但是他感到自己能正确把握有意义的空闲时间。一周工作三天已经足够了，他不愿意在自己休息的时候任由粗暴的年轻人甩着胳膊四处晃悠，坏了他的好名声。

　　他们刚才说的一大堆国家的名字，杀手要说的只有一句：**不是要你的命**！杀手安德斯并不仇外，那不是问题，他坚信所有的人都应该平等：即使面对要被他打成肉酱的人，他也想和他们说一声"你好"或"早安"，也会想表现得彬彬有礼。毕竟，这难道不是一个人应当期待的吗？

　　"这叫尊重，"杀手愠怒地说，"不过你们俩也许从来就没有听说过。"

　　杀手认为，对一个即将被自己打得半死的人，也要说几句客套话以示尊重，接待员对此不置可否。但是，他尖刻地说，他知道杀手安德斯并没有积累成堆的金钱。几天前的一个晚上，一个自动点唱机被扔出杀手最喜欢的那家酒馆的窗外，只是因为他们放错了音乐。"在那个有意义的空闲时间里你花了多少钱？两万五？三万？"佩尔·佩尔松质问，对自己敢于提出这个问题有些沾沾自喜。

　　杀手安德斯说三万更加接近事实，还说那不是他一生中最有意义的事。"但是，什么人才会花钱听唱机里的胡里奥·伊格莱西亚斯唱歌？"

第九章

佩尔·佩尔松认为，生活欺骗了他，这是客观事实。他不信奉神灵，而且他祖父早已过世，当他遇到挫折的时候，没有什么事或什么人能给他任何指引。因此，前不久，还在前台工作的时候，他就决定要讨厌整个世界，讨厌这个国家所代表的一切，讨厌它所容纳的一切——包括它的七百万居民。

他没有任何直接的理由将约翰娜·谢兰德排除在外，因为这个牧师在他们初次见面的时候居然想骗他的钱。但是牧师的痛苦经历使他想起自己的境遇。相识的第一天还未过去时，他们已经匆忙地在一起共同进餐了（事实是，牧师吃完了接待员所有的三明治），除此之外，他们居然还有时间成为帮人报仇这一行当的搭档。

从第一天起他们之间就形成了密切的关系，不过接待员没有像牧师那么轻松地就认识到这一点。也许他还需要一些时间。

他们经营了将近一年，接待员和牧师挣了大约七十万克朗，而杀手挣了他们俩的四倍。接待员和牧师有时一起吃点好的、喝点好的，但是他们把大部分收入都存起来了，整整齐齐地藏在前台后面那个小房间的两只鞋盒子里。

心性耿直的接待员和大胆、有创意的约翰娜·谢兰德在性格上形成了互补。她喜欢他对现状的那种厌恶情绪，知道自己与他是同病相怜。最后，一个从未爱过任何人的男人（包括他自己），却抵挡不住地球上另一个人所顿悟到的深刻见解，即人类中的其他人都无足轻重。

有一天，他们去南马尔默庆祝他们收到的第一百号合同的预付定金。这笔生意获利颇丰，要求打成四肢骨折，再打断几根肋骨，还要把面部打得变形。返回旅馆后，佩尔·佩尔松情绪非常好，不禁问约翰娜，是否记得几个月前她提议在他房间过夜的事。

　　牧师记得自己的提议以及对方的拒绝。

　　"我想，此时此刻你不会考虑再提出这个问题了吧？"

　　约翰娜·谢兰德莞尔一笑，反问他如果问了会不会再碰一鼻子灰。毕竟没有哪个女人愿意连续两次听到"不"。

　　"不。"佩尔·佩尔松说。

　　"不什么？"约翰娜·谢兰德问。

　　"不，如果你再问，是不会第二次听到'不'的。"

　　虽然他们可能是这个国家最痛苦的两个人，可是在床垫上却激情满满，非常欢愉。事后牧师进行了一个简短的、第一次如此真诚的布道，主题是信念、希望以及爱，而且说保罗会认为他们之间的爱胜于一切。

　　"他的这个想法似乎是对的。"接待员说，不管感觉如何，他已经感觉到了，他意识到自己都头晕眼花了。

　　"嗯，"牧师接着把话说完，"保罗也有很多谬论。比如他认为女人是为男人创造的，没有跟她说话，她不能先开口，还有男人不能与其他男人上床。"

　　接待员避开了谁是为谁创造的问题，说他只记得有一个，最多两个例子，说明牧师不说话更好。至于谁应该和谁上床，他绝对喜欢女牧师而不是男杀手，说得不一定对，但他不明白的是，这与保罗有什么相干。

　　"至于我，我宁可抱着自行车停放架睡觉，也不会选杀手安德斯，"牧师说，"不过，其他方面我完全赞成你的看法。"

当接待员琢磨《圣经》上对于女人和自行车停放架的性关系是怎么说时，牧师提醒他，保罗那个年代还没发明出自行车，也不可能有自行车停放架。

两个人搁下这个话题，开始了另一次激情，与前一次一样愉悦，没有任何的恨。

在一段时间里，一切似乎都在往好的方向发展。牧师和接待员都在心满意足地一起憎恨这个世界，包括这个世界上的所有人。现在他们的负担只有一半了，因为，他们每个人只要恨三百五十万人，而不是七百万。另外（当然）有相当数量的人已经不复存在，其中有接待员的祖父、牧师的整个家族，还有——尤其是！——马太、马可、路加、约翰，以及《圣经》上所有迫害（并继续迫害）约翰娜·谢兰德的人。

虽然这对坠入爱河的情侣挣了七十万克朗，可是根据合同，杀手安德斯却净挣了两百八十万克朗。不过由于他常常包下整个酒吧为他服务到半夜，所以他最多也就剩下几张千元大钞。他挣钱的速度快，花钱的速度也几乎一样快。如果他的钱存到一堆可观的现金，他会在酒吧里玩得特别尽兴，比如把自动点唱机扔出窗外。

"你就不能把插头从墙里拔出来吗？"第二天，酒吧老板会小心翼翼对这个面有愧色的常客说。

"是的，"杀手安德斯说，"那的确是个比较理性的办法。"

这种事正中接待员和牧师下怀，因为只要杀手安德斯不像他们那样，往盒子里存满钱，他就要代表那些有自己正义标准的人去行侠仗义。

但接待员和牧师不知道，过去一年里，杀手安德斯越来越体验到生活没有希望。顺便说一下，他自己却几乎仍没有意识到这一点。他的一生都是靠拳头与他人讲理。不过用这种方法来对付自己可就没那么容易了。所以他现在每天喝酒的时间提前了，而且比以前更重视喝酒了。

喝酒确实有效。但是，酒是需要不断进行补充的。牧师和接待员开始笑容满面地并肩散步，但这并没有使杀手的状况得到改善。这他妈的有什么意思？他迟早还是要返回属于他的那个地方？

也许他还不如加快节奏，脱离苦海，不当这个头号大傻瓜，回去再坐个二三十年牢——虽然这是他决心要躲避的命运。一个好处就是，在他出狱前，牧师和接待员没法再傻笑了。经过二十年时间，新的恋情总不会还是那么新鲜、那么充满爱意吧。

一天上午，杀手安德斯尝试用一种陌生而笨拙的方式寻找真谛，他问自己这一切究竟是为了什么。比如，扔点唱机的事究竟意义何在？

当然他可以拔出插头，那样胡里奥·伊格莱西亚斯就唱不出来了，而他那些粉丝就会暴跳如雷。围着一张桌子坐着四个男人和四个女人：当时最好的结果就是把那个嚷嚷得最凶的家伙放倒，最糟的结果是把八个人全部放倒。只要运气稍有偏差，有一个人也许就永远也爬不起来了，他又要去蹲二十年大牢，也许还会增加或减少十年。

当时比较实际的解决方法是，让这八个傻瓜选择他们自己喜欢听的音乐。除非他们达成共识，要听胡里奥·伊格莱西亚斯的歌。

对杀手安德斯而言，在他端起自动点唱机并把它扔出窗外的时候，他不仅终止了他自己和其他人的夜晚，而且让他那具有毁灭性的自我控制了他那具有极端毁灭性的自我。这样做很有效，也很昂贵。但是——重要的是——这让他在自己床上醒来，而不是在牢房里等着被送到更加遥远的地方。

那台自动点唱机救了他一命，或者说他以点唱机为武器救了他自己一命。这是不是意味着踏上了重返监狱的路？而不像他内心嘀嘀咕咕所说的那样，还是可以避免的？如果生活中没有暴力，就像生活中没有被扔出去的点唱机，那又会是什么样的情况呢？

　　在这种情况下——他怎么才能发现是这种情况，会导致什么样的结果呢？

　　他一边思考，一边打开当天的第一瓶啤酒，接着是第二瓶。然后他就忘记了自己在想什么，但是他的心结也随之消失，真是太好了！

　　啤酒是生命之水。接着喝的第三瓶往往是最美的。

　　妙极了！

　　他想。

第十章

终于有一天，这个小群体要还伯爵的人情债了。这次的受害者是他的一名顾客，因周末试驾雷克萨斯RX450h，结果导致车子被人偷了。

至少他是这么说的。

实际上他把车藏在达拉纳的姐姐家了。他姐姐不假思索地就坐在方向盘后来了张自拍，然后把照片发到"脸书"上。这张照片在"脸书"上一传十，十传百，几个小时之后，伯爵就知道了事情的真相。这个骗人的顾客还没发现自己已经暴露，他的脸就被打烂，牙也被打掉了。由于车龄与预期价格（这辆车成色新，价格高），他的一条膝盖骨和胫骨也遭了殃。

这本是一件常规的活，但十九个月前的协议规定，这次的价格还包括打断那个玩二十一点很蹩脚的人的两条胳膊，上次因为现场有个小孩，只打断了他一条胳膊。

杀手安德斯完成了这项工作，而且很圆满（两条胳膊总比一条胳膊容易，因为他无须区分左右）。事情本来就可以这样结束了，但是他突然想起和牧师第一次见面时说他的好话：杀手安德斯尊重孩子，这很好。

不管谈什么事情，牧师总是会提到《圣经》。如果《圣经》里类似的事情更多，那又怎么说呢？终究要比魔鬼多吧。那些故事能让他感觉……好一些？能让他成为不同的人？他的头脑里总在东想西想，他一直在借酒浇愁，想把那些东西忘记。

第二天他就想和牧师谈谈,牧师会告诉他的。第二天。还是先去酒吧好了,现在已经是下午四点半了。

除非……

如果他先去旅馆,让牧师为他对这样那样的事情做出这样那样的解释,然后再去借酒化解心中的烦恼,又会如何?牧师说话的时候他不必开口,他只需要听着,同时还能喝酒。

"听着,牧师,我要跟你谈谈。"
"你要借点钱?"
"不。"
"冰箱里啤酒没了?"
"不是。我刚刚看过了。"
"那你要什么?"
"跟你谈谈,我刚才说了。"
"谈什么?"
"上帝、耶稣、《圣经》和所有那些东西是怎么回事。"
"嗯?"牧师问。此时此刻,她应当怀疑有什么可怕的事情要发生了。

牧师和杀手开始进行第一次神学讨论。杀手安德斯说他知道牧师了解宗教的几乎全部内容,所以也许她最好能从头说起……

"从头说起?哦,好吧,他们说上帝最初创造了天和地,那大约发生在六千年前,但是有些人认为——"

"不,他妈的,不是那个开始。你是怎么开始的?"

牧师又惊又喜,不再心存戒备。一段时间以来,她和接待员已经达成共识,要共同憎恶所有的人和事,而不要各人只憎恶自己的。但是他们从来没有真正分享过彼此的人生经历,并没有超越那些表面的现实。即使有机会，他们更愿意花时间做两个人能做的愉悦的事情，而不是讨论痛苦及其相关原因。

她现在知道了，就在她和接待员在一起的同时，杀手安德斯一直在独自沉思。当然，这是潜在的灾难，因为，如果他开始看那些劝人宽容大度的书，结果发现自己在周一、周三、周五却干着与此背道而驰的事，做着打烂别人下巴和鼻子的勾当，他们的经营计划会怎样呢？

也许一个普通旁观者会认为，牧师一开始就应该抓住这一点，应该事先提醒接待员。但是，当时恰恰没有普通旁观者在场，牧师只是个凡人（也是人与上帝之间持怀疑心态的中间人）。如果有人想了解她的人生，即使这个人是个疯疯癫癫的袭击者和杀人犯，她都乐于以实相告。事情就是这样。

于是她邀请杀手安德斯听听她的人生故事，之前只有枕头听过她的故事。她知道杀手的反应不会比宜家卖的枕头更聪明，但只要有人愿意听，她就感到求之不得了。

"嗯，起初我父亲制造了地球上的地狱。"牧师打开了话匣子。

父亲迫使她进入这个行业，虽然他本质上是反对女子担任牧师的。不是因为女性牧师有违上帝的心意，当然这个问题还有待商榷，而是因为女人就该属于厨房，此外，女人还应该时不时地在卧室伺候丈夫。

古斯塔夫·谢兰德该怎么办呢？从十七世纪后期开始，谢兰德家族都是由父亲将牧师职位传给儿子。这和信仰或职业无关，这是在维护传统和职位。尽管他女儿争辩说她不信仰上帝，但也无济于事。她父亲说她会成为一名牧师的，否则他将亲自把她送进万劫不复的深渊。

直到最近这几年，约翰娜·谢兰德还在想，自己当初为什么听从父亲的安排,她还是不知道为什么。不过自从她记事的时候起,她就一直在父亲的控制之下。她最早的记忆是父亲说要杀死她的宠物兔子。如果她不按时睡觉,如果她不收拾自己的东西,如果她在学校成绩不好,那么出于怜悯,他就要杀死她的兔子,因为兔子需要有个负责任的主人,学习好的榜样,而不是像她这样的人。

吃饭的时候,父亲会从桌子那头慢慢伸出手来,端起她的盘子,站起身来,走到垃圾桶那里,把她的饭连同盘子一起倒进去。因为她在饭桌上说错了话、听错了话、答错了问题、做错了事。反正就是错了。

现在,约翰娜·谢兰德在想,那些年究竟父亲扔掉了多少只盘子?五十?

杀手安德斯聚精会神地听她说话,因为不知道什么时候就会出现错误的东西。她父亲的事并不重要:杀手一开始就明白,这个老头需要好好地被修理一下,这样问题就能解决了。或者在必要的时候,再修理他一次。

最后,为了不让牧师继续抱怨,杀手安德斯被迫这么说了。不知过了多长时间久,她才说到她十七岁生日的事,说她父亲呸了她一声说:"上帝啊,你究竟有多恨我,给了我一个女儿,一个这样的女儿。上帝呀,你确实惩罚了我。"她老爸并不比她更信仰上帝,但是他相信可以借助上帝来折磨他人。

"求你了,牧师,你能把老头的地址给我吗?我带着棒球棒去教他一些礼仪,或者很多礼仪,好像需要这样。是不是左右都要?胳膊还是腿,你说了算。"

"谢谢你这么说,"牧师说,"但是太晚了。老爸死了快两年了,圣三一节之后的第四个星期天死的。我得知消息的时候正在讲坛上布道,劝诫会众要宽恕,不要妄下评判。但是结果有点不一样。我站在那里，感谢魔鬼领走了我父亲。可以这么说吧，这下可不受欢迎了。很多事情我都记不清了，但是我肯定使用了一个和女性生殖器有关的词来骂了我父亲……"

"阴门？"

"我们不必纠缠细节，但是他们不让我继续说下去了，把我从讲坛上拽下来，指着出口让我出去。当然我知道出口在哪里。"

杀手安德斯非常想知道是什么脏话，不过得知牧师引发了轰动，会众中有两位最虔诚的羔羊把赞美诗扔在她身上，他已经满足了。

"那么，一定是……"

"行了，行了！"牧师打断他，接着她继续讲她的故事，"我离开了，四处转悠，到星期天，在公园板凳上遇到了我们共同的朋友佩尔·佩尔松。接着遇到了你。一件事引来另一件事，现在我们坐在这里，你和我。"

"是的，"杀手安德斯说，"现在我们能回过头说说《圣经》了吗？这样我们的谈话才能有点收获。"

"但是，是你想让我……你想让我告诉你我的……"

"是啊，是啊，但不是整个故事。"

第十一章

约翰娜·谢兰德需要与人——不管什么人！——分享她成长经历的基本事实,因此她提醒杀手:是他自己找上门来让她说的,所以必须守点规矩。总之,他要闭嘴,等她说完。

没有人可以对杀手安德斯随便发号施令,但是牧师对他说这番话的同时,拿出了一瓶啤酒放到他面前,他也就随她去了,只说了一声:"谢谢。"

"我跟你说了,要保持安静。"

从降生那天起,约翰娜除了没受皮肉之苦外,受尽了各种形式的虐待。她生下来的时候体重六斤三两。那是她父亲第一次,也是最后一次触摸她的身体。父亲把她抱起来,却毫无必要地抱得那么紧。他把她的脸凑近他的脸,用刺耳的声音对着她的耳朵说:"你到这儿来做什么?我不想要你。你听见我的话了吗?**我不想要你。**"

"古斯塔夫,你怎么能这样?"小约翰娜筋疲力尽的母亲说。

"只有我才可以决定能做什么、不能做什么,你听见了吗?下次不准你再和我顶嘴。"古斯塔夫·谢兰德把婴儿递给妻子的时候说。

妻子听见了并遵守了他的要求。此后十六年里,她从来没有顶撞过丈夫。当她到了无法忍受的时候,就直接走进了大海。

两天后,失踪妻子的尸体被冲到岸上,古斯塔夫气急败坏。前面说过,他从不使用暴力,但是约翰娜从他脸上可以看出,如果当时母亲没有死,父亲当时就会把她杀死。

"我要去拉个屎,"杀手安德斯打断她说,"剩下的故事还长吗?"

"我跟你说过了,我说话的时候你闭嘴,"牧师回答,"要拉屎,先忍着,因为我不说完,你哪儿都不能去。"

杀手安德斯从未见她如此坚决。其实他不是那么急着要去厕所——他只是觉得无聊。他叹了口气,让她接着往下说。

母亲去世三年后,到了约翰娜离家接受高等教育的时候。他父亲采用了一贯的做法,确保用信件和电话牢牢地控制她。

获得牧师职位绝非一日之功。约翰娜必须积满神学、释经学、解释学、宗教教育以及其他大量课程的学分,才能进入位于乌普萨拉的瑞典牧师学院,参加最后一个学期的学习。

女儿越严格按照父亲的要求去做,父亲对现状就越失望。约翰娜是个女人,而且今后还将一直是女人:其实她不配继承家族的传统。古斯塔夫·谢兰德一方面深知维护家族百年传统的重要性,一方面又觉得自己背叛了祖先:因为约翰娜是女儿而不是儿子。他感到左右为难。他可怜自己,对上帝和女儿充满同样的恨意,因为他知道上帝(如果确实存在)恨他,女儿也恨他,只要她敢。

约翰娜唯一的叛逆行为也不能算叛逆。她把自己的全部智慧都用于贬低上帝,用于不信奉耶稣,用于看穿《圣经》所有的故事。她通过贬低纯洁的、福音派新教信仰来贬低她的父亲。然而,她没有把自己是个积极的无信仰者告诉任何人,因此在六月的一个雨天,她被任命为牧师。那天不只是下了雨,还起了风,差点起风暴。只有四摄氏度——在六月!是不是还下了点儿冰雹?

约翰娜的心里在嘲笑。如果在任命她的那天的天气是上帝对她

· 57 ·

选择从事这一职业的抗议,他是不是也只有这点手段而已?

雨和冰雹一停,她就收拾行李回到南马尔默的家中。先去了一个离她父亲很近、又受他监督的宗教聚会。按照计划,四年后她将接管谢兰德家族的会众,成为教区牧师。她父亲虽然退休了,也许还打算掌控这个宗教仪式,但是他得了胃癌——试想一下!——他终究要被打败了!上帝用他一生而没能做到的(如果上帝尝试做过),癌症三个月就做到了。在讲坛上,他的女儿不由自主、直截了当地诅咒他下地狱。她用那个意指女性性器官的词来骂那个三十三年来一直是教众心目中的优秀男人。这可是对他的盖棺论定啊。

"难道你就不能告诉我,这个词到底是不是'阴门'?"杀手安德斯问。

牧师看着他,露出"难道我没有说过让你闭嘴吗?"的表情。

教区委员会对女教区牧师的试用就此结束。父亲死了,女儿自由了,同时也失业了。一星期后,她蓬头垢面、饥肠辘辘地流落在街头。

但是吃完四个三明治,喝了一瓶蔓越莓果汁后,她有了一个新家和一份新的工作。她的收入一开始就颇为丰厚,即使过了两年,钱依然源源不断地向她而来。当然,她还找到了爱。只要她对面的杀手不坚持和她讨论《圣经》……

"对呀,《圣经》,"杀手安德斯说,"如果你的事唠叨完了,也许我们能够说说这个。"

牧师非常生气,因为杀手对她的故事和命运不感兴趣,而且违反规则,又开口说话了。

"你想再来一瓶啤酒吗?"她问。

"好的,来一瓶。你终于说完了。"

"嗯,你不能再喝了。"

第十二章

当时刚从神学院毕业的约翰娜·谢兰德，之所以没有信仰，主要原因是四部福音书肯定是在耶稣死了之后很久才写成的。如果有人能在水面行走，能为无米之炊，能帮跛子走路，能把附身魔鬼赶到猪身上，甚至能在死后三天又起来四处活动——如果真有这样的男人（或女人，就此而言），为什么要过了一代、两代，甚至更多代，才终于有人写下那个人所做的全部事情呢？

"真他妈不知道，"杀手安德斯说，"不过，他能让跛子走路？你再多说点。"

牧师注意到，杀手觉得那些奇迹非常可信，并不认为它们疑点重重，所以她没有放弃。她解释说，四部福音书的作者中，有两个在写书的时候，手头有另外一个作者的作品。难怪他们的证据相似。但是最后一位作者约翰，在耶稣被挂在十字架一百年后，自己编了一堆东西。他突然声称耶稣是道路、真理和生命，是世界之光，是生命的面包，是介于两者之间的一切。

"道路、真理和生命，"杀手安德斯重复说，声音里透露着些许敬畏，"世界之光！"

牧师接着说，福音书中的《约翰福音》甚至不是约翰写的。三百年后有人编了一些新东西，包括著名的场景：耶稣说你们中间谁是没有罪的，谁就可以拿第一块石头打她。想出这个故事的家伙，无论是谁，也许是想说明没有人是无罪的，因为结果谁也没有扔石头，但问题是，这个故事和《圣经》有什么关系？

"三百年！你理解吗？"牧师说，"假如我今天坐下来，编写法国大革命的真实过程，谁说了什么——然后让全世界的历史学家读我的书，点头，同意我所写的，岂不是很荒唐吗？《约翰福音》比这个更荒唐！"

"对，"杀手安德斯说，不理会他不想听的内容，"耶稣当然是对的。世界上谁没有罪呢？"

"不过，我并不是这个意思……"

牧师还没说完，杀手一下子就站起来，好像是酒吧在召唤他。"下周三同样的时间见面，好吗？"

"我觉得周三恐怕不行……"

"那太好了。再见。"

第十三章

牧师与杀手之间的交流日趋频繁。起初牧师觉得没有必要把这件事告诉她的接待员。过了一阵子,她就更不敢告诉了。她竭尽全力不让他们的谈话涉及他们的谈话从来没有涉及的内容。杀手安德斯开始对他自己感到不满,说他希望在牧师和上帝的指引下做一个好人。如果约翰娜·谢兰德暗示她没有时间或精力,他就威胁她说要拒绝工作和打人。

"开始的时候不是不大打,只是不小打,"他说,想缓和一下气氛,"毕竟我们是同事。而且《圣经》上说……"

"是的,是的。"牧师说。

她唯一的选择就是诋毁上帝,让杀手安德斯对上帝没有好感。于是她引用《约伯记》说,上帝与杀手安德斯的相似之处在于他们都杀过人,但不同的是,杀手安德斯放过了孩子。

"上帝一次连续杀了十个孩子,以此来告诉撒旦,尽管这样也不会使孩子的爹放弃信念。"

"十个孩子?那他们的妈妈说什么了?"

"虽然她的生活的主要目的是保持沉默和顺从,据说她也生气了。试想一下——我可以理解为什么。经过一番周折之后,上帝决定又给了这个好父亲十个孩子。我想他那个不无抱怨的妻子只好把他们生出来,他们也可能是通过邮寄方式被寄过去的。这在《圣经》上没有提及。"

杀手安德斯一阵沉默。他想从头脑里搜索出一个合理的解释，虽然那不是他真的想要搜索的。牧师看出他的犹豫不定：还有希望!

这个前杀手先是嘟哝着说，至少上帝又给了他十个新生的孩子……这很好，不是吗？对于这一点，牧师回答说，对于父母来说，孩子是不能像车胎那样随便更换的，如果上帝不明白这一点，那他也许就不值得信赖。

车胎？在约伯那个年代哪有车胎？不过这时候杀手安德斯想到了一个使谈话继续下去的方法:"我那天想让你说出的那些难以说出口的词语，就是你使用的那个表达方式，它究竟是什么呀？"

哦，又来了！牧师知道杀手意欲何为，于是谎称："我不记得了。"

"不，你说了上帝的方式是高深莫……什么。"

"我应当说他是反复无常，或者叫严重的情绪失常。我表示道歉……"

"当时你说上帝的智慧是无限的，是人所不能理解的，是不是？"

"没有——我是说是的——我是说，人们往往会把他们需要解释又而无法解释的词语隐藏起来。比方说，上帝能不能说出十个孩子与四只轮胎的区别。"

杀手安德斯继续听着，但是只听他想听的东西，并且进行相应的争辩。"我记得在我还很小的时候，我妈教了我一句祈祷词——你知道，就是关于被打落的牙齿那句废话。起初她还不那么可怕，因为她还没醉——那是怎么说的来着？'上帝钟爱自己的孩子，他监视着躺在这里的我……'"

"那又怎么样呢？"

"你说的这句'那又怎么样呢'是什么意思？你自己已经听到

了。上帝钟爱自己的孩子。顺便说一句，我们都是他的孩子。我昨天刚看到这一句，当时我就坐在那个宝座上，而且——"

没等杀手说完，牧师就打断了他。另外半句话她已经不必再听了。他慢慢地从她那里骗到了一本《新约》，可是这回把它遗忘在一楼洗手间的马桶上了。可能他当时正在看《约翰福音》。就算是这样吧，她现在子弹已经不多了，只有一个核心的神学问题，那就是如果上帝是有德行的，又是无所不能的，世界怎样才能保持不变呢？这跟其他所有的事物一样，是一个人们到死都争论不休的话题。也许杀手安德斯从来没有考虑过这个问题，也许将来会有机会……

牧师正说着，突然被打断了。杀手安德斯站起来，说了他想说的话。

他的话刚说完，灾难就真的来了。

"我今后不再去打人了，也不喝酒了。从现在起我把自己的生命交给耶稣。我想讨回我上次干活的酬金。就是我昨天干的那次。我要把这钱捐给红十字会。然后我们就像他们说的那样，分道扬镳。"

"但是……你不能这么干，"牧师说，"我不允许——"

"你不允许？我说了，我不会再去打人了。不过我肯定，耶稣会认为这样很好，要有两个例外——你和接待员。"

第十四章

从那天晚上到第二天上午,牧师一直都没合眼。阳光透过百叶窗照射进来的时候,她意识到自己已别无选择,只有叫醒接待员,坦诚地以实相告:她无意中使杀手安德斯找到了耶稣,耶稣则反过来使杀手安德斯决定戒酒,并且不再去为挣钱而打人。

这产生了立竿见影的效果。

从现在起,杀手如果想要"动谁一根头发"的脑袋,那可能就是他们俩的脑袋。如果他们不答应他的要求,他就会伤害他们。

"他的要求?"睡眼惺忪的接待员问。

"呃,我们欠他三万两千克朗。他让我们把钱还清,这样他就可以把这笔钱捐给红十字会。我觉得就是这么回事。"

接待员一骨碌坐了起来,一股要跟人发火的冲动,但又不知道要冲着谁发。最近便的是祖父、牧师、杀手安德斯,还有就是耶稣。可是他知道那样做毫无意义。

还不如就此起床,吃早饭,然后站在那个倒霉的前台后面,理性地想一想,弄明白那样做可能会产生什么后果。

如果是这样,那他们的替人整人和打架的公司就再也找不到人来替人整人和打架了。这就意味着他们别指望再有什么进项了。只要杀手安德斯不改变他的想法,他对祖父的报复行动也要就此泡汤了。为了不让杀手改变想法,他们就得要他背离上帝、耶稣和《圣经》,因为这三者对他的影响太坏,还是让他重新回到酗酒、泡吧、找乐子的老路上去吧。

佩尔·佩尔松还没来得及把这些想法告诉牧师，杀手安德斯就来了，比平常至少早了两个小时。

"愿主赐你平安！"他说。他没有像平常那样，没有习惯性地要一瓶啤酒和一块三明治。

在一天之内，一个人是不可能从嗜酒如命变成滴酒不沾的。接待员怀疑杀手安德斯尽管想听耶稣的劝诫，但内心其实还是很想喝两口的。这就使佩尔·佩尔松突然想了个损招。临时出损招也是牧师的专长。当预期效果产生的时候，接待员立刻就感到有几分自豪。

"我想你还是跟往常一样，来一块奶酪三明治，但是你肯定是不要啤酒了，但你要跟其他信奉耶稣的人一样，来一点圣血。"

杀手安德斯只听懂了三明治，对其余的话不甚了了。他从来没有见过一个教堂的内部，所以很不幸，他根本不懂什么是"圣血"。

"现在还是早上，我想是不是来半瓶？"佩尔·佩尔松把一些红葡萄酒放在那块用塑料纸包着的三明治旁边。

"可是我不喝酒了。"

"我意识到了。可是红葡萄酒例外。这是耶稣的血。我是不是帮你把圣餐上的塑料纸拿掉？"

牧师看出接待员想干什么，于是走过来为他帮腔。"我们在学习《圣经》的时候，还没有学得这么深，"牧师说，"不过我相信，杀手安德斯，你对自己的信仰是真心实意的，不想忽略享用基督的血与肉。在我们这个世俗世界里，这已经变得非常普通了。"

杀手安德斯根本不知道什么是世俗世界。他也不知道耶稣与这种廉价红酒之间有什么关系——不过他立刻就抓住了要领，他可以在吃奶酪三明治的同时，喝掉这半瓶红酒。这太奇妙了，因为根据这种说法出现的东西，恰好与他内心渴求的东西不谋而合。戒掉所有的酒是一个过于仓促的决定。"呃，人无完人嘛，"他说，"尤其是我们这些刚刚接触到自己信仰的人。我意识到我现在已经别无选择，要跟着耶稣勇往直前。他和我实际上昨天晚上就见了面——这是不是意味着我少喝了半瓶酒啊？"

现在酒来了。在所有的痛苦中，这算是一次小心的成功。到现在为止，杀手安德斯相信，只要他真心跟着耶稣走，那么最好上午和下午都享用圣餐，然后继续享用比较丰盛的傍晚圣餐，最后就是晚上九点之后人人免费的午夜圣餐。他把准备捐献给红十字会的三万两千克朗留了下来，想在耶稣的圣血上做些投资。

可是他拒绝工作的决心没有改变。现在有四件活儿等着他去干，都是杀手安德斯遇到耶稣之前接下来的。这件事发生之后，潜在客户上门联系业务的时候，接待员给了人家一个似乎模棱两可的回答。他回复说"眼下我们的订单太多"或者"我们现在的业务爆满了"。但是他不能总是这样无休止地推托下去。是不是到了放弃这项业务的时候了？毕竟鞋盒子里已经有了很多钱——干活的杀手得到的钱肯定是远远不够的，但是接待员和他心爱的牧师所得到的钱，对他们肯定已经绰绰有余了。

是的，他心爱的人表示同意。现在杀手安德斯在对上帝的信仰问题上，没有任何变化的迹象。所以牧师认为她和接待员没有任何理由继续与杀手合作。杀手和耶稣可能会继续并肩前行。

她说，她也可以不住在海角旅馆，但是她又补充说，她对身边有接待员的陪伴已经非常习惯了。好像他们两个人对什么都看不惯，她乐于与他一起分享那两只鞋盒里的钱，并永远和他生活在一起，如果他觉得合适的话。

这个女人跟他一样，有些与众不同。她并不完全理解为生活而奋斗的目的。不过他们在反对一切人和一切事方面配合非常默契。所以佩尔·佩尔松对继续沿着他们所走过的道路并肩前进,充满热情,前提是她必须记得他的名字。

第十五章

前台后面那个小房间的鞋盒里，有将近六百万克朗，属于牧师和接待员共同所有。这是他们共同存下来的。此外还有一百万克朗是预付款，实际工作还没有干。这些钱他们可能要被迫退回，因为现在还没有杀手安德斯与耶稣闹翻的任何迹象。

接待员并不希望与大斯德哥尔摩的三个羽翼半丰满和丰满的团伙打交道，而它们的预付款分别是三十万、三十万和四十万。因为，这将意味着他们的小金库里会少一百万克朗。同时也因为客户显然希望看到他们的钱带来的效果，而不是看到钱被如数退回，却没有丝毫利息。从广义上说，他们的委托人有一个共同的特点：根本不愿意与人为善、灵活处事、理解别人。接待员和牧师有一个很好的机会来应对这种不愉快的事情，他们可以说杀手安德斯已经不再打人了。

"也许最好的办法就是通过邮局把钱汇过去，进行一些解释，然后一走了之，"接待员若有所思地说，"谁也不知道我们姓什么叫什么，我们也不会留下多少线索。即使让我们自己来找，也很难发现我们究竟在哪里。"

牧师静静地记住了他所说的话。他知道她也许需要一点时间来思考——毕竟他们谈的是他们可能会以这样那样的方式得罪三个团伙。接待员接着说道："我们也可以考虑把这些钱留下——那三家肯定会暴跳如雷。我们真的有一个极好的机会，在他们的雷达下保全自己。他们给我的付款一直是私下进行的。据我所知，任何地方都没有我的居住登记。你从一个住店的客人变成一个公司老板,变成我的合伙人,可是我还没有时间把这些记在那个记录本上。全世界的人都知道住在七号房间的那个人,不过,我们当然要把这个'突然得到拯救'的先生留在这里。我肯定他会很高兴地向那三个团伙进行解释,说耶稣否决了我们的运作,他的前同事连个联系地址都没有留下就逃之夭夭了。还有,他们在匆忙之中,把客户的钱也卷跑了。"

牧师还是一言不发。

"我这么想是不是想错了?"接待员问。

牧师和颜悦色地摇摇头。"不,"她说,"你想得不错。你的思路是正确的,但是好像有点心虚。只要我们骗的是头脑正常、不会去骗的人——那么我们为什么不把他们都骗了呢?为什么不让他们去忙得不亦乐乎呢?一百万是不错,不过我肯定会同意……钱最好能多一点,比方说,一千万?"

牧师朝接待员投去一个蒙娜·丽莎般的神秘微笑,接待员勉强回敬了她一个笑脸。自从她在公园的长凳上接近他,想用蹩脚的祈祷骗他二十克朗到现在,已经过去两年了。那次遭遇后,他们先是成了敌人,接着成了合伙人,继而成了朋友,最后成了一对儿。现在他们准备一起溜之大吉。这样的感觉棒极了。那个部分的感觉棒极了。可是其他部分(祖父、老爸、老妈、几百万钞票、还有那些小偷)的感觉如何呢?

一千万跟一百万相差十倍啊。

那么风险有多大呢?有了这些钱,他们一起该怎么生活?最好的情况是过上比较富裕的生活,而不是更加贫穷的生活。

接待员来不及问问题了,因为杀手安德斯正哼哼唧唧地从走廊那里过来。"愿上帝与你同在!"他说话的声音非常柔和,接待员感

·69·

到有点不爽。

所幸的是他拿出一张事先准备好的清单，作为对所有事情的报复。"安德松先生，你有两年又三十六周的时间没有结账了，"他说，"每晚二百二十五克朗，这样总共是二十二万克朗。我们这样算是很客气的。"

过去，如果有人以这种方式跟他索要住宿费用，很可能是讨打。可是现在情况已经发生了变化。

"不过亲爱的、可爱的接待员，"杀手安德斯说，"一个人不能同时既为上帝服务，又为金钱服务。"

"有可能的。如果是你说的这样，那我们可以先从金钱开始，"接待员说，"我们看看是不是还剩下时间来为上帝服务。"

"说得好。"牧师在一旁大声说。

"你是不是先给我一块奶酪三明治，这样岂不更好？"杀手安德斯说，"还记得吗？你要像爱自己一样爱自己的邻居，而且我到现在一口东西还没吃呢。或者如我们所说的，还没吃'**圣餐**'呢。"

牧师也把这个前杀手惹恼了。她知道《圣经》上是怎么说的。"《路加福音》第六章第二十一句上说，'你们饥饿的人有福了'。"她脱口而出。

"哦，"接待员接过话头说，"我不想破坏安德松先生的福祉，我想我能为他做的，至少是不向他提供三明治。我想知道还有什么事是我可以避免向他提供帮助的。如果没有，那我祝他这一天过得愉快。"

杀手安德斯哼了一声。如果他不去酒吧，在这里是别想弄到吃的了。他真的饥肠辘辘了，于是匆匆离开，嘴里叽叽咕咕地说，耶和华睁开眼看看所发生的一切，还说牧师和接待员趁现在还有时间，要好自为之。

这下牧师和接待员又单独在一起了。牧师说了她的想法："我们先不要承认刚刚走出去的笨蛋有了什么宗教信仰。我们可以把话传出去，说一些与之相反的内容，譬如说杀手安德斯比以前更加疯狂，已经到了没有任何限制的地步。在一段时间内，我们可以接的单包括杀人、打烂膝盖骨、打出眼珠子，管它什么，只要收费高就行。然后我们再一走了之。"

"你是说……消失？不把眼珠子打出来了？"

"一只都不能打——就连玻璃眼珠子也不行！一来我们不做这种业务，二来也没有人为我们去做……"

接待员进行了一番计算。在多长时间内，他们可以接受订单而无需进行任何实际操作？两周还是三周？或者再增加一两周，借口说杀手安德斯病了，我们还要为这样的耽搁进行道歉。那就总共四周。如果他们真的处于守势，那就先收六七个杀人订单、双倍的多重复杂骨折订单，以及双倍的传统袭击订单的付款。

"你说要一千万？"接待员问，因为他是主管财务和合同的，"我估计会达到一千两百多万。"

一方面是一千到一千两百万克朗；另一方面是怒气冲天的大斯德哥尔摩的黑社会。

一方面是接待员和牧师会消失得无影无踪——毕竟谁也不知道他们的姓名，也不知道他们是谁。另一方面，黑社会的坏蛋绝不会放弃对他们的追踪。

"唔，你是什么意见？"牧师问。

为了把话说得艺术一点，接待员先是沉默了一阵，接着他效仿牧师，也露出蒙娜·丽莎一样的神秘微笑，说为了检验他们是否应当别去做他们即将开始去做的事情，那么唯一的办法就是去做。

"这么说已经开始了?"牧师说。

"开始了。愿上帝保佑我们。"

"什么?"

"一句玩笑。"

第十六章

一千四百万到手之后,接待员和牧师买来一红一黄两只新的大箱子,把钱装进去,打算当天下午就远走高飞,一去不复返。

对公司最新提供的那些更加暴力的业务,市场的反应非常热烈。牧师和接待员惊讶地发现,有那么多人竟然愿意花钱清除自己身边的那些人。几天前,最后来的那个客户是个虚弱的男人,他跟他们说他的邻居在地界线上建了一座四米二长的鸡舍,违反了四点零五米的规定。虚弱男指出了这个问题之后,邻居居然冲着他的妻子做鬼脸。虚弱男实在太虚弱了,无法出手打这个邻居一顿来教训教训他。如果别人帮他去打,等这个邻居康复之后,一定会找虚弱男进行报复。所以这个邻居必须彻底清除,才能一劳永逸。

"仅仅为了一座鸡舍?"接待员问,"你为什么不去找市政当局投诉?规矩总归是规矩嘛,对吧?"

"对,可是后来发现,鸡舍的六眼铁丝网竟然不算篱笆,所以从技术上来说他还是对的。"

"因为这个他就得死?"

"他冲着我妻子做鬼脸。"虚弱男把事情挑明。

牧师知道接待员可能会忘记,六眼铁丝网那家邻居是可以不予追究的。如果他们达成交易,唯一可能发生的事情就是虚弱男会发现自己的腰包也很虚弱。于是她打断他们,换了一个话题。"你怎么会听说杀手安德斯和他的服务项目的呢?"

"唔,我先是看到报上的一些文章,我就记住了这个名字。这不是他第一次让我生气了，我是说那个邻居。每当情况变得严重的时候，我就问人怎么才能到这里来……不过嘛，诡秘的地方……"

这件事听起来有道理。牧师对他说，他这个情况，如果想伸张正义，就需要八十万克朗。

虚弱男点点头，显得很高兴。那可是他一辈子的积蓄，不过这样也值。"这个星期三来付款，行吗？"

行，没问题。他们走的时间定在这个星期四。牧师和接待员知道，他们共同的未来有充足的金钱做后盾，而且即将开始——很快，就在今天——但这未来不包括近期被上帝拯救的前杀手。

"你们这是要到哪儿去啊？"杀手安德斯问。他要到外面去，享用耶稣的肉——尤其是血——来填饱肚子。附带说一句，这些日子以来，他几乎总是要跑一大截子路，到首都的中心地区，而且只要有必要，就时不时换一家酒吧。在郊区，已经没有必要再向任何人散布这个消息了，不然就会招来人家的谩骂。在他自己的家乡，人们都知道这个前杀手现在已经改邪归正，所以当电视上正在播放阿森纳对曼联的比赛的时候，他坚持要大声诵读《圣经》，而他们竟敢赶他出去。

从前台对面可以清楚地看见小房间里面的两只箱子，但幸运的是看不见他们准备塞进箱子里的那堆钱。

"还有什么事吗？"接待员问。他认为自己没有义务向这个罢工的杀手汇报。更不用说——到目前为止——只要再过几个小时他就永远不必再看见这个杀手了。

"没有了，就这些。祝你平安。"杀手安德斯说。他决定去南马尔默附近的一家酒吧。那一片地方到处都有啤酒，不过杀手知道他肯定能找到一个卖廉价酒的地方。

他在奥斯特古塔干坦大街的"好兵帅克"酒吧找了一个座位,然后要了两杯赤霞珠红酒。女招待很快就端着一个托盘来到他面前,把一只高脚杯放在杀手安德斯面前。她正想问第二杯放在哪里时,他已经把第一杯喝得一干二净。杀手把空杯子换成第二杯,接着又要了第三杯、第四杯。"只要你在这里,小姐。"

耶稣的血与杀手安德斯的血混合在一起,使他产生了基督般的平静。他的眼睛向四处张望,然后与一个陌生人产生了目光交流。且慢……这个人怎么有几分面熟。此人四十岁上下,手上拿着一品脱饮料。唔,哦,这个人难道不是他最近这次——他最后一次——蹲监狱的狱友吗?他们曾经在一个支援小组里待过……他不就是那个总是喋喋不休的家伙吗?叫古斯塔夫松,或者奥洛夫松,或者别的什么名字。

"杀手安德斯!见到你真高兴!"古斯塔夫松或奥洛夫松说。

"见到你我也很高兴,很高兴!古斯塔夫松,对吧?"

"奥洛夫松。我能坐下吗?"

当然可以坐下,他叫什么名字无所谓,因为杀手安德斯一眼就看出了他是个狱友。"我现在皈依耶稣了。"他非常友好地打开了话匣子。

对方没有做出他所期待的反应,奥洛夫松笑起来。杀手安德斯越是一本正经,奥洛夫松笑得越厉害。"嘿,也向你问个好。"他说完喝了一大口啤酒。

杀手安德斯正要问有什么好笑的,奥洛夫松压低嗓门说:"我知道你要干掉奥克斯。"

"嗯?"

"别担心,我什么都不会说的。是我的兄弟订的这一单。如果你把他除了,那就太了不起了。那家伙真他妈的是头猪!还记得他是怎么对待你妹妹的吗?"

  监狱内外有很多恶棍,奥克斯是其中最厉害,也是最愚蠢的。他仗着自己膀大腰圆,只要谁不听他的,他就觉得自己有权大打出手。他曾经根据同样的逻辑,对自己的女友动手。而她也不是上帝赐给这个世界的最好礼物。她给一些人家当保姆,花了很多时间配制那些老人家里的钥匙,然后把它们交给自己的小兄弟。他们等上一段时间后,就去那些人家里,把值钱的东西洗劫一空。如果那些老人在家,他们就会把他们吓得灵魂出窍。

  不过奥克斯一直认为那些钥匙应该归他,由于这个原因,他第一个先拿他的女友开刀,然后又把他的一个弟兄狠狠揍了一顿。与此同时,另一个兄弟则在斯德哥尔摩的一家酒吧里,坐在杀手安德斯对面,对他表示感谢,因为……

  "你是什么意思啊?除掉奥克斯?我不会再去除掉任何人了。我刚才跟你说了,我现在皈依耶稣了。"

  "皈依谁?"

  "耶稣,看在基督的分上。我得到了救赎。"

  奥洛夫松看着杀手安德斯。"那我兄弟的那八十万怎么办?你们早就把钱拿去了。"

  杀手安德斯让奥洛夫松冷静一下。信奉耶稣的人是不会签订合同,去杀自己的邻居的。事情就是这样。奥洛夫松要想讨回那八十万,还是另请高明。

  如果那些钱不在他口袋里,那显然就在什么地方。奥洛夫松可不是孬种。他站起身,向前跨出一步,走到这个骗了他兄弟将近一百万的蠢货面前。**这个混蛋是不是酒喝多了?**

  接下去的一秒,奥洛夫松就趴在地上了。不管是不是近期得到了救赎,杀手安德斯总不能眼睁睁地让人欺负吧,或者先挨他一下打。他用自己的左胳膊（抑或是他的右胳膊？）挡开奥洛夫松的袭击，并挥起右拳（也许是左拳）一下将他打晕了。这种不能任人宰割的事情，在他未来的工作中还会出现。

女招待端着两杯酒走过来，看着地上的奥洛夫松，就问发生了什么事情。杀手安德斯解释说，他的朋友喝得有点儿多了，不过很快就会清醒过来的。他在离开前做的最后一件事，就是答应这两杯酒的钱由他来付。

他端起女招待托盘上的一杯酒一饮而尽。他说躺在地上睡觉的朋友醒来之后也许会想喝这剩下的一杯。杀手安德斯从奥洛夫松身上跨过去，对女招待说了声谢谢，随即扬长而去。他要前往大斯德哥尔摩南部一个特定的旅馆。在那个旅馆里，一红一黄两只箱子现在已经收拾停当，可以猜测，那天的晚些时候，这两个人就要远走高飞了。

"带走了多少钱啊？"杀手安德斯含糊不清地自言自语。

毫无疑问，他是个思维缓慢的人，当时就有点慢。谁也不能说他善于辞令。

可是他并不笨。

第十七章

再过一个小时,他们就永远不会再见到那个傻里傻气的杀手了。而当时在酒吧里,杀手安德斯错误地见到了一个人,不过他却得出了一个正确的结论。这就是为什么他此刻能站在房间的中央,他的旁边就是一红一黄两只箱子。他把箱子打开,发现里面全是钞票。

"怎么说?"他说了一句。

"一千四百万。"接待员无可奈何地说。

牧师想保全自己的性命,并想挽回颓势。"当然,其中四百八十万属于你。你可以到外面去说,想怎么说都可以。红十字会、救世军、任何你认为可以的地方。我们并没有让你两手空空,这对我们来说很重要。三分之一是你的。肯定的!"

"是我的?"杀手安德斯说。

这时候"是我的"成了他脑子里唯一在考虑的。

他不必考虑这么多钱的时候,这个说法是多么简单。他现在要做的就是:

1. 把牧师和接待员打成肉酱
2. 把装满钱的箱子拎起来
3. 离开

可是这些日子以来,施惠比受惠更有福。骆驼穿过针眼比富人进天国要容易。你不应该贪求这样或那样的东西。

虽然……不，还是很有限地……他听见耶稣在跟自己说话。"除掉这两个骗子。两个这么长时间以来一直在利用你的伪君子。把他们的钱都拿走，到其他地方去重新开始。"

这些都是耶稣的原话。杀手安德斯把它转达给了牧师和接待员。这一下，接待员感到必死无疑。他觉得很快就轮到他跪地求饶了。这时候牧师还基本上处于好奇之中。

"耶稣真的跟你说话了吗？只要想一想，我当了这么多年天国与人间的使者，他可是一句话也没有跟我说过啊。"

"你认为这是不可能的？因为你是个冒牌货。"杀手安德斯说。

"我认为那是有可能的，"牧师点点头说，"如果我能多活几分钟，我就要跟他核实一下。再问最后一个问题，然后你就可以对我们动手了。"

"好吧。"

"耶稣说过这件事以后，你应当怎么做了吗？"

"把钱拿着，开路。我跟你说过了。"

"是啊，这当然没错。但是更具体一点呢？实际上，这个国家的所有的人都知道你是什么人。这个你意识到了吗？你到任何地方，人家都认识你。这个地区几乎所有羽翼丰满和半丰满的犯罪团伙都在寻找你的下落。这你跟耶稣说了吗？"

杀手安德斯无话可说了。他又沉默了一会儿。

牧师觉得他可能又在跟耶稣联系了，而且可能还没有得到任何回音。她说，如果是这样，杀手安德斯就不应当把这当成是他个人的事情，也许这个时候耶稣正好有事。他要做的事情太多了：让鱼儿进入空渔网；让寡妇死去的儿子死而复生；把妖魔逐出哑巴的身体……如果杀手安德斯不相信她说的，可以到《路加福音》第五章和《马可福音》第九章里找到这些话。

接待员心里惴惴不安。现在是刺激他的最好时机吗？

但是杀手安德斯并没有觉得自己受到了挑衅。她说得对，耶稣手上肯定有做不完的事情。这个问题他只好自己来解决。或者找个人咨询一下。比方说，眼前这个该死的牧师。"那你有什么建议呢？"他突然问道。

"你是在问我，还是在问耶稣？"牧师很想知道。可是接待员狠狠地瞪了她一眼：**不要做得太过分了**。

"我是在问你呢，看着上帝的分上。"杀手安德斯说。

十分钟后，牧师设法从他那里套出了发生在"好兵帅克"酒吧的事情：勇敢的杀手是怎样把威胁他的奥洛夫松打晕的（先是用左臂一档，接着是右拳直击，就这么简单），还了解到在把人打晕之前，杀手从对话中了解情况后，得出了这样的结论：牧师和接待员正在欺骗他们生意上的伙伴，想把他的钱骗光。

"以前生意上的伙伴，"接待员插话说，"这一切都是因为你进行罢工而引起的。"

"我找到了耶稣。难道这也他妈的那么难理解吗？正因为如此，你把我骂得狗血喷头。"

牧师从中干预，让他们不要斗嘴，因为他们没有时间。她同意杀手对当前状况的描述，即使他选择了一种不同的表达方式。但是他们要向前看，要赶快行动，因为现在无法知道杀手安德斯的朋友什么时候会从酒吧的地上爬起来，然后怒气冲冲地离开。也许直接去找他的兄弟，把情况一五一十地告诉对方。

"刚才你问我是不是有什么建议，下一步怎么办。我的答复是有。"

最好的计划是，他们一起走。牧师和接待员的任务，就是千方百计地保护杀手安德斯,不让他被人发现。他们将以好兄弟、好姐妹的方式来分这笔钱。毕竟,如果他们把牧师和接待员用比较诚实(不是非常诚实,只是有点诚实)的方式积攒起来的钱也算进去,每个人能分到将近五百万克朗。

至于到哪里去,他们也没有十分的把握。不过接待员前天去找过杀手安德斯的老熟人伯爵,并从他手上买了一辆小野营房车。那里有足够的地方供他们三个人住一段有限的时间,尽管原来只够两个人居住。

"野营房车?"杀手安德斯问,"你花了多少钱?"

"不多。"接待员以实相告。

佩尔·佩尔松把车开走的时候答应说,杀手安德斯周五会去付款,并且把伯爵预定的双重谋杀的细节告诉了他。

"伯爵预订了双重谋杀?"

"是的,预订了,而且付了款。但是我们还没有答应他。对方是伯爵在汽车销售上的竞争对手。也是伯爵夫人在毒品推销方面的对手。我想他们不想要更多的人参与,而且他们觉得这笔买卖值一百六十万。"

"一百六……在这只黄箱子里?"

"是,也许在红的里。"

"伯爵和伯爵夫人的双重谋杀就没有人做了?"

"除非耶稣答应让你回来工作,不过我们没有理由抱这样的希望。而且他们还会有一辆车被窃。伯爵和伯爵夫人很快就会成为对我们最愤怒的客户,此外还有许多其他愤怒的客户。所以我们也许应该去一个没人知道的目的地。"

现在这个时候,就连把姓名改成约翰·安德松也不容易。由于杀手安德斯的名字已是无人不知,而且他最近还得到了救赎,什么事情做起来都不会容易——他在这个世界上仅剩的两个朋友,似乎就是这两个真诚的敌人。他们突然要搬进一辆野营房车,而且要和他一起——以免被他打死。

耶稣就在附近,像哭墙一样不断发出声音,而牧师和接待员则始终在不断地交谈。尽管事事不如意,但他们似乎还是找到了唯一合理的解决办法,这个方法也亏他能想得出来。"我能不能用半瓶耶稣的圣血引起你对道路的兴趣呢?"

杀手安德斯已经打定了主意。"是的,可以。像今天这样,如果有一整瓶就更好了。来吧,我们走!"

第十八章

在南马尔默一家酒吧,前罪犯奥洛夫松被一个刚刚获得救赎的前狱友打得灵魂出窍,但几分钟后又苏醒过来了。他对赶到酒吧来的救护队员态度蛮横,对那个要他付账的女招待破口大骂,把那杯赤霞珠连杯子一起砸到墙上,然后深一脚浅一脚地走出酒吧。不到半小时,他就到了他兄弟奥洛夫松家里(在前犯罪分子的圈子里,把名字省略的做法习以为常)。老二刚把情况跟老大说完,奥洛夫松和奥洛夫松兄弟就决定前往海角旅馆讨个说法。

旅馆里几乎空无一人,只有一两个人莫名其妙地站在大堂,接待员已然不知去向:他们没法拿到房间的钥匙。另一个人要住店,已经等了十分钟之久。他告诉奥洛夫松和奥洛夫松兄弟,他一直在按大堂的铃,可是毫无用处。他用手机给旅馆打电话,离前台最近的可以接电话的人就是他自己。

"你们俩也预定了房间?"这人问道。

"没有。"奥洛夫松说。

"我们没有。"另一个奥洛夫松说。

接着他们离开旅馆,到汽车里拎出一桶汽油回到旅馆,然后就放了一把火。

为了表明态度。

什么态度,并不明确。

只要弟兄俩在一起,总会弄出这类事来。奥洛夫松的情绪,几乎总是跟他的兄弟一样,极不稳定。

一个小时后，胡丁厄消防站的事故处理指挥认为，已经没有必要调动增援了。这个建筑已被大火吞噬，不复存在。现场一点儿风也没有，其他方面的情况还比较有利，附近其他房屋都没有受到波及。他们能做的，就是任由旅馆化为灰烬。当时他们在现场还不能肯定，不过有目击者证实，没有人被困在火场，是两个他们不认识的人故意放的火。从法律上来说，这相当于犯了纵火罪。

要不是警觉性较高的《快报》夜班编辑还记得，接受采访那个叫杀手安德斯的家伙就是在那里，那这起似乎没有造成人员伤亡的纵火案……从全国的角度来看，新闻价值应当是有限的。那次采访到现在已经有一年，抑或三年了，可是那个杀手是一直住在那里的。也许他还住在那里？经过一番匆忙而高效的新闻专业的努力，第二天报纸上的海报式标题出炉了：

黑社会的战争
杀手
安德斯
逃离
纵火
袭击

报纸用了整整两版的篇幅进行报道，在诸多的文章中，有一篇全面概述称，据说杀手安德斯是多么危险，还对这起被认为是未遂谋杀的原因进行了揣测。并且推测说杀手安德斯并没有死于这场大火，也许他就在什么地方——在逃！——找一个新的安身之地。也许就在你身边不远的地方！

一个受惊的国家是一个买晚报的国家。

接待员说,海角旅馆已经被大火夷为平地,这简直是太好了,其原因有二,其中一个原因是非常不幸的。牧师和杀手安德斯让他进行解释。

这么说吧,首先最重要的是,那个旅馆的老板,那个老色鬼、吝啬鬼,失去了收入的主要来源,这是一桩大好事!如果接待员没有记错的话,这个老板曾经认为一年支付几千克朗的保险金是没有男子气概。这就意味着他没有投保火险:这岂不更好。

"没有男子气概?"

"有时候男子气概和愚蠢之间的界限可能只有刀片那么薄。"

"对现在这个情况,你个人有什么看法?"

接待员给出了一个非常诚实的回答:从事情的最后结果来看,似乎是愚蠢占了上风,不过男子气概在相当一段时间里起了引导作用。

牧师没有再进一步追问男子在智慧和愚蠢方面的问题。她让她的接待员继续谈谈他那个好与不好的主题。

好的。指纹、个人物品以及有助于识别接待员和牧师的其他证据,都在大火中化为乌有,这是好事。牧师和接待员比任何时候都更加隐蔽了。

多少有点像杀手安德斯——不过恰恰与他本人相反。以《快报》为首的报纸连篇累牍地报道这个危险的家伙,还刊登他的一幅幅清晰的照片。杀手安德斯至少要在头上顶一条毯子,否则是不可能让他离开那辆野营房车的,即使他在头上顶一条毯子,也不可能让他离开那辆野营房车,因为必须考虑到,那样做会引起人们的注意。简而言之,不可以让杀手安德斯离开那辆野营房车。

第二天，各家报纸又就瑞典当前最令人激动的人物提供了进一步的信息。有关他罪行的谣言传得沸沸扬扬，至少有一小撮从事小偷小摸、居无定所的家伙给报纸打个电话，挣个千儿八百的："是啊，听我说，这个混蛋拿了人家的预付款，可是他拿了钱却不干活，而是携款潜逃，一走了之。钱拿得真容易呀，呵呵。但是你想过没有，他还能有几天活头？"

第十九章

如果说他们在到处流浪,那未免有点夸张。不过他们的野营房车倒是一直在向南开,根本没有考虑去往何方。离开大斯德哥尔摩是他们的基本想法。要处于不断移动之中,这是第二个想法。经过两天的行程,他们来到斯莫兰省的韦克舍市,继续朝市中心行驶,希望找到一家卖汉堡的店家,吃一顿早午餐。

在报亭和商店外面,张贴着大幅报纸的海报,告诫人们那个非常危险、可能铤而走险的杀手也许就在附近。在全国张贴这样的海报是有道理的,因为这种说法在有的地方就是对的。比方说,在韦克舍。

对于他们的共同未来,牧师和接待员都没有一个可靠的设想。即使有一个尚未成形的设想,也不包括在一个小得可怜的野营房车里生活,却要带着一个情绪低落、嗜酒如命、刚被救赎的杀手,而且这个人还受到这个国家很多犯罪分子的追踪。

看到韦克舍市到处是海报和头版大标题,还有杀手安德斯怒目圆睁的大幅照片,牧师情不自禁地嘟囔起来,说要过上一阵子,她和接待员才能有机会搂搂抱抱了。

"哎哟,"杀手安德斯说,"你们照常拥抱,我把耳朵塞起来就是了。"

"还有你的眼睛。"牧师说。

"还有我的眼睛?难道我就不能……"

就在这时候,房车经过一个标牌,它使杀手安德斯的大脑突然产生了方向性的逆转。他让接待员回过头看看，因为那儿有……

"是一家餐厅？"接待员问。

"不是那个。回过头！在那排房子那边——赶快看！"杀手安德斯说。

接待员耸了耸肩，照他说的做了。很快，杀手的怀疑得到了证实——他看见的是一家红十字会办的慈善商店。现在是上午十点一刻，杀手安德斯此刻的心情大好，因为刚才那段充满浪漫情调的对话激励了他。

"有五百万克朗是我的，对吧？你们去一个人到那家商店，以耶稣的名义给他们五十万克朗的捐款。"

"你是不是疯了？"牧师说，不过她相信她知道为什么。

"一个富人把钱给一个穷人——这是疯了吗？这种话竟然出自一个牧师之口？几天前在旅馆的时候你还建议说，如果我愿意，可以把钱捐给红十字会或者救世军。"

牧师回应说她当时是为了应付当时的情况。可是现在她要应对的是一种不同的情况。这意味着结果可能会发生变化。她和接待员未曾暴露的身份必须不惜一切代价加以保护。

"当然你肯定意识到，我们不能就这么走进去说，'嘿，这里有些钱给你们'，他们可能会有保安摄像头，也许有人会用手机拍一张照片，也可能会报警，而警察会发现我们和我们的房车。我可以给你找出很多理由，如果你给我几秒钟的时间……"

牧师刚说到这里，杀手安德斯就打开了黄色的箱子，抓出两大堆钞票，把箱子关上，不由分说地打开房车的侧门，接着就跨出车去。

"马上回来。"他说。

他大步流星走进那家商店。牧师和接待员觉得，他们透过窗户可以看见一阵混乱，不过也很难说……是不是有人把双手举过了头？然后有人大声嚷嚷起来，弄得满大街都能听见。接着就是有东西碎了的声音……

还不到半分钟，那扇店门再次打开，杀手安德斯夺门而出，不过后面并没有人追赶。像他这把年纪，身手还能这么敏捷，他跑过来，上了房车，立马关上车门，让接待员赶快离开，越快越好。

佩尔·佩尔松骂骂咧咧地左拐、右拐，然后笔直地从转盘中穿过，接着穿过第二个转盘，而后又穿过一个转盘（好像韦克舍就这是这个样子），从第四个转盘的右边第二个出口出去，穿过第五个转盘，然后驱车直接向前，过了很长时间，才终于出了城，然后向左一拐，开上一条通往树林的道路，一个左拐，再一个左拐。

他把车停下，停在人迹罕至的斯莫兰的一片树林的空地上。从后视镜里看到的情况来判断，这一路上没有人跟踪他们。但是这并不意味着接待员一点都不生气。"我们是不是表决一下，看看这件事有多他妈的愚蠢，用一个普通的天平来衡量一下。"

"那两堆钱有多少？"牧师问。

"我不知道，"杀手安德斯说，"但我相信耶稣为我选择了正确的数量。"

"耶稣？"余气未消的接待员说，"如果他能够把水变成酒，我肯定不从你们身上偷就能凭空变出钱来。你告诉他这是我说的……"

"好了，好了，"牧师说，"看来一切都平安无事了。不过我同意，这个几乎举世无双的傻瓜、前杀手自始至终完全可以有一种全然不同的表现。现在跟我们说说在商店里究竟发生了什么？"

"举世无双？"杀手安德斯说。

凡是他不懂的东西，他都不喜欢。不过他也没有深究，因为他听到了一个新的信息，说耶稣可以把水变成酒。他在想，**我有这个信仰，会不会有这样的本事**？

第二十章

在那家红十字商店的遭遇之后,唯一的选择就是沿着黑尔加湖左转方向行车,继续向南,但又不要离那座城市太近。他们的早午饭吃的是加油站出售的热狗和速食土豆泥。午饭后的行程比较顺当,最后到达了北斯科讷的海斯勒霍尔姆市郊。杀手安德斯指了指一家酒类专卖连锁店,一家国家控制的专卖店。酒是他与耶稣保持联系的方式,现在他感到由于戒酒而出现的不适应症。迄今为止,他也没有能够把在车上找到的那瓶泉水变成可以随身携带的酒。不过俗话说,熟能生巧嘛。

开车的任务现在由牧师来承担。对杀手提出的要求,她颇为不快。她本来应当离他们在韦克舍大失败的地方远一点,前往另一个市中心,不过她还是按照他说的做了,因为有几件事情比杀手安德斯还要糟糕,其中一件就是有一个清醒的杀手安德斯。

接待员也没有提出异议,也出于大致相同的原因。分配给杀手安德斯的任务是老老实实地躲在小房车的后面(不知什么原因,有段时间,他在里面一边喝着瓶中水,一边在叽叽咕咕地说话)。这时候,接待员走了一小段路,走进这个专卖店所在的购物中心。这段路确实很短。牧师的运气很好,她把车直接停在了中心外的最佳停车点上。

"我马上就回来,"接待员说,"你,不要离开房车!顺便问一下,你要什么样的酒?"

"随便,只要是红的,够劲儿就行。耶稣和我都不怎么挑剔。

如果没有必要，我们是不会把钱浪费在圣餐上的。最好能想想那些……"

"好的，好的。"接待员说着就走了。没过多久，杀手安德斯就从牧师那里得知，上帝的行事方式是深不可测的。现在，通过挡在房车后窗上的帘子，他可以看出事情果然如此。在不足五米开外，他可以看见一个救世军的成员，站在很多人前往的那家专卖店外一个战略位置上，手里拿着一只募款箱，时不时地收到一两个克朗。

牧师坐在方向盘后面，心里不知在想什么，没有预估到有什么危险。杀手安德斯悄悄拿出了跟上次差不多的一堆钱，然后把它们放进从加油站弄来的塑料袋里，悄悄地把车门打开，在不引起她注意的情况下，不断地招手，那个救世军看见了，遗憾的是，她没有看出这个人就是这个国家最危险的人。当她意识到自己是那个人手势语言的目标时，就朝野营房车这边走了几步。她走到他旁边的时候，杀手安德斯透过打开的一条门缝，悄悄对她说，感谢她为上帝服务所做的贡献，接着就把那袋钱递给了她。

杀手安德斯觉得这女救世军显得非常疲惫。他把钱递给她的时候，她也许应该说上一两句让他感到宽慰的话。

"安息吧。"他怀着感恩的心说，但说的声音太大，然后把门关上。

安息吧？坐在方向盘后面的牧师看见之后大吃一惊。她看见那个上了年纪的女救世军看了看自己收到的礼物，随即蹒跚着向后倒退了几步，再次感到惊讶不已。接着她又看见这个救世军老太太与拎着两瓶酒从商店走出来的接待员几乎撞了个满怀，更是感到大惊失色。

酒没有被撞掉在地上。接待员向救世军老太太陪了个不是。是怎么回事呢？这个老太太没事吧？

这时候他听见房车侧面车窗传来牧师的声音。"不要管那个老东西了！赶快上车！那个白痴又故态复萌了。"

第二十一章

在海斯勒霍尔姆东北三百英里的地方,一个汽车销售商正在与他的女友商讨问题。他们两个人——与这个国家的大多数人一样——有机会读到了关于杀手安德斯从黑社会那里骗钱的报道。

这个销售商与他合法的未婚妻也是被骗的。而且也许是最不愿意就此善罢甘休的。部分原因是他们天生就不会原谅人,另外还因为他们不仅被骗了钱,而且被骗走了一辆野营房车。

"我们要把他千刀万剐,你看怎么样?一次割一块肉,从屁股开始,逐步向上。"那个男的说。在黑道的圈子里,他被称为伯爵。

"你的意思是我们要把他凌迟了,慢慢地,在他还活着的时候?"伯爵夫人说。

"大致上就是这样。"

"听起来很过瘾。至少我也能剐上一两刀。"

"当然了,亲爱的,"伯爵说,"我们必须找到他。"

第二部分

又一个不同凡响的生财之道

第二十二章

在红十字商店和救世军的事件后,牧师再次向东北方向行驶。继韦克舍市和海斯勒霍尔姆市之后,任何寻找他们的人都会把马尔默作为他们下一个合乎逻辑的落脚点。因此,牧师、接待员和杀手选择了朝相反的方向行驶。

牧师把野营房车从西哥特兰与荷兰交界的湖畔休息区开出来的时候,在车后两只箱子上的床垫上,杀手安德斯正在呼呼大睡。她停下车,关掉发动机,指着湖边的一块烧烤区。

"开个会。"她的声音很低,为的是不要吵醒杀手安德斯。

接待员会意地点点头。他和牧师朝着水边走去,分别在靠近烧烤区的两块岩石上坐下。两个人都觉得,如果事情不是这么令人不快,这倒真是一个让人心旷神怡的时刻。

"现在我宣布会议开始。"牧师说话的声音依然很轻,这样房车里那个刚得到救赎的杀手就不会听见。

"那我宣布会议正式开始,"接待员同样压低嗓门说,"我很遗憾,不是每个人都听从了召唤。会议议程是什么?"

"只有一个议程,"牧师说,"我们怎么把车上那个正在睡觉的讨厌鬼干掉,但又不要把我们的小命搭上。最好还让我们的钱完全属于我们。不属于杀手安德斯,不属于救世军,不属于拯救儿童基金会,不属于我们前行过程中可能遇到的任何人或者任何其他什么。"

第一个似乎有可能被采纳的想法是雇一个合同杀手,把任务交

95

给他（或她），让他们以自己的方式把他做掉。问题是在这些圈子里有不少人会发现，是牧师和接待员以杀手安德斯的名义骗了他们的钱。

不行，找一个杀手来杀掉他们的杀手，这样太危险。更不要说这是在打道德擦边球。牧师想出了一个最简单可行的办法。趁杀手安德斯下车对着一棵树或者什么东西小便的时候，他们就把车开走怎么样？

"这个嘛，"接待员说，"大概会发生什么呢……如果我们把他甩掉？"

"那些钱就仍然会是我们的。"牧师补充说。

就这么简单！啊呀，在韦克舍红十字商店的时候，他们就应该想到这一点。杀手安德斯从房车上下去的时候，曾经说过："马上回来！"但是牧师和接待员有整整三十秒钟时间理清自己的思路，得出正确的结论——把车开走。

九个小时之后，他们才意识到他们当时有**整整三十秒钟时间**啊！

会议结束。结论一致：他们不应该操之过急；他们要静观其变。再躲三天时间，看看媒体对韦克舍和海斯勒霍尔姆事件如何报道，关注一些细节，看杀手安德斯对这个国家造成了多么严重的威胁，他们的身份是不是还没有暴露，以及那些人动用了多少力量来追踪他们。

在此之后，要以他们所了解的情况为基础，采取行动，但是要有一个明确的目标，那就是要把他们以及他们的箱子与那个在房车里呼呼大睡的人分离开来。

他们停车的地方从公路上是看不见的。从大约一英里左右的加油站那里可以获得物资的补充。接待员主动提出自己去一趟，让牧师看着杀手安德斯。她的主要任务是，防止他冲进小树林，再次把一两百万交给恰好从此地路过的人。

第二十三章

在韦克舍和海斯勒霍尔姆送出两个金钱大礼包最初是被当成犯罪行为处理的,而且是高度优先处理的,因为它们是由据说瑞典最危险的人干的:从韦克舍那家红十字商店收缴了四十七万五千克朗,从海斯勒霍尔姆的救世军那里收缴了五十六万克朗。瑞典南部这两个市镇的警方进行了通力合作。

韦克舍那家商店经营范围是接受并出售各种捐赠品,并将从中获得的利润送给世界上某个最可怜、最偏远的地方。出事当天,那个全国知名的杀手安德斯面带威胁性的表情闯进来的时候,店里只有两名营业员和两名顾客。两名顾客中至少有一名认为安德斯的表情很吓人。这名顾客惊讶得尖叫起来,慌乱中撞倒了一个摆满瓷器的货架。两名营业员举起双手表示投降,因为她们还不想死。剩下的那名顾客是退休中尉亨里克松,以前是克鲁努贝里团第八连的。他拿起一把价值四十九克朗的扫帚把自己武装起来。

杀手安德斯开始说了一句"上帝保佑这幢房子平安",可是他的突然出现恰恰起到了相反的效果。接着他把一大堆钞票放在两个营业员面前的柜台上,说他希望她们用手臂,或者更具体地说是用她们的四只手把钞票接过去,并收下这笔以耶稣名义捐助的钱。临走之前,他祝她们日安,像他来时一样风风火火地离去。他出门的时候也许说了"和撒那"[①],但两个营业员的说法不一,其中一个人

---

① 和撒那:原文为"Hosanna!",赞美上帝的用语。

比较肯定地说那可能只是他打了一个喷嚏。此后他上了一辆白色面包车或是类似的车辆,可是第二个营业员认为她是亲眼看见的。现场其他人都看着倒在一大堆破碎瓷片中的那个女人。她一边往外爬,一边求那个此刻已经不在现场的男人:"别杀我,别杀我……"

韦克舍事件发生得太快,谁也不能证明那辆野营房车的出现。不过店里的四个人都认出了杀手安德斯。亨里克松中尉对愿意听他神吹的人说,在必要的时候,他肯定会袭击那个攻击者,但那些人都对他所说的表示怀疑,只相信他没有拿那些钱,而后不等他说完就迅速离开了。

另一个顾客,就是那个倒在货架边一大堆瓷器碎片中的女人,无法接受警方的询问与媒体的采访。对她来说,她是躲过了瑞典最厉害的大众杀手的一场未遂谋杀。她虽然已被送进医院,此刻还是浑身发抖,惊魂未定。不过她终于还是对《斯莫兰邮报》的记者说了一句:"抓住那个魔鬼!"那名记者发现自己一时走神,不知道她说的是什么,这时候值班护士走上前来,客客气气的把他请走了。

与警方进行了初步会面之后,那两个举手投降的营业员被告知,不要对媒体或其他人再说什么。这是斯德哥尔摩红十字会总部公关部交代的。任何人如果想了解这两个女人经历了什么,必须给公关部的代理新闻秘书打电话,而此时她还在大约三百英里之外呢。新闻秘书受过良好的教育,不会说任何可能有损于红十字会的话,而且只要与这个叫安德斯的人有任何牵连,都有可能产生这样的风险,所以她选择一言不发。这种"一言不发"就有可能产生这样的效果。

问:那两个营业员对与杀手安德斯的遭遇是怎么说的?他有没有威胁她们?她们害怕吗?

答:对于像这样的事件,我们的想法和世界上千千万万需要并接受红十字会人道主义帮助的人一样。

在救世军方面，目击证人的证词比较多，也比较详细。多年来，一个众所周知的事实是，想从海斯勒霍尔姆的铁路中枢逃脱很容易。所以每个人——市民、政客、记者——对于发生在购物中心的荒诞事件都关心有加。

在连锁店外的人行道上的目击证人，都非常乐意接受媒体的采访和警方的询问。有个女博主发表了一篇博文，主题就是谈她怎么在千钧一发之际从拐角走出来，赤手空拳地吓跑攻击者，避免了一场大屠杀的发生。当她被叫去做笔录的时候，结果她说只有一件事她有把握，那就是杀手安德斯与他的同伙是开着一辆红色沃尔沃逃跑的。

最好的目击者是一个在现实生活中对改装汽车非常着迷的人。他恰恰就站在那个救世军成员身边。他赌咒发誓地说，坐在那辆野营房车方向盘后面的是个女的，那是一辆二〇〇八款艾尔纳福公爵三一〇型。在被问到方向盘后面那个女的，他只说那款车的驾驶员侧面有一个气囊。无论那个当地报纸的记者如何渴望得到新闻，也无论那个有点绝望的警方调查员如何追问，他们都无法得到关于那个女司机更多的情况，只是她"看上去跟其他女人一样"，不过也不知道是什么原因，那个方向盘的包边看起来不是原装的。

市政委员会主席主动提出在市政大厅开设一个危机处理中心。欢迎那些觉得自己直接或间接受到杀手安德斯恶行影响的市民到那里反映情况。这位主席还从他自己的熟人圈子里请来两名医生、一名护士，还有一名心理学家。可是没有一个市民找上门去。他预计会上演一场政治闹剧，他上了自己的车，到那个救世军成员家里把她带出来。那个女的本来并不想离开家，因为她当时正在家制作白萝卜泥，可是考虑到了所有必须考虑到的情况，而这个情况却不能加以考虑。

这样媒体就可以对这个由主席提出设立的危机处理中心进行报道,说这个受到惊吓的救世军成员正在接受帮助,以便尽可能地恢复她的正常生活。当主席被问及大约还有多少市民前来寻求帮助和支持的时候,主席则引述了刚确立为法律的保密规定。

实际情况是,那个救世军成员一点也没有感到震惊,她只是感到肚子饿了,可是这一点根本没有受到公众的关注。

第二十四章

第三天，事情开始出现转机。首先是警方发表了一项声明，说对约翰·安德松的调查暂时告一段落。这个曾经总共拿出超过一百万克朗的人以前的确是个出了名的罪犯，但是他已经为此付出了代价，而且没有欠当局任何款。再者，至今没有第三方声称这些钱是他们的，而且这些钞票与先前发生的案件都没有丝毫的联系。红十字会和救世军可以再次分别拥有四十七万五千和五十六万克朗的善款。即使杀人犯到处捐款，也不触犯法律。

有些目击证人的证词确实提到约翰·安德松的行为具有威胁性，或者至少可以说看起来具有威胁性。但是那个顽固的女救世军却持完全相反的观点，说杀手安德斯有一双漂亮的眼睛，身体里还跳动着一颗金子般的心。她不认为他临走说"安息吧"是一种威胁。负责调查的警察暗自对自己说，她的不认同也许是对的，随后就宣布调查结束。

"你们也去安息吧。"他对那些调查材料说。随后他就把它们作为已结案材料放进警察局地下室的档案室里。

也就是在这三天时间里，有人以杀手安德斯的名义在"脸书"网上制作了一个支持网页。二十四小时之后，网页上有了十二个支持者。四十八小时后，人数激增到六万九千。第三天午饭前，支持者飙升至一百万。公众肯定在同样的时间里与《快报》《晚邮报》的小报一样，弄清了真正发生了什么。也就是下面的结论：

一名杀手与耶稣不期而遇。为了帮助那些穷人，他骗了黑社会的钱。就像罗宾汉一样，不过比罗宾汉要好。这是全国突然形成的共识（除了一名伯爵、一名伯爵夫人，还有在斯德哥尔摩及其周边地区一些最阴暗的角落里几个人之外）。**上帝创造的一个奇迹！**这是一些有宗教倾向的人的看法，它足以在"脸书"网上引导产生一个具有《圣经》序曲作用的运动。

而且更令人振奋的是，王后陛下在电视狂欢的直播中还说："我认为那个具有可怕绰号的人表现出了勇气、力量和慷慨。我希望在他未来的努力中，能够拿出一些时间来考虑一下那些易受伤害的儿童。"

牧师告诉接待员，国家元首的夫人还拐弯抹角地要求杀手安德斯送五十万克朗给拯救儿童基金会，或者她自己的世界儿童基金会。他听了之后说："发生这种事，我简直感到不可思议。"

"你想看看吗？"杀手安德斯对牧师说，"你想想，我去一下，受到皇家的表彰。唔，我们都知道，上帝的行事方式是深不……那个词是怎么说的来着？"

"可测，"牧师说，"你们两个，赶快上车。我们要走了。"

"我们这是要去哪儿啊？"接待员问。

"不知道。"牧师回答说。

"也许我们在王宫会受到欢迎，"杀手安德斯自言自语地说，"我敢肯定他们那里有很多空房间。"

第二十五章

牧师把车拐进布罗斯郊外一个几近荒芜的停车休息区,来商讨他们迫在眉睫、绝对必要的换一辆车的问题。结果出现了一个绝佳的机会,可以让牧师和接待员永远甩掉他们不想要的包袱。

因为还没等车完全停稳,杀手安德斯就迫不及待地打开车门跳了下去。

"啊哈,"他说着开始舒展自己的双臂与身体,"上帝的创造真美。如果我不下来走走,那就真他妈的该死了!"

是的,他肯定会的。耶稣当即就答应了,但是他也指出,天气太冷了,最好能够带一瓶可以暖暖身体的东西。例如一瓶冰凉的黑皮诺①。

"我去走半个小时,如果沿途发现牛肝菌,或者叫作'Boletus edulis'的时间可能还要更长一些。就这样,你们知道的。如果我不在的时候,你们可以调调情什么的。"说完他把一瓶酒放进自己裤子的后贴袋里,然后掉头就走了。

等他消失在看不见、也听不见的地方之后,牧师对接待员说:"是谁把牛肝菌的拉丁名称教给他的?"

"不是我,这个名称我也是刚刚知道。可是那个人为什么不告诉他,四月天是采不到牛肝菌的?"

牧师先是一阵沉默,接着说:"我不知道,再多了我就什么也

---

① 法国黑皮诺葡萄酒。

·103·

不知道了。"

他们的计划是抓住第一次可能的机会,将他们自己和那些钱与眼下正在周围闲逛、要找四个月后才会有的牛肝菌的家伙,永远地分割开来。

可是牧师与接待员之间的对话充满了疲惫情绪,或者说无可奈何的情绪。还混杂着一丝暗示……

什么?

可能性。

在如此短暂的时间里,各种参数发生了这么大的变化,这时候他们是不是应该马上就迅速离开,而且能开多快就开多快呢?一个不容忽视的事实是,杀手安德斯在仅仅一两天的时间内就从一个瑞典最不受欢迎的人变成了最受欢迎的人。

他们有必要重新审时度势。突然他们这辆四处乱窜的车上的这个人,居然能与埃尔维斯·普雷斯利齐名了。

"不过埃尔维斯已经不在人世了。"接待员说。

"我时不时地在考虑,如果杀手安德斯与埃尔维斯沾上边,生活就会平静得多。最好是与人类的大多数沾上边,但是你还能做什么?"牧师说。

很明显,待在杀手安德斯身边本来就是有危险的。不过同时存在着各种可能性。一个爱财如命的人,是不能把下一个埃尔维斯随便丢进阴沟的。

"我们还是等那个到林子里去转悠的先生回来,我想然后我们就驱车前往布罗斯,买一辆稍微大一点的野营房车,尽量找一辆跟这辆不同的。"接待员说。

牧师表示同意。在后勤方面,接待员比她要专业得多。可是她又改变了主意。"要么我们按照他的建议去做。"

"谁的?"

"去采牛肝菌的那位。"

"你是说调调情?"

是的,她就是这个意思。

第二十六章

牧师和接待员挽着手臂，走进布罗斯镇屈指可数的、也许是唯一的一家改装车专卖店的办公室。他们当着经销商的面，互相以"亲爱的"和"最亲爱的"相称，给人一种煞有介事的感觉。这出戏在上演的同时，杀手安德斯正躲在两个街区之外的一辆即将被丢弃的房车里。他并没有想入非非，与他相伴的只有一本《圣经》和一瓶圣餐红酒。

牧师和接待员相中了一辆德产豪彼七七〇型房车。根本不是因为它有独立单元这个选项。

价格六十六万克朗不是个问题，或者确切地说，是个问题。

"现金支付？"经销商有些气馁地问。

在这种情形下，牧师能够最好地展现自己。这时候，她解开脖子上的围巾，露出神职人员的领环。接着她问现金支付可不可以。就在前天，警方才把杀手安德斯捐赠给红十字会和救世军的那笔现金退给了他——这是上帝在保佑他！

当然，经销商对国家的头条新闻的了解是不断更新的。他支支吾吾地说牧师言之有理。可是六十六万克朗的现金？

她认为，如果他觉得这个数目太大，令人不安，他们可以在低一点的价位上达成协议。如果出现这种情况，其中的差价当然由瑞典教会根据国际工作惯例全额补足。"附带说一句，瑞典教会在现金支付方面没有问题。但是如果经销商不想把这辆车售给我们用于反饥饿的斗争，我想我们只好到别处去看看了。"

牧师点点头准备告辞，挽起接待员的胳膊，开始向外走。

十分钟后，所有的书面手续全部完成。牧师和接待员进入他们这辆新房车，随即把车开走了——接待员终于忍不住问："怎么会是我们的反饥饿斗争呢？"

"这是我的临场发挥。我说，我渴了。我们去吃麦当劳来速得①，你看怎么样？"

希望看见新民族英雄杀手安德斯的人（有很多！），在经过这家改装汽车商店时，都要多看上一眼。那些比较专业的人士往往提出这样的问题：刚刚开过去的那辆车是二〇〇八款的艾尔纳福公爵三一〇型吗？如果是，它的方向盘包边是什么规格的？是不是原装？

三个人决定把伯爵的旧房车丢弃。这是他们计划的第三步。

不论牧师、接待员和人民英雄有多无知，野营房车毕竟是野营房车。无论换车与否，他们总是处于充满好奇的睽睽众目之下。有没有人可能看见坐在前排的杀手安德斯？把握方向盘的是不是个女的（目击者称，那人像一个正常的女人）？

丢弃伯爵的房车是唯一的选择，而且要尽量把动静闹大些。为保险起见，还要离布罗斯镇稍微远一点。

他们将经过一家快餐店，在西斯登公司②和一个加油站免费各停一次车，既给人喂饱肚子，又给车加满油，然后驱车去往东北方向。第二天的计划被锁定、载入，随时可以启动。

杀手安德斯一直不停地抱怨，因为女王建议他以上帝的名义再捐五十万克朗，而且这一次是捐给孩子们的！牧师和接待员最后终

---

① 麦当劳汽车餐厅，从点餐、付款到取餐在三分钟就完成的快餐服务方式。
② 西斯登公司是瑞典一家出售酒精饮料的公司。

·107·

于松了口,主要不是因为他们对儿童有多少关爱,而是因为他们想借此说明,他们丢弃伯爵的房车并非没有道理。他们可以在斯德哥尔摩北面松德比贝里①的"拯救孩子基金会"总部外面来做这件事。

经过几次预演,杀手安德斯说他对这个计划已经烂熟于心了。预演三次后,牧师和接待员开始相信他了。现在只等驱车前往了。

接待员坐在那辆旧房车的方向盘后面,牧师坐在那辆新房车里,杀手安德斯则躲在帘子后面,与之相伴的是他那本《圣经》。

行程将近一半的时候,一行人停车过夜。杀手安德斯在一辆车里呼呼大睡。牧师和接待员在另一辆车里,也将慢慢睡去,不过首先……只要有机会,两个人还是要搂抱亲热一番。

对杀手安德斯应当有好说好——他会长时间坐在那里,一页一页地翻阅那本《圣经》。他特别喜欢收集各种涉及慷慨的语录,施惠的感觉非常好。现在报纸和社交媒体对他铺天盖地的感谢,让他产生了相同的感觉。

天亮了,是时候向松德比贝里前进了。牧师回到杀手安德斯的车上,发现他早就醒了,正在阅读《出埃及记》。

"早安,小耶稣。你没有忘记那个计划吧?"

"你还是想想几个星期前,你差点被别人一顿好打的事吧,"杀手德斯说,"我没有忘记。不过给拯救孩子基金会的信还是我来写。"

"那好,你就自己写。我们还有几小时的时间。你现在读的这本书流传几千年了,好像不会有什么变化。"

牧师有点莫名其妙地恼怒。挑衅一个被救赎的人是于事无补

---

① 松德比贝里是瑞典一座小城,在首都斯德哥尔摩以北。

的。只是……它不应当以这种方式结束……杀手不应当成为她和接待员生活中的一部分……他们这个小群体不应当引起瑞典以及世界其他一些地方的关注。

但情况就是这样。在新的形势下,她必须首先找到立足点。毕竟杀手现在已成了超级明星,成了斯堪的纳维亚半岛上最令人钦佩的人物,要从这个事实中找出某种力量。在牧师和接待员与人类的个人小型战争中,不管你把他们毕生为之奋斗的目标贴上什么标签,这种力量都可以带来某种好处——那就是金钱。

可是每一种战争(即使那些反对这类存在的战争)都需要为之而战的士兵。士兵不仅非常重要,而且还要让他们得到满足。

"对不起。"牧师对杀手安德斯说。这时安德斯早已经在写那封信了。

"对不起什么呀?"他头都没有抬地问。

"对不起,我太容易发火了。"牧师说。

"你发火了吗?"杀手安德斯说,"我的信写完了。想听听吗?'亲爱的拯救儿童基金会:我以耶稣的名义,向你们捐赠五十万克朗,以拯救更多的孩子。哈利路亚!你若买希伯来人作奴仆,他必服事你六年,第七年他可以自由,白白地出去。①问好!杀手安德斯。又及:现在我就要钻进我那辆红色沃尔沃,把车开走了。'"

牧师拿起杀手的《圣经》,查阅《出埃及记》第二十一章第二句,想弄清他说"你若买希伯来人作奴仆,他必服事你六年,第七年他可以自由,白白的出去"是想传达什么意思。

杀手安德斯说他喜欢"可以自由,白白地出去"那句话。难道牧师不认为这里有慷慨的成分吗?

---

① 译文出自中国基督教协会、中国基督教三自爱国运动委员会印制的《新旧约全书·出埃及记》第二十一章第二句。

"服事六年之后?"

"是啊。"

"没有。"

这封信岂止是有点傻,不过牧师不想打这样的战斗。杀手安德斯说,关于沃尔沃的那句话,是为了让人们不要再通过找房车来找他。

牧师说这一点她理解。

他们到了。牧师把伯爵的房车斜停在松德比贝里兰斯维根大街三十九号"拯救儿童基金会"大门外,占据了人行道的一半,与路面形成一定的角度。他们把一个写着拯救儿童基金会字样的包裹放在驾驶座上,包裹里是安德斯的信和四十八万克朗(因为他数错了)。

牧师和接待员在停放在拐角上的房车里等候,但又不能让人把这辆车与杀手安德斯产生任何联想。杀手走进大门,乘电梯上了楼。接待处一位女士友好地接待了他,不过没有立即认出他来。

"上帝保佑平安,"杀手安德斯说,"他们叫我杀手安德斯,可是我已经放下屠刀,改邪归正,而且其他糊涂事我也不干,至少没有故意去干。相反,我以耶稣的在名义把钱捐给慈善事业。我认为捐钱给拯救儿童基金会就是做慈善事业。我想给你们五十万克朗……实际上,我还想再多给一点,可是眼下只有五十万。这其实也不是小猫撒尿一点点。原谅我大老粗的语言。了解内情之后,你还知道了这么不雅的语言。我刚才说到哪儿啦?哦,是的,那笔钱就在我房车的一个包裹里,车就停在门外……这么说吧,那辆房车不是我的。它的主人是伯爵,不,不是伯爵,是他们管他叫伯爵。

你只要先把钱取出来，然后请把这辆房车还给他。呃，我想就这些了。我以耶稣的名义祝你们日安……和撒那！"

杀手安德斯说完"和撒那"之后，露出虔诚的微笑，然后转身去乘电梯下楼。整个这段时间，接待处的那个女人还是一句话也没有说。

杀手一到大街上，转了个弯，随后就完全消失了。过了一个半小时，等警犬嗅过停在拯救儿童基金会外的白色野营房车前排座位上的那个包裹，证明它是安全的，才可以把它打开。

警犬在工作的时候，警方设法安慰那个感到不知所措的女人，问她杀手安德斯除了说"和撒那"之外还说了些什么。

《杀手安德斯再度出击！》，这是诸多耸人听闻的大标题之一。尽管它模棱两可，谁也没有误解新闻的内容。现在每个人都知道了。大家都意识到有个杀手正逍遥法外，他拿出钱来捐给穷人，但不通过寄送。

这是公关方面又一次成功，只是有点美中不足：拯救儿童基金会实际收到的只有四十八万克朗，而不是他所承诺的五十万克朗。哦，不过嘛，他们还是很高兴的。

警方对服务台那名女士的诱导产生了一定的效果。经过几个小时，她终于把杀手安德斯跟她说的每个细节都回忆起来了，包括那个语无伦次的说法：有一辆属于伯爵的房车，可是那个伯爵又不是伯爵。这条信息最终也见诸了报端。它使那辆野营房车物归原主（正式的说法是，它属于伯爵夫人的一家经销商店），还使税务局一个得力的公务员发现了一个沉寂多年的税收问题户，找到了伯爵，并给他发了一张拖欠一百零六万四千克朗的税收通知。

"我们说过我们要慢慢地把他千刀万剐，从屁股向上，对吧？"

·111·

伯爵说。

"是的，"伯爵夫人说，"请一定要慢。"

在目前的情况下，牧师对事态的发展还比较满意。她和接待员，还有他们的新英雄埃尔维斯，继续驾驶房车旅行。现在这个英雄的粉丝在寻找的是一辆红色的沃尔沃。更值得一提的是，海斯勒霍尔姆有个女博主居然难以自控，站在当地警察局外大声喊道："一辆红色沃尔沃！我告诉你们我看见过一辆红色沃尔沃！"后来还是一只警犬把她赶走的。

牧师看出来了，这个时候，他们有两条路可选。其中一条他们已经讨论过了：一定要把牧师、接待员及那两只箱子与杀手分开，然后悄然失踪。这是最最和平的办法。

另一条就是充分利用杀手安德斯的巨大人气所带来的成果。为了让这种事情发生，牧师已经想出了一条妙计。

"创办一个教堂？并且以杀手安德斯的名字来命名？"接待员说，"杀手安德斯教堂？"

"是的。我们可以舍弃'杀手'这个词。这就很可能传达一个错误的信号。"牧师说。

"我们为什么要办教堂呢？我觉得你跟我一样——我们生活的基础是尽可能去恨尽可能多的人，包括上帝、基督以及其他一切。"

牧师嘟囔着说，对于原本并不存在的东西，恨是恨不起来的，不过除此之外，接待员说得完全正确。

"但这跟经营企业差不多，"牧师说，"你听说过'募捐'这个词吗？埃尔维斯回来了。他喜欢慷慨解囊。谁不想成为像埃尔维斯一样的人呢？"

"我？"

"还有谁?"

"你?"

"还有谁?"

"寥寥无几啊。"接待员承认。

第二十七章

创办教堂不像买卖房地产或破门撬锁那么容易,至少在瑞典是这样。在一个两百多年没有战事的国度里,人们有足够的时间为大多数本质平和的事情制定各种规章制度。比如,任何体验到宗教启示并想以有组织的方式与他人分享的个人,都必须遵守明确的规定。

恰巧,牧师知道,兴办宗教社区申请的主管当局是瑞典法律、金融和行政服务委员会。由于她、接待员和他们拟议中的宗教领袖只有一辆房车,没有具体地址,她决定亲自去一趟坐落在斯德哥尔摩市中心的雅尔斯加坦大厦的那个委员会。

她点点头打招呼,表示"早上好",接着说她希望创办一座新的信仰群体的教堂,因为她有了新的领悟。

委员会的官员是个四十五岁以上的中年男子,已经在这个地方工作了十八个年头,与许多有新宗教领悟的人打过交道,可从来没有接待过一个自动找上门来的。"好吧,"他说,"既然如此,你先'看一下'这几张表格,并用适当的方法把它们填写好。我该把这些表格寄到什么地址?"

"寄?"约翰娜·谢兰德说,"我就站在你面前,几乎就像耶和华在《利末记》中所说的那样。"

委员会的这名官员曾经在瑞典教会当过风琴手,而且记忆力很好。他本来想说,同一本书上还说,一个不遵从上帝神圣法则的人,将遭到恐怖事件、肺痨、高烧和其他报应。还有失明,如果他没记错的话。

可是这个官员所面临的问题是，上帝在任何情况下都没有规定表格必须通过邮寄，而现在一个活生生的地址就站在他面前。他生平第一次遇到这种情况，他完全可以亲自当面交给她本人。

趁这名官员短暂地思考这个问题的时候，牧师（敏捷程度一如既往）从另一个角度发起了挑战。"我忘了做自我介绍，"她说，"我叫约翰娜·谢兰德，曾经是教区牧师。我以前的身份应当是——在教众聚会时——充当人间与天国之间的桥梁，但我一直认为自己做得很不够。现在我找到了这样一座桥梁。真正的桥梁！"

这名官员提醒自己不要被这些话所迷惑。虽然这是他第一次与申请人面对面直接打交道，但毕竟这些年来他见过很多这样的事情，其中就有一个申请注册自己信仰的团体。他们认为一切善的根源都可以在瓦姆兰省西北的一个风车上找到答案。实际上，有一年冬天，他们有两名成员就冻死在那里，而那个风车却无动于衷，并没有救他们。

这两个冻死的信仰者（应该说在他们冻死之前）有一个突出的特点，那就是他们有神圣的法规，有管理委员会，有明确的宗旨，如每周日下午三点钟在风车房外进行公众祈祷和默念。因此，没有理由拒绝这个教派的申请。每个周日在零到十度的空气中、在五英尺深的雪地上进行默念，那是很有宗教意味的。

这个委员会的官员认为，现在的规定不但允许他把表格交给对方（他已经抽出来了），而且允许他提供必要的帮助。

因此他替这位前牧师把表格上能填的地方都填上了；他还问了规定必须问的所有问题，务求每个问题都得到对方合适的回答。他问到这个新宗教社团的名称，并把这项要求也告诉了牧师。这个宗教社团的名称必须能区分它的活动与其他社团活动的不同之处，而且名称不能不登大雅，也不能违反法律和秩序。

"根据这一点来考虑，你觉得你们的宗教信仰用什么名称比较好？"

"安德斯教派，用我们精神领袖的名字命名。"

"我明白了。他的姓氏？"这名官员心不在焉地问。

"他不姓安德斯。他叫约翰。约翰·安德松。"

这名官员原先只是看着表格，现在抬起头来。每天下班回家的路上，他都要阅读晚报。这时他不由自主地（且有些不太专业）脱口而出："杀手安德斯？"

"人们在一定的情况下是这么称呼他，可爱的孩子就是会有很多名字。"

这名官员清了清嗓子，对自己涉及个人隐私的说话表示歉意，接着点点头说，她这句关于可爱的孩子……之类的话一点不假。随即他告诉她，兴办安德斯教堂的手续费是五百克朗，说他希望对方能够通过银行转账支付。

牧师把一张五百克朗的钞票递到他手上，并从他的另一只手上抽出盖了章的表格，对他周到的服务表示感谢，然后走出大门，朝那辆等候她的房车走去。

"本堂牧师！"她钻进车里的时候对杀手安德斯说，"你需要配一身新衣服。"

"还要配一个教堂。"接待员说。

"不过我们是不是先吃点圣餐？"教区牧师问。

第二十八章

突然间,有大量的工作要组织,而且要尽量地快。

牧师现在的任务,就是要编织强大的信息,准备让本堂牧师安德斯随时加以运用。她觉得这要耗费大量的精力,于是把她的想法尽数告诉了接待员。起初他并没有很好地领会。他们的超级明星说什么是没有问题的,对吧?只要听起来有点宗教味儿就行,因为现在杀手只要开口说话,往往总有点宗教味儿。埃尔维斯想把钱捐出去,大家都想跟埃尔维斯一样:难道这个方程式不应当这么解吗?

是的,他们的计划就是再次把红色和黄色的箱子装满。如果运气好,就再增加两只箱子,什么颜色倒无所谓。这项计划要靠杀手安德斯的一张嘴来完成。可是,单凭一次疯狂的布道是完成不了的。相反,他们需要一个连续不断、周复一周、貌似宗教的思想。这个思想必须有一个根基,不是本堂牧师站在布道坛上,一会儿念念有词地喊"和撒那",一会儿弯下身去喝口葡萄酒就能奏效的。更重要的是,他们的项目不能把宝押在一个人身上。

"你这话是什么意思?没有安德斯的安德斯教堂?"

差不多吧。

"你是在考虑伯爵和伯爵夫人?"

"是的。还有将近二十个不同级别的团伙成员。如果要他们中间的某个人把他干掉,是三天呢还是三个月,我们不得而知。只要成功了,那就将是他的最后一次布道。"

"然后呢?"

· 117 ·

"为了深切怀念我们的缔造者,我们的活动必须继续。一旦某一天本堂牧师永远离开我们,就要有一个准备非常充分的人把他的任务承担起来。这个人要能与会众一起,对这个牧羊人的不幸离世表现出悲痛与怀念。他离世后,谁还能以他的名义,让钱源源不断地流进呢?"

"你说的是你自己,对吧?"接待员开始领会她的意思。

对于牧师来说,问题的复杂性在于,本堂牧师安德斯离世那天,无论他是上天堂还是下地狱,她将被迫继承什么样的信息。约翰娜·谢兰德的命运可能会发生一劳永逸地变化:她将面临非常困难的时期,重返布道讲坛,甚至假装在继承谢兰德家族的传统。真的,千万不要如此。

接待员觉得他不应当介入他们创办的这所教堂的宗教细节。他理解牧师所处的两难境地,但他不得不提醒她:耶稣似乎走到了杀手安德斯的一侧,也许他们不能再把任何人放到他的另一侧了。

牧师早就意识到,不管发生什么事情,耶稣都必须以这样那样的方式成为该计划的一部分。圣餐也是如此,或者说要让他们的"总布道师"的血液中含有相同浓度的酒精。

接待员安慰式地拥抱了他的牧师,说她肯定能找到一个合理的解决办法。也许单独与耶稣在一起,没有他的使徒在场?

"唔,"牧师深思熟虑地说,"凡祈求的,就得着;寻找的,就寻见。《马太福音》第七章第八句。"

接待员已经把全面改进个人安保措施的任务摆上了工作日程的优先位置。牧师的担忧引起他另一番思考。实际上,他们即将暴露的不仅是杀手安德斯,还有他们自己,而且是暴露在那些巴不得他们全部死掉的人面前。

在杀手安德斯大谈特谈和平、欢乐和仁爱的时候,把他干掉是轻而易举的事，其风险微乎其微。这个问题牧师早就想过了。从财务角度来看，他的死会很糟糕。但是，即使有了这个计划，牧师和接待员还是要从暗处走到明处，那他们能不能活下来就没有任何保障了。如果他们三个人都翘了辫子，可以毫不夸张地说，他们的营运计划就根本行不通了。无法避免的事态发展是：给伯爵、伯爵夫人，以及被他们欺骗过的人发出道歉明信片。

"你好像是在考虑保镖问题。"牧师说。

"我刚才是在考虑保镖问题，"她的接待员说，"不过我现在考虑的是组建一支保安队。"

牧师表扬了他一句，并希望他交上好运，努力确保他们过上一种长久幸福的生活。她觉得只要杀手安德斯还与财务进项有关，接待员不妨给他也配上保镖。

"不过我现在还有点事情。我要去创立一个宗教，和耶稣一起，不过最好没有上帝在场。"她说着微微一笑，然后在她的接待员面颊上亲了一口。

第二十九章

接待员真的有大量问题需要解决：保镖问题、寻找合适建筑、确定银行转账、电话和电话号码、电子邮件……作为市场营销经理，他还要从脸书、推特、照片墙的角度考虑问题。

到目前为止，他都不是很喜欢脸书网。他有自己的脸书账号，目前只有一个朋友，就是身居冰岛的母亲。而且她已经有不少时间不给他回应了。

她已经搬家了，最后搬到欧洲最大冰川——瓦特纳冰原——旁的一座临时搭建的茅屋里，但她的儿子一直被蒙在鼓里。她丈夫是个银行家，在雷克雅未克犯了严重的错误。他觉得有必要和自己风韵犹在的妻子亡命天涯（如果她不是总这么气呼呼的倒霉样）。她丈夫说他们最好暂时蛰伏在那里，等雷克雅未克、伦敦——其实是各个地方的事态平息之后再说。限制法上有规定，只要前三年过去了，所有的事情都会烟消云散。

"三年？"接待员的母亲问。

"是的，或者五年。法律的状况还有点不太明朗。"

接待员的母亲问自己一生中究竟做了什么。"我搬到一个小岛上，搬到冰川边缘临时搭建的茅屋里，即使我在这里能碰到一些人，他们谁也听不懂我说的是什么。上帝呀！你为什么要这样来惩罚我呢？"

实际上，是不是上帝做出了回答，谁都不清楚。可是在这个绝望的女人提出问题之后，立即传来一阵沉闷而强力的隆隆声。一次地震，就在冰川下面。

"恐怕是巴达本加火山苏醒过来了。"她丈夫说。

"巴达什么？"妻子问。不过她也不知道自己是不是真的想知道答案。

"火山。就在冰川下面四百米的地方。它已经休眠一百年了。我以为它已经完全休息……"

接待员的母亲那临时搭建的茅屋，即使火山喷发之前，也没有互联网服务。所以儿子无法联系到他在"脸书"网上的唯一朋友。他对媒体平台如何工作、如何共享之类的东西基本一窍不通。但他很快就发现自己在这方面颇有天分：

安德斯教堂
施比受更有福

妙语啊，如果是他说的那该多好。手持《圣经》与平板电脑，有背景光环的杀手安德斯的形象。

"我要这个计算器有什么用处？"拍这张照片的时候，杀手曾提出疑问。

"那不是计算器，是平板电脑，是为了营造新旧对比。我们的信息是给所有人看的。"

"那句话是怎么说的来着？"

"施惠比受惠更好。"

"千真万确，千真万确。"杀手安德斯说。

"其实也不尽然，不过道理还是有的。"接待员说。

一旦牧师把这些宗教信息放在一起作为布道词，接待员就可以给它画龙点睛了。但是他早就不喜欢那个"喜欢"按钮了，因为它只是让人们去点赞,而不是让他们拿出一张一百克朗的钞票,抑或是一张两千克朗的支票。

另一件要操心的事,是要找到一个合适的地点。接待员上网搜索,寻找机库、谷仓、仓库以及其他各种地方,结果反而意识到杀鸡何须用牛刀。

他们只要买下一座教堂就行了。

在瑞典,基督教路德派是国教,曾经是至高无上的。其他信仰都在被禁之列,但是又不允许没有信仰,也不允许以错误的方式信仰正确的上帝。

十八世纪时,国教如日中天,可现在却不断受到一个虔诚教徒的挑战。这个人受到讨厌的外国影响,认为应当允许人们去体验一下宗教生活的热情,这比路德教派老一套的方式要好。

热情?为了防止事态失控,国教一定要把信仰正确但方式错的那些人抓起来进行审判。

大多数人都表示认错,得以轻易过关,只是把他们驱逐出境了事。可是时不时地总有一些人顽固坚持自己的立场,其中最坚忍不拔的就是托马斯·利奥波尔德。他在法庭上非但不配合,反而为法官进行祈祷,于是恼羞成怒的法官判处他在布胡斯堡服刑七年。

即使这样,利奥波尔德牧师也没有屈服。他们加判他在卡尔玛堡再蹲五年。此后又判他在丹维肯医院待了五年。

过了十七年,人们以为利奥波尔德的锋芒会有所收敛,可是他却依然故我。

他们只能暂时作罢。他们把他遣返到胡斯堡,关进牢房,然后把钥匙扔掉。他的牢狱之灾又重新开始了。

他们又囚禁了托马斯·利奥波尔德二十六年,使他非常恼火。他已经七十七岁。他终于想到了死。这肯定是一个悲剧性的故事,但它展现了国教的决心、秩序和纪律、星期天的礼拜仪式。

人类社会从严酷的十八世纪进入了相对而言比较温和的十九世纪。有好几个自由的教会得到核准，它们已经不需要偷偷摸摸的了，而是名正言顺地存在着。接踵而来的是一个又一个悲剧：先是一九五一年关于宗教自由的法案，五十年后又有了涉及政教分离的法案。

曾几何时，由于不信仰正确的东西，就会被判在狱中度过四十三年（在濒临死亡之前才被从监狱里释放出来）。就在二百五十年后，每个月有五千瑞典人脱离国教，当然其数量还赶不上违章停车的罚单多。他们想到哪里去就可以到哪里去，或者想不到哪里去就不到哪里去，这是受法律保护的。那些愿意参加周日礼拜活动的人，并不是因为他们不敢不参加，而是因为他们真心实意地愿意参加。或者像大多数人一样，他们不去参加。

各种宗教集会以同样的速度此消彼长。从十八世纪到二十世纪，最终的结果是，在骄傲的瑞典王国的整片国土上，到处矗立着空空荡荡的教堂，而且年久失修。如果没有大量的资金投入，它们不可能再现昔日的辉煌。

当然，瑞典国教确实有大量的金钱。它的累计资产大体上接近七十亿克朗。但可笑的是，每年的股息还不到百分之三，因为多年来它实际上（而且有点勉强）拒绝在石油、烟草、酒类、轰炸机或者坦克上进行投资。这百分之三的盈利中，有一部分要用于教会自身运作的再投资，但是如果雨淋在牧师身上，并不意味着敲钟的人也会被淋湿。或者，用俗气的话说就是，个别宗教聚会常常是朝不保夕。寻找这种教堂的人，只要愿意出三百万克朗现金来收购一座教堂——它不过是用木板封闭着的钱坑——这个人就能拥有会众。

"三百万？"格兰隆德先生问。他突然意识到，有了这笔钱，他就可以为教区的这座主要教堂干很多好事,况且它自身也的确需要翻新了。

当然,开口价是四百九十万,可是挂牌出售两年多,至今一直无人问津。

"你说是叫安德斯教堂?"格兰隆德问道。

"是的,是用我们的主要牧师约翰·安德松的名字命名的。他的生平故事令人难以置信。真正是上帝的奇迹。"接待员嘴上这么说,心里却在想,如果上帝真的存在,随时都会用雷劈他的脑袋。

"是啊,我一直在关注报纸上的有关报道。"老牧师说。他心想,掌握另一批基督教会众有不少好处。毕竟,这是一幢神圣的建筑,这样它就可以继续保持它的神圣。

格兰隆德获得教务委员会认可,进行全权谈判,并决定接受这三百万克朗。教堂的整体建筑规模相当可观。它有过非常辉煌的过去,那是在大约一百年前。它离欧洲十八号公路很近,有一块墓地,上面有些零零散散的墓碑,至少有五十年的历史了。格兰隆德想到了那里的坟墓,他感到庆幸的是,已经很长时间都没有人葬在那里了。把最后的安息地选在瑞典最繁忙的主要公路一侧能够得到安息吗?

他还是无意间向他的潜在买主提到墓碑的事。"你是不是打算尊重那片墓地的平静?"他表示疑问,但心里很明白,即使不这样做,也不会有什么法律上的限制。

"当然,"接待员说,"我们不会挖掘任何一座坟墓。我们只是把上头平一平,然后在上面铺沥青。"

"铺沥青?"

"建停车场。我们要不要把这个定下来? 速战速决:我们想在周一就过来,只要您给我开张收据,马上就付您现金。"

格兰隆德后悔不该提坟墓的事,决定假装没听见对方的回答。他伸出手。"成交,"他说,"佩尔松先生,这座教堂是您的了。"

"太好了,"佩尔·佩尔松说,"我想您还没有考虑过加入我们的信仰吧,先生?如果您能加入,我们将不胜荣幸。如果您希望,我们将修建一个免费停车场。"

格兰隆德觉得自己给刚刚卖掉的教堂招来了不幸。他和他的教众都非常需要这三百万克朗。可是这并不意味着他们必须来巴结这个买主。"佩尔松,在我还没有改变主意之前,你赶快从这儿出去。"他说道。

第三十章

接下来就是安保问题。

在接待员的整个成年生活中,他的周围从来不乏大大小小的各色流氓,可是在与底层社会的接触中,他感到力不从心。毕竟,那也许是招收保安队伍最好的地方。如果伯爵、伯爵夫人以及和他们一样的人突然出现,这些人就会突然出击。他们不是那种会先提问题或与别人讲道理的人。

在底层社会待过很长时间的,当然就数本堂主教安德斯了。安德斯听到接待员让他考虑考虑,他考虑得头都嗡嗡作响了。不幸的是,他的脑子早就嗡嗡作响了,所以他在安保问题上拿不出什么好的方案。另一方面,他提出一个有趣的想法,说他的狱友中很多人都有在酒吧当保安的经验。

"这个嘛,啊,"接待员说,"你知道其中一些人的名字吗?"

"是的……霍尔姆隆德,"本堂牧师安德斯一阵沉思后说,"还有慕斯……"

"慕斯?"

"呃,人家喊他慕斯。他的真实姓名不是这个。"

"我有一种感觉,这个人也许行。我们可以考虑一下慕斯吗?"

"不行啊,他还在里面,要蹲很长时间,杀人犯。"

"那霍尔姆隆德怎么样?"

"他就是被慕斯做掉的。"

接待员顿时喜形于色:本堂牧师安德斯指出了大斯德哥尔摩地

区的两三家健身房,说那里是各类杀人犯、前科罪犯经常光顾的地方。接待员打电话给塔克希·托尔斯滕,让他(不要开着房车到处转悠)逐个健身房去寻找切入点,找到所需要的保安队员。

在第一和第二家健身房里,塔克希没找到他想找的人。毕竟,他总不能走到一个人面前,问人家是不是杀过人,是不是在里面蹲过。走进第三家健身房后,他开始觉得有些犯难了。与前两家不同的是,在这里他时不时地总能看到个把像是杀过人的人,而且很可能就站在吧台外,一副吓人的样子。当然,要区分谁可能因为极端暴力而蹲过大牢,或者谁在危急关头不会犹豫不决,都是不可能的。

塔克希·托尔斯滕跟在接待员后面进了健身房,没有人出来盘问他。他觉得在车里等着是非常无聊的。

刚才开车的时候,他对这个问题逐渐有了一个粗浅的认识,所以他也想发挥一下自己的作用。他走到服务台一个小青年前面,自我介绍说他是塔克希·托尔斯滕,然后问:"在今天所有的客人中间,你觉得我们最不能惹的人是哪一个?"

那小青年看着塔克希·托尔斯滕,没有回答他的问题:"塔克希·托尔斯滕?"

"是,是我。我们肯定不能惹的人是谁?"

"你是不是到这里来搞事的?"年轻人说。

"不是,哪能呢!我们想知道绝对不能惹谁,这样我们到这里来就不会出现问题啦。"

那人看来既不想继续对话,也不想待在原地。他不知道该说什么或者做什么,但终于指着健身房那一头的屈臂训练机上一个身材魁梧、浑身刺青的男人说:"他叫刀子杰里。我不知道为什么,但我希望这一点没有变。我注意到大家都很怕他。"

"太好了！"接待员说，"你说他是刀子杰里？响亮的名字！"接待员感谢他的帮助，然后对塔克希·托尔斯滕说他的表现非常出色，不过现在他应当回到入口处去等待。这些事情要由佩尔·佩尔松和刀子杰里私下面谈。

刀子杰里的二头肌训练结束，接待员趁他休息的当儿走到他面前说："我想你就是刀子杰里吧？"

对方没有生气，只是上下打量着佩尔·佩尔松。"此时此刻我是无刀杰里，"他说，"不过你还是有可能要倒霉的，就看你找我干什么了。"

"好极了！"接待员说，"我叫佩尔·佩尔松。我是代表一个叫杀手安德斯的人来的。大概你也听说过他。"

刀子杰里想保持往常那种自信和冷漠，可是发现自己做不到，因为这个对话正变得非同寻常，激动人心。它可能会导致什么结果呢？

"杀手安德斯，就是那个得到耶稣……以及一大批敌人要对付的家伙。"刀子杰里说。

"但愿你不是其中之一……"接待员说。

不，刀子杰里跟杀手安德斯之间没有什么过节。他们从未谋面，也从未一起蹲过同一个监狱。不过按道理说，除他之外可能会有其他人与安德斯有过节，尤其是伯爵和他那个老女人。

是啊，正是这么回事。杀手安德斯开始了一项新的事业，他要在自己的教堂里布道。这种事需要一定水平的投资，如果别人投资之前，他突然过早地去见他的造物主，那事情就糟糕啦。所以他佩尔·佩尔松就来麻烦杰里先生，不管他是有刀还是无刀。痛快点说，就是杰里先生是否考虑接受这个任务，让杀手安德斯尽可能活得长久一些？只要他接受这个工作，他也可向佩尔·佩尔松和一个叫约翰娜·谢兰德的女人提供同样的保护。"顺便说一句,她是个讨人喜欢的女人。"

刀子杰里注意到,佩尔·佩尔松和杀手安德斯是生意上的合伙人,看来关系非同一般。杰里被人雇用当了个守门人,工作地点在市里一个相对冷僻的地方,所以他也很想换一个新的工作。他表白说自己在这种情况下不是"孬种"。也许他在睡觉的时候都可以用眼睛盯着伯爵,使他不敢回视。佩尔·佩尔松脑子里考虑的聘用条件是什么呢?

关于保镖问题,佩尔·佩尔松的想法还不成熟。他在物色一个"在里面蹲过的"人,让他来到一个在一定程度上要铤而走险的世界。现在,在所有人当中,佩尔·佩尔松要特别感谢塔克希·托尔斯滕。他并不了解站在离开刀子杰里不远处的托尔斯滕,顶多就是他的词汇量不错,有自我表达的能力。他似乎很沉稳,而且希望能给杀手安德斯当保镖,使他免受伯爵和伯爵夫人,以及其他乌合之众的伤害。

机不可失。他没有请示亲爱的牧师,就认定刀子杰里是他们要找的人。

"我向你提供一份工作,由你担任保安队队长,招兵买马的事由你负责,希望你能尽快走马上任。你雇用的人将得到丰厚的报酬,你的报酬我给你加倍。如果你接受这份工作,我最后一个问题就是,你什么时候可以开始?"

"当然不可能现在马上就开始,"刀子杰里说,"我总得先冲个澡吧。"

第三十一章

现在他们有了建立信仰群体的许可证,有了教堂(铺设水泥的工作正在进行),有了本堂牧师和一个备用牧师,而且还在组建保安力量。他们也面临着一个直接威胁,主要来自伯爵和伯爵夫人。除此以外,牧师还有些忧虑,他们缺少明确的、与众不同的宗教信息。

她本想从福音布道的立场退后一步或几步。把基督的血液与来自其他地方的新鲜血混合在一起,比如穆罕默德的。她对自己的东西很了解。穆罕默德真名叫阿明——意思是可信任的。人们称他穆斯塔法——这是选用名。上帝的一个先知有些想法很好,认为不是上帝让马利亚怀的孕,可怜的约瑟夫也没有能站在一旁看。

让上帝和穆罕默德分别站在杀手安德斯两侧——不,这可不行。她还有一个想法,就是让上帝和基督与山达基教①并立,不,这也行不通。后者认为可以用精神康复疗法修复一切,然而这样的计划可以使人一夜暴富。**捐一千克朗我们将解放你的思想,捐五千克朗我们将为你思考**,或者类似的表达。

不过山达基教徒与异教徒和其他奇怪的教派之间有严格的界限。即使从有些方面来看,基督教可以被看成是异教,但它们毕竟是两个水火不容的信仰。最难的部分可能是关于地球的年龄:根据《圣经》的说法,只有六千年,可是山达基教认为至少有四十亿年。

---

① 山达基教(scientology),亦称科学教,是新兴宗教之一,初创于二十世纪五十年代,教众曾达十万,近年人数锐减。

即使折中一下,《圣经》谱系也要再延长二十亿年,谁有时间这么做呢?

实际上,这些她早就知道了:她一直在研究那本被杀手安德斯视若珍宝、精心呵护的《圣经》。安德斯教堂无论是从第一、第二或第三位来说,都是个商业企业,本堂牧师决定付之一笑,逆来顺受。毕竟基督教在瑞典的分布还是比较广的。对那些想升级安德斯教堂的人来说,这一步跨得并不是很大。安德斯教堂的特点是,它的布道讲坛上有一位超级明星(只要他们能让他活着就行),本堂牧师要确保用这本《圣经》挣来的每一块金子都放进淘金盘中,这样他就可以很好地为他们服务。

约翰娜·谢兰德的最爱是《马太福音》中善良的撒马利亚人。这是一个故事,说说这个法案中有"施惠是福"之类的话,但也有非常幽默的曲折,说马太死后成了罗马天主教的圣人,并从此成为司掌税收和关税的圣人。

从谚语中也有可以选出大量的句子,如吝啬鬼难成大事;捐钱给本堂牧师安德斯的人,会像绿叶和许多植物一样繁茂昌盛。当然不会直白地使用"本堂牧师安德斯"的说法,而是进行简单的迂回。糟糕的是,谚语都在《旧约》里面。这就意味着她必须把整个《圣经》都要放在包里随身携带。

牧师的计划制定完毕。安德斯教堂将成为慷慨精神的堡垒,让耶稣充当人质,让上帝成为对教众中吝啬成员的威胁。

根据接待员的计算,收入款项的百分之五应当给杀手安德斯,百分之五给保安队,百分之五作为一般费用,百分之五给穷人,剩下的百分之八十归牧师和接待员。不过他们之间怎么分,还需要另外协商。如果他们让贪婪占了上风,他们的企业就可能不大景气。

当然，如果安德斯眉宇间中弹，他的那部分钱就会成为游离款。

《圣经》上就宽慰地说过，让一个慷慨的人富起来。

随着时间一周一周地流逝，人们对瑞典（也许是欧洲）最有趣的那个人的兴趣逐渐减退。最初，通过"脸书"或接待员匆忙建立的银行账户，每天至少有十五万克朗的进项。可是很快这个数目就减少了一半，几天之后又减了一半。人的忘性真他妈大。

还没等一切就绪，给光荣杀手的捐款就几乎降到了零。掌管预算的接待员紧张起来。万一无人光顾怎么办，万一安德斯在讲坛上说得天花乱坠，下面只坐了牧师和接待员两个人，还把他们最后仅有的几枚硬币投入募捐箱，那怎么办？

牧师显得比较放松。她冲着接待员笑笑说，《圣经》上说，信念可以用这样那样的方式撼动大山，现在不是他们放弃信念的时候。她即将为本堂牧师举办为期一周的布道方法讲座。与此同时，如果接待员有把握让刀子杰里和他招募来的人完成他们的最后训练，那就太好了，这样她的工作就不会突然前功尽弃。

说到这个问题，刀子杰里抱怨说，万一牧师在讲坛上遭到袭击，教堂连第二条退路都没有，他感到不爽。偷盗老手都知道，至少需要两条退路，以防碰到不速之客。对窃贼来说，工作当然指的是做贼。现在这种情况，指的是牧师布道。

"杰里的基本意思是说，找工匠来在墙上开个洞，直接通到圣器收藏室。我说这件事我要先跟你商量一下，不过……不管怎么说，在一个神圣的建筑中，那是个神圣的地方，所以我还不知道怎么……"

"我认为在墙上开一个神圣的洞非常合适，"牧师说，"收藏室有了一个紧急出口。如果消防队长知道这一点，他会对我们赞赏有加的。"

连续六天,牧师一直在对杀手安德斯进行强化培训。

第七天牧师说:"我觉得他现在已经做好了准备,而且从来没有准备得这么好……"

"保安队也提高了警觉,"接待员回答说,"刀子杰里招募了很多人。不出示身份证件,我也不敢贸然走进教堂。"

说到这件事,佩尔·佩尔松反复重申,说他担心在他们准备采取最后行动的时候,那个慷慨的杀手,很快就会犯健忘症。

"不过这样的事情我们还是可以应对的。"牧师说着又露出蒙娜·丽莎般的笑容。

她想到了一个办法。

不对,她想到了两个办法。

接待员对她笑了笑,但不知她葫芦里卖的什么药。在这个节骨眼上,他对她的创造力有十足的信心。相比之下,他自己就像是一张 Excel 软件的空白表格。

"你岂止是空白表格,亲爱的。"牧师说。她的语气非常诚恳,这是连她自己都没有想到的。

听了这番暖心话,接待员真是受宠若惊,他发现自己在这个关头不由自主地提出他们可以找个地方亲热亲热。

"可是在哪里?"牧师毫不犹豫地问。

是啊,真见鬼。他们总不能一辈子跟杀手安德斯一起住在野营房车里吧。他们还必须解决住房问题。为了杀手,也为了那些诚实的好人。

"在管风琴背后?"他提议说。

· 133 ·

第三十二章

　　令人惊讶的是，让杀手安德斯明白面对记者的时候应当说什么以及为什么这么说，竟然如此简单。此外，他除了说他应当说的之外，还加上了他自己的一些胡言乱语，不过他就是这么个人。每当他准备说点真正疯狂东西的时候，约翰娜·谢兰德总能及时制止他，然后说一些她本人对这个问题的看法。

　　跟两年半前一样，这次《快报》派出的是同一个记者和同一个摄影记者。他们要求对发现基督并准备创建一个教堂的杀手安德斯进行独家采访，得到准许后两小时，他们就赶到了现场。两位记者从来没有像现在这么紧张过。

　　在采访中，杀手安德斯不厌其烦地大谈荣耀来自施惠，而不是受惠。他承认骗取黑社会部分人钱财的只有他，没有其他人。而且可能采取了次最可怕的方式。

　　"次最？"记者表示不明白。

　　这么说吧，在很多情况下，犯罪分子使用直接契约的方式杀人，而且是预先付费。唯一可能比较可怕的情况是，人已经杀了钱还没付。当然，他们从来没有遇到过这样的情况。本来为杀人而预付的款项，被拿去送给了穷人。金盆洗手的杀手没有给自己留一个欧尔[①]（除了以几笔微不足道的费用，用于圣餐酒和……圣餐酒）。附带说一句，还会有更多的捐赠。

---

① 一百欧尔等于一克朗。

说来也巧，那个记者问到与杀手安德斯签约的那些杀手的名字。这一问使他想起了自己原本不想说的话，因为他每天晚上都在为他们祈祷，而且会邀请他们成为他新建教堂的教众，他答应把那些教众都介绍给耶稣基督，而耶稣也会把他们揽入胸怀。

"哈利路亚！和撒那！哦，我，哦，天哪。"安德斯牧师向着苍天举起双手，大声呼唤，这时，牧师用手肘在他的身体侧面顶了一下。

现在还不能让他脱轨，还有一个关键项目没有进行呢。杀手安德斯似乎已经忘了。牧师不得不提醒他。"而且你还采取了某些措施。"她说。

"我采取了吗？"安德斯边问边放下手臂，"是的，我的确采取了！我保证公开那些杀过人或打残人的凶手的名单，同时还要公布证据，以防万一我在大街上遇到车祸，或者脑门上挨了一枪，或者看似自杀地被人吊死，或者万一我以其他任何方式提前离开这个世界。"

"你是说，如果你死了，这个世界将会知道，曾经雇用你当杀手的是谁……我们会不会也能知道预期的受害者是谁？"

"当然！到了天堂，我们相互之间就没有秘密可言了。"

牧师认为杀手的表达方式非常愚钝，不过听起来还比较顺耳。《快报》记者依然表现出很大的兴趣。

"所以你害怕黑社会来找你的麻烦？"

"哦，不会的，"杀手安德斯说，"我从内心里感到，他们很快就要皈依了。耶稣的爱能温暖每一个人的心。每一个人都能得到一份爱！如果恶魔附着在他们哪个人的身上，重要的是社会要做点什么……和撒那！"

说完这个词，一切该说的都说完了。牧师感谢报纸花时间来采访。现在本堂牧师安德斯要去准备布道了。"顺便说一下,这次布道安排在周六,时间是下午五点。可以免费停车,还提供免费咖啡。"

与新闻界再度见面的计划一直是把双刃剑。它对于宣传尚未启用的安德斯教堂非常重要。而且伯爵、伯爵夫人、以及其他坏家伙也会知道,如果他们敢动牧师和本堂牧师一根毫毛,他们面临的将是什么。

这是一个出色的计划。

但是还不够出色。

因为伯爵和伯爵夫人恼羞成怒的程度会超出任何人的想象。

第三十三章

"他是个聪明的混蛋,那个人。"伯爵夫人压低嗓门,说着扔掉手中第二天即将发行的《快报》。

"不,我认识他快四十年了,"伯爵说,"他跟聪明一点儿边都沾不上。是有人在背后替他出谋划策。"

"是牧师?"伯爵夫人问道。

"是的,约翰娜·谢兰德,报纸上是这么说的。她身边那个偷车贼,如果我没记错的话,叫佩尔·扬松,我真想割掉他的小鸟,不过现在还为时不晚。"

在大斯德哥尔摩黑社会的圈子里,伯爵和伯爵夫人具有其他人所难以企及的权威。如果有人要在首都的重要地痞流氓中发起一次联合行动,发出邀请的肯定是这两个"贵族",这也正是他们所做的。

瑞典首届最大规模的犯罪分子代表大会,在哈宁厄的伯爵和伯爵夫人的一家场地空了一半的汽车经销商店召开。

他们这店刚创造了一周良好的销售业绩。任何非法走私车辆,或者碰撞损坏的车辆,只要略施行内小计,就可以使它完全焕然一新。伯爵和伯爵夫人觉得,对一辆车的经历或者它的内部情况,他们没有报告的义务。而且,毕竟除了在电影里,汽车是不会说话的。

仅过去几天,就有十辆这样的非法汽车开出了专卖店的展示大厅。所有的车都低于标价。没有一辆车的气囊像广告上说的那么好，但是只要新车主意识健全，严格按照交规上路，那就不会有什么问题。

本周的销售业绩，总的来说还不错。他们即将召开这次大会是有背后原因的。

附带说一下，制作与会者的相关列表也用到了行内的一些工作技巧。毕竟还缺少一个已经签约的人员名单，而这些签约者都想让自己的至亲骨肉肢体残缺或一命归天。通知将以口头的形式通过四家经过精挑细选的酒吧传达下去。

最后，在规定时间里到汽车展示大厅来开会的有十七个男人，再加上站在最前排展台上的伯爵和伯爵夫人。

这个展台本来是用来展示大厅里最好的车，不过它刚刚的售出价相当于一公斤上等冰毒的价格。这个展台现在成为这两个人的绝佳讲台，而且他们也喜欢强调自己是这些人当中的佼佼者。

最生气的是伯爵夫人，伯爵次之。她让大家安静。"我认为，现在的问题不是'是否允许杀手安德斯继续活着'，而是'怎么确保让他死去'，伯爵和我有几个想法。"

展台下站着的十七个人中，有几个人显得局促不安。如果杀手因拒绝杀人而得到应有的处罚，那他所签的合同就将被公之于众。他们之中居然有一个人胆敢顺着这个思路提出异议（说来也巧，他曾经出巨资让人去除掉伯爵和伯爵夫人）。他发言说，做掉安德斯，可能会引起首都发生大规模流血冲突。最好他们能像往常一样，只做买卖，不搞太多的窝里斗。

伯爵表示反对，说他这个人天生受不了被别人这样讹诈。他没说出口的话是，他和伯爵夫人成功地干掉两个生意上的竞争对手——完全靠他们自己——杀手安德斯和他的手下没有出手，却拿了报酬，包括现金和房车。

后来，这十七个人中竟然有一个人对刚才那个人表示支持。他还没有做到出钱让人干掉伯爵和伯爵夫人，但他认为在这两个人当中，伯爵夫人更具有破坏性，更不可预测。出于生存本能，他也有理由希望让杀手安德斯活得长一些。

第三个人曾花钱让伯爵的一个堂弟成了恶性攻击的受害者。这是件很糟糕的事。这伙人里还有几个人拿出各种合同，针对他们当中至少其他八个人。这八个人之中，如果说有谁在一定程度上是无辜的，那只是因为他没有足够的钱，无法让自己的罪过比实际更大。

伯爵和伯爵夫人是大家最畏惧的，可是，至少展台下的十七个壮汉最终找到了抗命不从的勇气。他们都认为，为了他们的生意，还是息事宁人算了。复仇的事与当前的工作环境格格不入，而工作环境则比什么都重要。

伯爵夫人破口大骂，说这十七个人是没有脊椎的昆虫，令人恶心，她这一骂，其中有些人倒真希望有机会再花钱雇杀手安德斯一次，只要他这一次能干好自己的活儿。

然而，这十七个人中竟然有一个人在思考，认为说昆虫没有脊椎是言过其实，不过他很识时务，没有当场提出这个问题。

会议不到二十分钟就结束了。所有大小恶棍都派了代表前来开会。唯独那个想灭掉自己的邻居而支付了八十万克朗的虚弱男没有派人来参加会议。他那个邻居只是向他老婆扮了个鬼脸。这个执意报仇的人很快成了穷光蛋，他老婆也离他而去，找了一个更有活力的邻居，甚至跟他去了卡那里群岛。于是这个虚弱男就寻了短见，因为他认为这种暧昧的鬼脸是一种说不清道不明的调情。

最后结果是允许杀手安德斯继续活着。这是由总共十九个仍然活着的、被骗子骗了的人中的十七个做出的决定,剩下两个人的意见是,最好能让安德斯与约翰娜·谢兰德和佩尔·扬松(也许叫佩尔松)一起死。

第三十四章

　　安德斯教堂正式开张的前两天,正是发表最新牧师理念的时候——也就是说,要掀起全国性的捐款高潮,以期取得预期效果。塔克希·托尔斯滕开车,牧师、接待员和杀手安德斯坐在后排座位上:安德斯的大腿上放着一个包裹,里面有五十万克朗的现金以及他个人对受益人的问候。

　　旅游旺季还没到,不过斯德哥尔摩皇宫周边从来都不会没有人。最重要的是,主要大门的岗哨总是站立在那里,而且自一五二三年以来从未间断过(当然从来不会是同一个哨兵,必须补充一句的是从十八世纪初皇宫被烧毁,到五十年后重建的这段时间,哨兵还是允许休息的)。

　　塔克希·托尔斯滕是个颇有创意的司机。他绕开斯洛兹贝肯方尖碑,把车直接开上卵石路面,渐渐开到身穿漂亮制服、手持上了闪亮刺刀的步枪、立正站着的哨兵身边。

　　杀手安德斯从车里走出来,手里举着那个包裹。"日安,"他一本正经地说,"我是杀手安德斯。是来向女王陛下以及她的世界……什么什么……基金会转交五十万克朗善款的。虽然我们开车来的一路上我都在背诵……但是我还是想不起来它叫什么名字。我们从哪里来并不重要。长话短说……"

　　"把包裹交给他就完事儿了。"车里的接待员大声嚷起来。

　　但是,这种事说起来容易做起来难啊。哨兵是不能随便接受可疑包裹的。他按下了紧急按钮,并开始机械地背诵一段话:"根据法律，任何希望进入被保护建筑或在被保护建筑附近游荡的人，都应当在接受警卫该建筑的哨兵盘查他的姓名、出生地点和住址的时候，据实做出回答，并接受搜身检查，但信件和其他私人文件不受检查，同时还要接受对车、船和飞行器的检查。"

杀手安德斯拿着包裹站在那里，瞪大眼睛看着那个哨兵。"你的感觉还好吧？"他问道，"难道你就不能以耶稣的名义把这个该死的东西先收下来吗？这样我们就可以滚蛋了。"

在岗亭里的哨兵又深吸一口气。"为了确保他适当执行自己的任务，负责警卫这个建筑的哨兵在必要情况下也可拒绝他进入，或让他走开，如果还不行，就可以对在被警戒的建筑中或该建筑附近的人进行暂时拘留……"

"呃，你可以设法拘留我，你这个混蛋大兵。"杀手安德斯怒气冲冲地说。

那个吓得不轻的哨兵继续他的说教："……根据这项法律，如果此人实际违反了任何一项禁令，在被询问时不提供任何信息，或提供任何有理由被怀疑的虚假信息、拒绝接受搜身，或者……"

大概就在这时，杀手安德斯把傻大兵推向一边，把包裹放进岗亭。"现在你务必把这个交给女王，"他对此刻已蹲在地上的哨兵说，"如果有必要，你可以检查，但不要动里面的钱，不然的话！"

接着杀手安德斯就回到牧师、接待员那里，托尔斯滕立即驱车，他们很快就消失在前往方尖碑的车流中。几秒钟后，从另一方向来的援军赶到哨兵蹲着的那个现场。

起初，杀手安德斯"袭击王宫"的谣言传得沸沸扬扬，可是在女王召开的记者会上，她说要感谢他送来的（经 X 光检查过的）奇妙礼物，也就是他通过世界儿童基金会转赠给困难儿童的四十九万四千克朗。

"你打算什么时候学一下如何数数正确数到五十万?"接待员问。杀手安德斯阴沉着脸没有回答。

宣传力度前所未有。第一波是只谈形势充满潜在威胁,第二波由女王亲自出面澄清事实,第三波是关于约翰·安德松(亦称杀手安德斯或本堂牧师安德松)独特生平的简要回顾。"我可不可以称自己为牧师大人?"他提出疑问。

"不行。"牧师说。

"怎么就不行呢?"

"因为这是我说的。"

"那么用'主任牧师'呢?"

第三十五章

刀子杰里面临一项艰巨的任务，那就是说服他手下的保安队员不要穿皮夹克、戴黄铜指套、手持惹人注意的 AK-47 步枪，不要以这个国家最危险的汽车团伙的模样出现。这些售价在三万五千克朗的苏制卡拉什尼科夫自动步枪，是从瑞典最不可信任的武器交易商那里轻松购得的。

而斜纹布裤子和夹克都是定制的最新款式，但这些保安的大多数人没有穿过，实际上他们毕业之后就再也没有穿过。只要有可能，冲锋枪都应当藏在轻便大衣里面，而每个上衣口袋里都有序地放着美式手榴弹。

"我们亮出这些不友好的东西，"刀子杰里解释说，"不是用来吓唬到教堂来的那些善良、忠厚的来访者的。"

入口处的金属探测器是最昂贵的投资。刀子杰里认为，它的最大好处是可以确保没有人把武器偷偷带进教堂。牧师和接待员及时意识到，有了金属探测器和隐蔽摄像头，他们就可以发现谁带的是硬币，可以投进募捐盘，谁带的是纸币。他们不愿意把教堂的空间浪费在只想得到精神关爱而不准备捐钱的人身上。教堂墓地被改造成有五百个车位的停车场。在柏油层下面埋着不知多少从一八〇〇年到一九五〇年的死人。谁也没有过问这些死人对头顶上方的铺层有什么想法。这些灵魂对此也闭口不言。

如果停车场停满了，这意味着来教堂的人肯定至少有一千。这个教堂虽然规模不小，最大也只能容纳八百人。所以接待员在教堂外安装了一道巨大的屏障,其音响效果和造价都无与伦比,也使他感到非常心痛。那道屏障早晨刚送到,这时第一场布道即将开始。安装工作是要现金支付的。以前剩下的那些钱,都在那两只箱子里。

"别担心,"牧师说,"别忘了,信仰可以移山,无论是《圣经》里的,还是《圣经》外的。"

"《圣经》外的?"

怎么啦,就是嘛。在牧师进行神学研究的时候,她是兼收并蓄的。在《创世记》中,上帝几天内就造出了天和地。另一个可以相信的真理是,被他们称为盘古大陆的超级大陆,就自动分裂成地球上现有的各个大洲、高山、峡谷等。也许有人对此是坚信不疑的——牧师的判断是谁呢?

牧师的冷静使接待员更加冷静。实际情况是那只黄箱子和那只红箱子都很可能再次被钱装满。那么,即使牧师的信仰可以与此同时搬掉一两座山,那又能怎么样呢?而且她可以自己决定什么时候把这样的信仰拿来为她所用。

"那么这一次我就可以引用《圣经》了。完全是为了节省时间。上帝只用了一周,而盘古大陆用了亿万年才逐渐分开。对杀手安德斯、房车和所有其他东西,我是不能等那么长时间的。

"所有其他东西?甚至我也不行?"接待员疑惑地问。

"亿万年?唔,有可能。"

离杀手安德斯首场布道还有几个小时,刀子杰里站在教堂外东北角一处稍高的地方,眼睛扫视前后左右,发现一切都平安无事。

不过,卵石路面上的那个是什么?一个手持耙子的老人!是威胁?看来他正在干一个手持耙子的人该干的活。

他正在用耙子干活。

他是不是要打算清理整个路面,从那条路一直弄到教堂的门廊呢?

"卵石路面那一头发现问题。"他用他们的通信设备告诉手下,不过这套设备并非完全免费。

"我是不是要废了他?"钟楼里的狙击手问。

"不行,你这个白痴,"刀子杰里说,"我过去看看他是个什么人。"

那老头还在用耙子不停地耙着。杰里紧紧握住上衣口袋里的那把爱刀。他自我介绍说他是安德斯教堂的保安队长,然后问对方是什么人,在干什么。

"我在用耙子清理路面。"老人回答说。

"是的,我看出来了,"刀子杰里说,"是谁让你这么干的?"

"让我干?每次有什么活动之前,我都是这么干的,已经干了三十年啦。每周一次,不过这两年没这么多,他们荒唐地决定关闭了上帝的这座教堂。"

"真他妈该死。"刀子杰里说。为了在新的工作岗位不说脏话,他已经操练了好几天了。"我叫杰里。"他说着松开刀子,和老人握了握手。

"伯耶·埃克曼,"使用耙子的老人说,"教会执事伯耶·埃克曼。"

第三十六章

教会执事伯耶·埃克曼不相信运气,无论是好运还是厄运。他不相信除自己以外的任何东西,包括上帝、耶稣、规章和制度。不过有一个局外人,一个不带宗教观点的观察者很可能会说,他即将与杀手安德斯的相遇是不幸的。

直到前天,这个人还是劳工部的一名公务员,他有理由希望自己的生活会进入一个不同的方向,而不是他即将进入的那个方向。他在同一个地方工作了四十年,虽然这地方的名称已经更换过好几次。他自愿来当这个更名为安德斯教堂的教会执事,希望自己在最后审判日那天能在圣彼得的眼里留下个好印象。

在过去的三十年里,他一直在教堂里苦度光阴,变得越来越没有奢望。他早年的情况与现在不同。那时候他工作是为了挣钱,但那并不是全部。他曾经激烈反对过至少在他那个部管辖的一个部门中盛行的野蛮西部思想。他发现职介所的工作人员不定期地、但是有规律地离开办公室,毫无目的地在城里转悠,为职介所寻找合适它推荐的工作。他们把这称之为外出"见雇主""建立联系"和"建立信任关系"。

年轻的伯耶·埃克曼认为,这种卷起袖子就干的办法一无是处。考虑一下这样做的风险:不派任何人去检查监督,工作人员很可能会溜到什么地方去喝啤酒。

喝酒,在工作时间内!上帝呀!

伯耶·埃克曼倒是希望职介所能有完美的内部结构,这样,国家的失业人口就可以进行详细登记：年龄、性别、工种、失业统计、教育状况，几乎统计到每一个人。要做到这一点，就需要纯洁的组织，需要一个没有内部钩心斗角的官僚机构。职介所将成为良好的工作场所。从长远来看，这将达到一个可以完全预测的结果。对伯耶·埃克曼而言，就连这样想一下，内心都非常喜悦。

但是只要这些工作人员还在外面到处转悠，寻找可以推荐的合适工作，事情的结果就无法控制。曾经有一个在塔比的工作人员，他与某公司的执行长官关系搞得非常好，并说服那个人在他的企业中增加了一个轮流倒换的班，一下就给社区增加了八十个就业机会，不过这对于就业问题分析师来说却是个噩梦。没有可供运算的统计数字，因为企业家和职介所的工作人员达成的交易，可能是在洗桑拿的时候，或是在一局高尔夫之后（这个工作人员会故意输掉，甚至在打第十八洞时双击把球打进水障碍区）。

伯耶·埃克曼还没有愚蠢到不能理解八十份工作就是八十份工作的地步，不管它们是怎么得来的。但是总有一些更大的问题需要考虑。职介所那个工作人员的所作所为，除了工作时间打高尔夫，只是忽略了行政方面的事情而已。就是因为这个人，那个季度整个大斯德哥尔摩北部地区的统计数字发生了不对称的变化，而且没有完整的数字。更有甚者，这名工作人员还拒绝提供这八十个前失业人员的活动报告。

"吃力不讨好的工作，"他对伯耶·埃克曼说，"我总不能花上几个星期时间来整理已经有了工作的人员的档案吧，是不是？"说完他就挂断了电话，然后再用打高尔夫的办法在管道行业和暖通空调行业找来了七份新的工作。

然而，在做完最后这几件事情之后他就被解雇了，理由是他不去上班，还有几项其他违规行为。伯耶·埃克曼不得不编一些谎言来摆脱这个家伙。从某些方面来说，这样做是很不好的，因为这个人为了寻找新工作就像走火入魔似的。而且直到最后，他都一直坚持这么做，因为把他解雇之后，职介所在塔比的办公处就多了一个新工作机会。伯耶·埃克曼立刻通过各种关系确保这个人的职务替代有一个不同的前景。首先是结构和统计数字，这样政客们就可以清楚地看到劳务市场的真相。有像这样一个刚被解聘的疯子式的人物，季度预测的风险评估近乎百分之百不能反映现实。政治反对派巴不得出现预测错误，所以公务员也最不愿意在这种事情上花时间。

现在，毋庸置疑的是，一篇书面预估不可能符合现实，理由很简单：它是早就写好了的。这样现实就必须符合这个预估。对于伯耶·埃克曼来说，这是一个真理，它适用于除天气预报之外的所有情况。这是耶和华用超稳健的手做出的裁决，针对的是假定的诺尔雪平地区天气预报的预言家们的绝望情绪。气象学家一再预报第二天会出太阳，结果上帝却让它下雨。想到要在这样一个地方工作，伯耶·埃克曼有点不寒而栗，但与此同时，人们认为他与耶和华有着直接的联系，还能得到气象台和气象卫星的帮助，这种说法弄得他垂头丧气。他会把天气预报的准确性提到一个新水平。

大致上的解释是，问题的关键在于预言的准确度的质量而不是结果的质量。再粗略一点就是：从严格的与气象有关的方面来说，应当强迫所有的公民都搬迁到哥德堡以北地区。这一来究竟需要多少气象学家就非常明确了：一个都不需要。任何人只要在一年三百六十五天当中，有二百到二百五十天预报第二天下雨就行了。再加上伯耶·埃克曼与上帝的联系，准确性可以上升到百分之八十五至百分之九十，这取决于某一时刻找到上帝的可能性。

如果把这个原则应用到劳工部，伯耶·埃克曼的逻辑就会要求从一个季度到下一个季度不应当发生任何事情。不管怎么说，如果出了事，就要让部里的那些分析师重新进行计算。虽然这肯定支撑了那个部门的就业，但也使政客们感到恼火，甚至能引起他们败选。如果说过去这些年公务员学到了什么，那就是劳工部的任何办公室和办事处都不是无足轻重、可有可无的。因为任何其他地方都没有这样的部门，就连比它们更无足轻重、更可有可无的都没有。

伯耶·埃克曼是这个原则的活榜样。四十年来，他一直是这个组织的成员，虽然他有过许多错误，到退休的时候，他曾经被免除过职务、再次被免除职务、最终被免除职务，并被组织所遗忘，他不愿意提醒他的同事们他还存在着。相反，他掰着指头过日子，一直熬到六十五岁那一天。直到那一天，他的部首长，即女部长本人，才发表了一篇简短的演说，说伯耶·埃克曼是个出色的同事。不过她是在仔细看了他的名字和他可能干过的工作之后才这么说的。

这是伯耶·埃克曼最后一次离开他那间比餐具室大不了多少的办公室。他并没有一丝一毫的牢骚情绪。他发现，在他热情工作了几十年后的今天，劳工部开始逐步采纳了他对统计数字和管理工作方面的意见，纠正了在工作安排上的随意性。可是把不安排工作的工作作为主要工作，这样的工作干起来都是三心二意的。注定会失败的政客们进行了干预，总体上与注定会失败的公众进行的干预是一样的。每隔四年就有一次民主选举，在选举之前，各个政党都说要以一种或另一种方式（或者第三种方式）解决失业问题。无论他们怎么做，都使部里乱成一团。要是选民对政党的投票不是总变来变去该有多好。现在，每次选举之后，公务员就必须执行一项新的不成功的劳务政策，而不是继续执行那个老的、同样也是不成功的劳务政策。

这些年来，公务员都在打光棍。如果找不到一种方式来充实自己，他们的生活就会没有一点意思。他把失业问题抛在脑后，把它交到上帝手里，然后打造起自己的神职生涯。

这个职业确实不错。他要不断在教众中树立教堂的形象。他自己也是会众之一，并最终控制了教堂的方方面面。

伯耶·埃克曼的宗教存在给他带来了极大的快乐。他想让自己在退休以后生活得更快乐。他愿意把所有醒着的时间都用来充当教众的非正式牧羊犬，让整个羊群，包括讲坛上的公羊，都听命于他，服从于他。

终于大难降临，教堂关门了。教众，包括十九个积极分子中的十八个人，都参加了附近其他教堂的活动。伯耶·埃克曼没有随波逐流，没有成为第十九名，也就是最后一名。他悲痛欲绝，常常绕着老教堂走。他还时不时地出来，维护它的卵石路，不让它长杂草。附近教堂的那个格兰隆德算个屁？傲气的混蛋（也就是不让伯耶·埃克曼决定自己要什么以及怎么要而已）。

几个星期之前，这个前教会执事的教区，包括教堂、墓地以及一切的一切，都卖给了新近被救赎的前杀手，一个全国街谈巷议的人物。每每想到要向这样一个人报到，他的心里就不是滋味。这可能甚至已经促使他重新考虑，在走向珍珠大门时他想获得的位置。但这毕竟是他的教堂。他很快就将帮助杀手认识到这样的事实（他与一窍不通的格兰隆德不同）。瑞典最好的教会执事回来了，只不过还没有人知道罢了。

在新教堂开张之前，伯耶·埃克曼早就来过两三次了，每次都用耙子清理路面。在盛大的开业仪式之前，谁也没有发现他。这个人的名字叫杰里。保安队长？管什么的呢？

伯耶一边耙，一边回忆他在教堂小办公室最后几天的情景，脸上浮现出一丝微笑。他头脑里想的是，他将用全部时间与他的新教众一起工作。还剩三天、两天、一天……连一块蛋糕都没有的告别——可是现在，他从最后一天走到了今天的第一天。这一天他心爱的老教堂将举行盛大的开堂仪式。

　　伯耶·埃克曼故意隐姓埋名。他准备等到第一个布道结束。他要在教众聚会的领导者面前突然出现，给他们一个惊喜。他们必将措手不及，他们还有很多东西要学啊。

　　这就是他的一些想法，他的微笑也因此而生。不过在不远的将来，他的微笑将永远不复存在。

第三十七章

瑞典第二大——即规模仅次于第一大——的罪犯分子代表大会,在下述代表共同认可的一家酒吧的地下酒窖里召开。

十七个男人,其中没有伯爵,也没有伯爵夫人。议事主题:做掉这对贵族。必须抢在他们对杀手安德斯动手之前,不让他们动他一根寒毛。这项决定获得全体十七票通过。

但是这项任务由谁来执行,怎么执行?他们在讨论这个话题的同时,还在一杯接一杯地享用从上面送下来的啤酒。

这群坏蛋有一个非正式的领袖:因为他是上次大会上敢于带头顶撞伯爵夫人的人。两大杯啤酒下肚后,他回顾了对大家而言早就不是秘密的事:在海角旅馆纵火的是奥洛夫松兄弟。

"这跟纵火有什么相干?"奥洛夫松问道。

"是啊。"他的兄弟随声附和。

不过,这个坏头目争辩说,如果不是旅馆被烧毁,如今杀手安德斯还会待在那里,他们只要到那儿去把他藏起来,让伯爵和伯爵夫人找不到他就行了。

奥洛夫松反驳说,到目前为止,即使没有得到他们的帮助,杀手安德斯也隐蔽得很好,而且不管怎么说,首先不是因为杀手躲起来,才把伯爵交办的事情弄得乱了套,而是恰恰相反:他已经不再躲躲藏藏。他在基督的陪同下,重出江湖,在报纸上放话,吸引人们的注意,说如果他出现什么意外,就会有不幸的事情发生。

"要不是因为这些原因,这个地下室里的十七个人就不大可能到旅馆去找他喝茶谈心，有礼貌地请他搬到大山中的小木屋里，这样那些坏事就找不到他。"奥洛夫松说。

"对吧？"他的兄弟说。

在其他人看来，奥洛夫松的理由太弯弯绕了，让人似懂非懂，难以理解。表决结果是十五比二，由这兄弟二人去执行这项任务，要尽快找到伯爵和伯爵夫人，不要让这一对贵族抢先找到那个一开始就应当找到的人，但是要把那个人的激情尽可能充分点燃，这样对大家都有极大的裨益。

一谈到钱的问题，地下室的这帮恶棍十分难得地取得了一致的意见，这是由他们的本性所决定的。更令人称奇的是，十五个不去执行任务的人竟然一致认为，在奥洛夫松兄弟的酬金问题上，每干掉伯爵二人中的一个就得到四十万克朗，如果他们一举干掉两个，还要外加一百万。

尽管奥洛夫松兄弟愁容满面，但一百万克朗毕竟是一百万克朗。挣这一百万，也是弟兄俩为了要在财务问题上东山再起的原因。这时，十五个怒气十足的恶棍都站起来，虎视眈眈地看着这两个人，等他们给出一句话。

弟兄俩有两个选择：除了接受……

还是接受。

第三十八章

还有一小时,杀手安德斯的首场布道就要开始了。牧师把计划和方法最后看了一遍。至于结果会怎么样,她也没有把握。他脑子里有一半是可教的,也可以思考,但剩下的那一半不会比门球更聪明。很难预知他的哪一半会在讲坛上占上风。

教堂里的人逐渐多起来。在屏障的外侧,有一伙人正在集结,而且数量可观,还有人在络绎不绝地到达现场。钟楼上有两名配备瞄准镜的狙击手,进入教堂的每个通道都有一名保安,在入口处有一个电子安检点,只有一个身穿黑色制服、长相很普通的人。他显得流里流气,不过人们嘴上却没有说。他刚上过由牧师举办的优雅行为突击培训班(由于时间紧,培训班草草了事)。

"教堂入口搞安检干什么?"有个观光客问。他原本不想来,是他老婆硬拽他来的。

"安全原因,亲爱的先生。"穿制服的人回答说。

"安全原因。"观光客玩世不恭地学舌说。

牧师认为不能让观光者了解事实真相,也就是——本堂牧师和他们自己都处于安全威胁之下的真相。

"是的,安全原因,亲爱的先生。"黑制服重复了一遍。

"谁的安全?什么原因?"那玩世不恭者不依不饶。

"我们为什么不进去呢,塔格?"他的妻子显得有点不耐烦。

"我必须得说,我与你可爱的妻子所见略同。"制服男说。其实他内心真想伸出右拳把这小子打趴在地上,因为他上衣口袋里的拳头已经握起来。他不得不提醒自己要首先把拳头松开。

"可是这件事有点蹊跷,格蕾塔。"塔格说。他这一整天都在想,要优先考虑电视转播曲棍球决赛的事。

这个男人好不省事,他的身后已经排起了长龙。这个穿制服的保安再也无法做到像个穿制服的保安了。

"如果你连'安全原因'都听不懂,怎么能听懂本堂牧师要说的东西呢?看在上帝的分上,如果你不喜欢我们提供的救助,你他妈的就转身回去吧,开上你他妈的沃尔沃,回你他妈的郊区,回你他妈的连排别墅去,坐下来,躺在你他妈的宜家沙发上去吧!"

所幸的是,此刻牧师正好从旁边路过,听见了最后那段离谱的对话。"对不起,我插一句话,"她说道,"我叫约翰娜·谢兰德,是本堂牧师的助理。他是上帝派到这个地球上来的、也许是第二优秀的信使。刚才跟你犯冲的保安是本堂牧师安德斯那个初级培训班的,他还没有通过《创世记》的考核。"

"那又怎么样?"玩世不恭男问道。

"呃,那本书除了讲不要偷吃禁果之外,在行为举止方面谈得不多。当然,亚当和夏娃偷吃禁果是听了一条会说话的蛇的蛊惑。人们也许以为这种说法很怪,不过耶和华是无所不能的。"

"会说话的蛇?"玩世不恭男此刻更是大惑不解。他从来没有看过《圣经》,这是他跟他妻子不同的地方。

"是的。那条蛇,它也可以听。老天哪,那个魔鬼受到了上帝的严厉诅咒。所以时至今日它还在地上爬行。我说的是那条蛇,不是上帝。"

"这些都是什么和什么呀?你究竟想说什么嘛,牧师?"他现在已不那么玩世不恭,不过却越来越大惑不解。

牧师首先要对付的——就一个失去平衡、玩世不恭的人而言,这种情况目前来看已经不错了。她没有继续往下说,似乎在用一两秒钟时间掂量自己要说的话。随后,她用略为平静的声音说,本堂牧师安德斯的话语力量也许是没有边际的。想让耶稣基督亲临布道现场的希冀也许太过奢望。可是万一他真的降临,如果有人要袭击他,那就太恐怖啦。当然,可以想象,他会派一位使徒前来,首选也许不是叛徒犹大,毕竟还有十一个人选嘛。总而言之,从今天起,本堂牧师会释放什么样的力量,谁也没有把握。所以才会有这样的保安措施。

"但是我们绝对不会强迫任何人去见本堂牧师。我们也绝对不会强迫任何人去见耶稣或者他的使徒。不管怎么说,今天要发生的事情,大概会出现在明天的报纸上。你不会错过任何消息的。是不是让我给你指点一下出去的路?"

不,这个刚才还玩世不恭的人,现在却认为自己是不会走的。他的妻子肯定不会走。她紧紧抓住他的胳膊说:"走吧,塔格,我们进去吧,一会儿座位都被人坐满啦。"

塔格任由自己被领着进了教堂,心里却在想,要让那个令人讨厌的保安知道,在过去两年,他和妻子开的实际上是一辆欧宝可赛。

杀手安德斯的任务是大谈慷慨、特谈慷慨、不断地谈慷慨。更重要的是,他也要谈一点耶稣,接着还要继续谈慷慨。其他的时髦话题还包括诸如施惠为什么比受惠更幸福,上天期待对募捐盘慷慨解囊的人。只要把自己的钱包拉开一条小缝的人,同样这个上天,也不会完全加以拒绝(因为有一条原则是:再少也是一份心意)。

"不要轻易使用赞美上帝的哈利路亚。和撒那,其他一些事情你不懂。"牧师说道。

杀手安德斯此刻有些紧张，因为各种苗头都已显现。如果引用自己不大懂的东西，他就不能说得太多。他问道，如果出现紧急情况，他是不是可以朗诵各种蘑菇的科学名称呢，因为对于一个不明就里的人，这样听起来宗教味儿似乎也很浓。接着他引用了几个拉丁名词作为示范："Cantharellus cibarius、Agaricus arvensis、Tuber magnatum①……以圣父、圣子和圣灵的名义，阿门。"

"他在说什么呀？"刚刚走进门来的接待员问道。

"我不清楚，我想他是在赞美菌类植物，野生散菌，也可能是块菌。"牧师说完转身对着杀手，不准他再谈与他刚才说的内容相似的内容，更不能说任何与伞菌类有关的内容，不管那个东西叫什么。

"Amanita muscaria②……"安德斯的话还没有说完就被打断了。

牧师鼓励他说，现在不是丧失信心的时候（与此同时她想到拉丁文中的"伞科菌"一词的发音比读错了的"和撒那"要好听）。"要记住，你是民族英雄，是又一个埃尔维斯。"她说着把圣餐杯加满。这是前几天她在一间十八世纪的仓库里发现的，其价值要远远超过整个教堂。

说来也巧，就在那个仓库里，还有一箱圣饼，她觉得那味道肯定不好。她把圣餐递给杀手安德斯，准备赞美两句圣血，可是他早已接过圣杯把酒一饮而尽，并且还想再饮一杯。他先前还偷偷地把一包肉桂卷藏进圣坛，以防布道过程中突然需要补充一点营养。

---

① 这里几个词语分别是：鸡油菌、草原黑蘑、意大利白块菌。
② 毒蝇鹅膏菌。

第三十九章

杀手安德斯走进来,全场响起热烈的欢呼声和雷鸣般的掌声。他朝左侧挥挥手,又朝右侧挥挥手,然后朝正前方的人挥挥手。接着他举起双臂再度挥手,直到会众渐渐安静下来。

"哈利路亚!"这是他开口说的第一个词。

欢呼声再次响起。

"和撒那!"杀手安德斯继续说。这时,坐在侧面的牧师在接待员耳边悄声说,很快他就要讲伞菌科植物了。

可是牧师的话题转向另一条轨道:"慷慨、慷慨,还是慷慨!"他的口中念念有词。

"有进步。"牧师说。

这时候,从玛拉高级中学雇来的两个班学生端着募捐箱在教堂内外快速跑动,杀手安德斯仍然在继续布道。"圣血和圣体!"他继续说。掌声再度响起。

"比较正常的顺序是'圣体和圣血',"牧师对她的接待员说,"但各有各的套路。"

"只要他不把肉桂卷拿出来就行。"接待员回应说。

到目前为止,本堂牧师对于自己的事情以及自己生活的目的依然只字未提。而到目前为止,他也没有说出一个有条有理的句子。然而使牧师和接待员感到惊讶的是,看来他已经没有必要说了。他们似乎以为杀手安德斯就是……这么说吧,就是埃尔维斯。

这时候他拿出一张方便贴,把它放在自己面前。他在房车里研究《圣经》的时候，发现了一些极具价值的词句："保罗给蒂莫西写过这样一句话：'不要单喝清水，可以喝一点点酒！'"

接待员拍了一下自己的脑袋。牧师好像受了极大的侮辱。这个笨蛋还会弄出什么幺蛾子？

这一次，欢呼声中还夹杂着哈哈的笑声。有人在微笑。不过这样的反应中依然不乏爱意。教堂里的气氛反而变好了。

牧师和接待员都站在离圣坛左边不远的一块幕布后面，从那儿不仅能观察到教众的反应，也不会被人发现。来自玛拉高中的年轻人穿梭在一排排座位之间。到教堂来的人几乎都捐了硬币，这难道不像……

"这是我的想象吗？"接待员对他的牧师说，"还是那些最幸福的人给的钱最多呢？"

牧师看着黑压压的人群，听杀手安德斯继续看着条子上的提示在布道："甚至先知哈巴谷的眼睛也没有放过酒。怪怪的名字，是吧？反正《圣经》上是这么说的：'你也喝吧，显出是未受割礼的。耶和华右手的杯，必传到你那里。'"

这一段《圣经》语录完全是断章取义，却产生了让教堂气氛更加欢快的效果。牧师可以看出接待员所言不谬。那些钱箱不够大，所以有些学生手里拎着桶走来走去。有些人甚至把钱包里的钱全都丢了进去。

牧师很少骂人，这一点很像她父亲。她父亲是教区牧师，很少使用粗俗语言，使用的大多数情况也都是针对自己的女儿。不过周日教堂礼拜开始前的几个小时则属例外。这时候他父亲醒来，从床上爬起来，把两只脚伸进妻子事先放得恰到好处的拖鞋里。他意识到那天是周日，所以这一天刚开始，他就进行了概括："哦呵，他奶奶的。"

值得注意的是,牧师看见人们把一张张五百克朗的钞票和整个钱包都投入募捐箱和募捐桶的时候,她说出了内心的想法。她觉得眼前的一切都可以用一句短小精湛的"我真该死啊"来概括。为了自我保护,她的声音很轻,轻到只有她自己才能听见。

在剩下的二十分钟时间里,杀手安德斯如履薄冰,果然十分谨慎。他感谢耶稣让一个人所不齿的杀人犯获得新生。他向他的朋友女王送上一份祝福,并感谢她对他的支持。他接着诵读了随手贴上的几段语录,而且这一次显得比较贴切:"上帝非常热爱这个世界,他为它奉献了自己的儿子,所以每一个信奉上帝的人都不会消亡,而会获得永生。"接着他又重复了一遍,迎来了雷鸣般的掌声,人们几乎听不见他接下来所说的:"慷慨、慷慨,还是慷慨。哈利路亚,和撒那,阿门!"

有几个会众解读这个不在计划之内的"阿门",说这暗示本堂牧师的布道已经结束(他本人却不清楚结束了没有),说着他们就从座位上站起来,向他跑过去。会众中至少有三百人跟了过去。埃尔维斯就是埃尔维斯。

接下来的两个半小时,他们索求本堂牧师安德斯的签名,并要求与他合影留念。与此同时,牧师和接待员从收到的钱里给每个学生发了一百克朗,然后坐下来清点剩余的钱。

在教堂后面的一个角落里站着一个人。这一次他的手里没有耙子。话说回来,即使有,也会被金属探测器查出来。

"感谢主给了我这个任务,制止乱局,恢复平静。"伯耶·埃克曼说。

耶和华没有做出回应。

第四十章

支付玛拉高中青年学生的报酬之后,这次盛大布道活动的收入高达四十二万五千克朗。换一种说法,支付保安队、杀手安德斯、共同支出,以及各种慈善目的的款项总共两万一千二百五十克朗。剩余的四十万克朗都放进了那只黄色手提箱。牧师和接待员把它放在那座十八世纪教堂的储藏密室中。现在他们还用不着那只红色箱子(在这个世界上,手提箱也许不是最好的收藏箱,但是接待员坚持认为,他们的所有财产都应当放在那里,这样万一出现紧急状况,他们不到半分钟就可以逃离)。

当晚,杀手安德斯因出色完成任务,得到了一瓶红酒作为奖励,还得到一项承诺,说他最多再等大概二十个星期,就可以把下一个五十万交给他所选择的受惠者。

"好极了,"他说,"不过我想吃点东西。能不能借我五百克朗买点吃的?"

接待员意识到,他们忘记告诉杀手,他实际上可以支一份薪水。既然他没有要求薪水,他们也可以把这事先这么搁着,假装忘了。

"你当然可以借五百,"他说,"见鬼,你可以拿的。不过不要一下就花光啊。如果上哪儿去,就带着刀子杰里。"

刀子杰里不像杀手安德斯,他是能识数的:两万一千二百五十克朗打发不了他和他的手下人。

"那么我们就增加一倍。"接待员说。

保安人员都得到了一笔钱,这是杀手本应理解却没有理解的,所以没有产生任何财务上的麻烦。

就在杀手安德斯可以带刀子杰里离开的时候,却进来了一个人。"一个多么精彩的为耶和华服务的夜晚。"来者言不由衷地说。他曾经肩负一项神圣的使命,那就是负责防止事情出现差错。

"你是什么人?"牧师问道。

"我是伯耶·埃克曼,在这里担任教会执事三十年了。也可能是三十一年,或者二十九年,看你怎么个算法。还在教堂干过一段时间勤杂工。"

"教会执事?"接待员问道。

大事不妙,牧师心中犯起了嘀咕。

"他妈的,对了,我忘记告诉你他是谁了。"刀子杰里说。情急中他忘了注意自己的语言。

"欢迎回家。"杀手安德斯说。他感到很开心,因为在不到一分钟的时间里,他从两个不同的渠道得到了表扬。他在出门的时候给了伯耶·埃克曼一个熊抱。"走吧,杰里。我渴了。我是说饿了。"

第四十一章

对于当晚的布道，伯耶·埃克曼记录了十四条意见，结果发现没有一条是有用的。接待员和牧师误导了他，答应说到时候他们会谈更多的情况。对此他回应说，除了几个重要细节，如信息、语气、礼拜时间以及其他几件事情，他们没有多少需要讨论的。他知道如何召集一个理想的宗教集会，而且他和一些会众早就建立了某种联系。

"顺便问问，今天晚上我们的进项是多少？"

"还没来得及数，但肯定超过五千，"接待员几乎是脱口而出，希望自己没有过多地缩小这个数字。

"哦！"伯耶·埃克曼说，"创教堂礼拜的记录！只要我把所有的组织工作、活动内容以及其他事项做一点小小的改进，我们一次的收入就会相当可观。哎呀，我敢打个小赌，我们一天的进项将超过一万克朗。"

糟了，糟了，大事不妙，牧师心想。

"周一我来把通道全部清理一遍。也许到时候我还能看见你们。"伯耶·埃克曼离开之前说。

"我为什么不能显得高兴一点呢？"接待员说。

牧师颇有同感，但是必须等到下个星期，他们才能解雇这个人。不过话又说回来了，谁也没有给他提供过任何工作。现在应该吃一顿有七道菜的晚餐来庆祝一下，然后到一家旅馆登记入住。根据他们当晚的经验，眼下最重要的，是讨论将来的发展问题。

他们端起一杯二〇〇五年南非安亚酒庄的葡萄酒，表示庆贺之后，牧师马上说出了她的新想法。

"圣餐仪式。"她说。

"唔，对的。"接待员说。

"不，不要说唔！"

她说的不是让安德斯继续搞下去的那种圣餐仪式，也不是这个词字面上的意思，而是一种新颖的、自由的、安德斯教堂的圣餐仪式。

"愿闻其详。"接待员说着优雅地呷了一口南非葡萄酒。目前他们还没有再要一瓶，但是很快，他们所喝的酒两千克朗就打不住了。

不过，他们发现了兴高采烈的会众与不断增长的慷慨之间的联系。杀手安德斯让会众高兴（除了他们两个人和那个可怜的教会执事外，他让大家都感到高兴），因而也让他们变得非常慷慨。还有酒，有了酒，大家就会更加高兴，从而变得更加慷慨！这是简单的数学问题。

牧师得出结论说，如果想办法把每个参加礼拜活动人的饮酒量从一杯变成半瓶，他们完全可以把周六的活动日程增加一倍，但这要取决于会众的饥渴程度和酒量大小。结果不会像那个拿耙子的人说的五千到一万，而是五十万到整整一百万。

"对每个人的圣餐都不限量？"接待员问。

"我想我们不应当再称之为圣餐，至少在我们内部是这样。'金融刺激'听起来效果更好。"

"那售酒执照呢？"

"我想我们不需要。在这个伟大的国家，到处都是禁令和规则，如果你把它限制在教堂内部，只要你愿意开点禁，多多少少还是可以的。不过为了保险起见，我下周一第一件事就是去查一查。干杯，亲爱的。这可是好酒啊。对我们教会而言简直好上天去啦。"

第四十二章

到了周一上午九点零一分,牧师从教堂的圣器收藏室给当地烟草和酒类专卖局打电话,说她是新成立的教堂的助理牧师,想打听一下,礼拜活动时发放圣餐是否需要执照。

不用了,局里那个非常严谨的代表告诉她,施圣餐是不受限制的。

听他这么一说,牧师又问——为了保险起见——每个参加礼拜活动的人喝多少酒有没有量的限制。那个严谨的人听出问题的弦外之音,似乎变得更加严谨。他在原先正式答复的基础上又加了一些个人的想法。"至于圣餐上提供酒水的数量这类事情,局里还没有什么说法,但根据法律,醉酒不是圣餐的主要目的。例如,人们可能会问,酒喝得太多,还能否传递宗教信息?"

牧师还准备说,在这种情况下,如果信息——至少部分信息——得不到传达,也可能是件好事。不过她立刻对他表示感谢,然后挂上电话。"绿灯!"她对接待员说。接着她转身对着当时在场的刀子杰里。"我至少需要九百升红葡萄酒,周六上午送到。你能做得到吗?"

"当然可以,"刀子杰里回答说,因为他有大量的人脉,而不是只有一些,"从罗马尼亚的摩尔多瓦调两百箱墨尔乐红葡萄酒,这样行不行?它的口味还不那么……"他原本想说"糟糕",可是被打断了。

"酒精含量?"牧师问道。

167

"很足。"刀子杰里答道。

"那我们就行动吧。等一下,一次弄它四百箱吧。过了下周六,还会有下一个。"

第四十三章

伯耶·埃克曼在用耙子清理墓园的那条小路。这小路的确是他的,而不是其他任何人的。悄悄地跟踪他的杀手安德斯,恰好看见刀子杰里。本堂牧师对埃克曼的清扫质量赞赏有加,作为回敬,对方则对他的首场布道表示恭维。

"没什么太多可抱怨的。"伯耶·埃克曼面带微笑,言不由衷地说。

这个善意的谎言是他三步计划的开始,第一阶段是:

1. 对布道内容提点意见。
2. 告诉本堂牧师布道一定要坚持几个要点,这样教会执事本人就可以
3. 像以前一样来撰写周日的布道内容。

想到他们把周日的礼拜活动提到周六傍晚举行,他觉得不爽。在第二或第三阶段,他会着手解决这个问题,不过这还要看牧师、本堂牧师、还有另外一个人可能的结局。

一直陪伴在杀手身边的刀子杰里,有足够的理智告诉牧师和接待员,本堂牧师和那个自我任命的教会执事之间那天早上的熟识关系。

"不妙、不妙、不妙、不妙、不妙。"牧师喃喃地说。

接待员点点头。那个伯耶·埃克曼声称自己是没有得到任命的

教会执事,这本身就是个问题。不过他似乎跟这个教堂及其周边地区已经融为一体,无论刀子杰里和他手下人把他赶到多远的地方,他都会不断返回。他会发现上一次他错过了什么。也就是说,他们实际处理的那一大笔钱究竟有多少。更麻烦的是,他会进一步扭曲本堂牧师早已扭曲的心灵,有把事情搞得更加混乱的风险。

"如果下次你和杀手安德斯再看见伯耶·埃克曼,就要想办法把这个脑残的家伙引向另一个方向。"接待员说。

"哪个人?杀手还是拿耙子那个家伙?"刀子杰里问。

第四十四章

从目前情况看,首场布道的效果比人们预想得要好。几家报纸都到场了,以新闻报道的形式讲述了杀手安德斯的成功,并预测了这个利他主义的前杀手最近省下的五十万克朗会花落谁家,这实际上是进一步的免费宣传。尽管没有哪个记者对他的布道留下深刻印象,但是本堂牧师和教堂会众的热情显然是无可指摘的。

几天后,报上又对此进行了讨论。据一位不愿透露姓名的消息人士说,下周六活动时,可能以免费红酒替代免费咖啡。

他们得到的通知是,圣餐是安德斯教堂礼拜活动的重要组成部分。报纸了解的情况是,一年四季,每周六晚上五点整,都有一场高级弥撒。如果圣诞节的平安夜正好是周六,红酒就会被同等酒精含量的瑞典式热饮所替代。在其他所有情况下,一切都将保持不变。

"感谢仁慈的主给了我们匿名热线。"接待员在看到全国性的小报上自由公布的材料后说。

"《圣经》上什么地方说上帝创造了匿名热线?"牧师问。

又到了周六,人们再次络绎不绝地拥进教堂,但这一次没那么拥挤。牧师和接待员已经意识到会发生这种事情。许多人早已得到了他们索要的签名或照片,谁也不愿意为得到同样的东西再付一次钱。不过仍然有二百多人无法进入教堂。

上周末,每二十个座位摆一大玻璃水瓶的咖啡。这一次,每张座位都对应摆了一只红酒杯,每隔十六英尺就摆一箱摩尔多瓦红酒。

本堂牧师五点钟正式入场前,没有人敢去碰这些红酒。跟一周前一样,站在同一个旮旯的人依然是伯耶·埃克曼。

他早已深陷迷茫。

本堂牧师安德斯在正题开始前先说了"哈利路亚、和撒那",严格来说是出于个人原因。"耶稣啊,我的朋友,你把人类的所有痛苦全都揽在自己身上。在开始前,让我们为他的这一举动干一杯!"

他从圣餐容器中为自己倒了一杯,下面座位上的会众几乎顿时进入混乱状态。毕竟,没有什么比举起空杯干杯更尴尬的了。

本堂牧师真想把手中的酒先干为敬,可是他还是等着会众中有足够的人端起杯子。"为了耶稣!"他终于把杯中之物一饮而尽。教堂里的八百人中至少有七百对牧师的祝酒做出响应。即使如此,他们之中能把持自己的最多也就是五十个人。

"这是提神佳品。"本堂牧师安德斯在布道前不大得体地赞叹说。他说他自己只是耶和华的忠实奴仆,但是之前他并不知道,通向天堂的道路是通过基督的血与肉发现的。不过他有悟性。最重要的是,他最先向受众揭示了圣餐这个概念的出处。最好不要谈及细节。简而言之,耶稣被钉上十字架前感到饿了,就请朋友们最后来热闹一番。就是他和几个使徒。但是由本堂牧师最近亲自进行的研究表明,他们所藏起来的红酒比原先知道的要多得多。把耶稣钉上十字架的时间被耽搁了一段,所以他长时间被吊在十字架上,首先感到头晕,这可以解释为什么他愤怒地喊:"我的上帝呀,我的上帝,你为什么这样对待我!"

热闹一番?耶稣在十字架上感到头晕?伯耶·埃克曼没有听

错吗?

　　杀手安德斯还准备了一张随手贴,所以他可以随时雄辩地引证《马可福音》第十五章第三十四句。在此之后,他一时兴起跑题,谈起醉酒骂人,而后又回归正题,谈耶稣和十字架。根据本堂牧师安德斯的说法,耶稣在去往永恒之前所说的最有意义的话是:"我渴了。"(《约翰福音》第十九章第二十八句。)

　　那是基督的血,现在谈谈他的身体……不,等等,首先,以耶和华的名义,再干一次杯。站着的或者坐着的人,谁都不能头晕,答案是继续喝!

　　没过多久,所有教众全都东倒西歪地醉了。本堂牧师围绕他七拼八凑起来的圣餐话题,祝了三次酒,然后开始了他日程中的计划项目。

　　"据说他们喝酒的时候分享了面包,不过,各位,是干面包和红酒,这难道就是我们给耶和华和他儿子的荣耀吗?"

　　有几个人稀稀拉拉地轻声喊着"不"字。

　　"我听不见你们的声音,"杀手安德斯提高嗓门说,"这就是我们应当给他们荣耀的理由吗?"

　　"不!"这一次喊的人多了许多。

　　"再来一遍!"杀手安德斯鼓动说。

　　"不!"整个教堂里和停在外面车上有一半人都喊起来。

　　"现在我听见了,"杀手安德斯说,"我把你们的话当成法律。"

　　玛拉高中的学生听见一个事先安排的信号,纷纷跑出来执行自己的任务。每个学生都是拎着募捐桶,最糟糕的情况是:里面只有一两个硬币。他们另一只手端着一个托盘,上面有什锦饼干、无籽葡萄、奶油和奶酪。托盘在会众中传递着,盘子快空的时候,学生们就去把它们再次装满。

在教堂大厅前面的本堂牧师面前也有一只盘子。他品尝着端来的东西，而后有滋有味地嚼起来。

"给主教都合适啊。"他说道。

几个星期以来，单靠基督的血，再加上偶尔的三明治和肉桂卷，杀手安德斯就活下来了。他认为有必要读一点关于圣餐实际是什么（要注意，是一点，而不是很多）的内容。在这个问题上，他得到了牧师的鼓励：因为如果一周接一周，杀手安德斯说出来的东西还是这么愚昧不堪，他这个本堂牧师就不能激发教众的热情，无法使他们为了离天堂更近而捐献更多的钱。他们很快就会变得像经营代客惩戒业务一样无利可图，尽管他们目前没有什么代客惩戒业务可以提供。

除了圣餐，还有另一种方式可以激励人们大量饮酒，因为在上帝的宅第内外，饮酒的事到处都在发生。这一次，牧师提前审查了杀手安德斯的随手贴，在上面增加了一两条她认为可能会影响会众情绪、进而影响他们慷慨解囊的话语。

这也是为什么本堂牧师大谈诺亚的故事，说诺亚是世界上第一个建葡萄园的人，也是第一个喝得酩酊大醉的人。醉酒后他赤身裸体地倒在帐篷里。这是《创世记》中的第九章第二十一句。不过后来他醒了，醉醺醺地训斥他的一个儿子（又是他妈的醉醺醺）。当时他已经六百岁，后来又活了三百五十年。

"现在让我们最后一次举杯，"本堂牧师安德斯提议，"我们喝的是耶稣的血。诺亚喝酒活了九百五十岁。不喝这个酒，他早就死掉了。"

接待员心想，诺亚大概很久以前就死了，可是本堂牧师似乎做什么坏事都不会受到惩罚。

"干杯。欢迎下周六再来！"本堂牧师安德斯说。他嫌用酒杯麻烦，索性端起盛酒器一阵豪饮。

接待员打了个响指，让学生们进行又一轮募捐。上一轮的捐款不算，这一轮又收集到一万克朗左右。上次有个脖子上围着羽毛披肩的老太太捐款，结果把一摊东西都吐进了桶里，那样子真让人讨厌。

人们心满意足，酒气冲天，跟跟跄跄地走出教堂。牧师和接待员总结了当晚的情况。非常粗略的估计是，他们当晚的入账有一百万克朗，也就是说他们的盈利是他们在摩尔多瓦红酒和快餐上投资数额的好几倍。

教会执事伯耶·埃克曼走进经营一切事务的圣器收藏室时，他看见两只箱子已经关上。他面色通红，一脸的不高兴。

"有一件事情！"他开始说。

"有一件事情，你也许应当学会在说话前有礼貌地跟大家打个招呼。"接待员毫不客气地说。

"你好啊，伯耶，"健忘的杀手说，"你认为今天晚上的布道怎么样？跟上一次不相上下？"

伯耶·埃克曼的思绪乱了套，所以他又开始了。"大家晚上好，"他说，"我有几件事情要说。其一，教堂外一片混乱。至少有四辆车在倒车的时候发生碰擦，人们走在卵石路上，个个都两腿发软，这就给周一上午用耙子清扫路面的工作增加了困难……"

"也许最好把路面铺一下，这样路面和停车场可以更加匹配。"接待员说。这时候他好斗的劲头儿上来了。

想把石子路铺盖起来？在伯耶·埃克曼看来，这无异于在教堂里说脏话。杀手安德斯本来不该醉成这样，他极力回想刚才那句话,于是说:"嘿,听我说,告诉我你认为我的那个布道怎么样?"

伯耶·埃克曼认为,在教堂里说脏话和在教堂里骂人肯定是殊途同归,没有区别的。

"这究竟是怎么一回事啊?"他看见离钱箱很近地方,有一个没有清空的钱桶。这个桶里面有几千克朗,可是上面有一摊呕吐物。"什么布道?"他说,"简直是酒会!"

"说到这个,"杀手安德斯说,"难道你就不弄一点儿尝尝?我不能保证你一定活到九百五十岁,但是我肯定能让你的情绪比现在好。"

"酒会!"伯耶·埃克曼重复说道,"在上帝的家里!难道你不知道羞耻吗?"

听到这里,牧师再也听不下去了。这个该死的埃克曼先生才不知羞耻。他们在这里极力想为我们这个地球上最贫穷的人们募集一点少得可怜的克朗,可是埃克曼却把赌注押在一条卵石小路上。他自己往募捐的盘子里放了几个钱,嗯?

这个自我任命的教会执事一点钱都没放,他感到有些内疚,不过一两秒钟后,他就镇定下来。"你在歪曲上帝这个词的含义,你把礼拜和弥撒变成了马戏表演,你,你们……你们弄了多少钱?那些钱都到哪儿去了?"

"这关你什么事?"接待员没有好气地说,"再说了,不管怎么说,难道每个克朗都捐给那些有需要的人就不重要吗?"

说到"有需要的",牧师与接待员在一个星期前就把住野营房车换成了住希尔顿大酒店的利达霍姆套房,住在那儿可不是不要钱地白住。

不过对这个自我任命的教会执事,牧师没有这么说,而是对他说如果他找不到门在哪里,"杰里先生"可以给他指路。她还以比较温和的语气建议说,等他情绪稳定之后,他们再碰碰头。比方说下个星期,行不行?

她采取这样的手段,是想让房间里的不安情绪平静下来,也不想刺激对方去找警察,或者做出什么同样令人不安的事情来。

"我自己找得到,"教会执事伯耶·埃克曼说,"不过我周一会来清扫这条小路,清理掉所有破碎的酒杯玻璃,而且我相信,还有一两处呕吐物我还没有发现。下个周六,我下的订单比今天还大。你懂吗?我们两点钟碰头讨论!"

"两点半。"牧师说,因为她不想让伯耶·埃克曼来决定。

第四十五章

随后那个周六的礼拜活动中，有几个人滴酒未沾，其中有个戴浅黄色假发的中年妇女，还戴了一副没必要戴的眼镜。她坐在第十八排的长凳上，每次募捐的盘子端到她身边，无论多么舍不得，她都要往里面放二十克朗。重要的是，她不必坚持到结束。她到那儿是进行侦察的。

教堂里的人都不知道她的姓名。也不知为什么，教堂外面认识她的人也寥寥无几。在她自己的圈子里，人们称她"伯爵夫人"。

再向后七排的座位上，坐着两个男人。单是他们两个人就喝光了一箱摩尔多瓦红酒。跟刚才提到的那个女人不同，他们连一克朗都没往募捐盘里放过。坐在他们附近的人，只要敢对此说三道四，就会引来一顿老拳。

这两个男人也身负同样的使命。其中一个叫奥洛夫松，另一个也叫这个名字。无论他们多么希望把本堂牧师碎尸万段，他们领受的任务恰恰相反，是分析他在讲坛上能够保住性命的机会。简而言之，杀手安德斯不能死。特别是不能死在伯爵和伯爵夫人之前。

奥洛夫松和奥洛夫松碰上的第一个麻烦，就是入口处的金属探测器。他们在停车场四周转了一圈，把两把左轮手枪藏在一处灌木丛中，可是后来他们没有找到，因为他们都喝得酩酊大醉。

眼下，他们的目光还比较敏锐，还有时间注意到现场有相当多的保安。奥洛夫松先看见钟楼上有两个狙击手。他结结巴巴地要他的兄弟对他发现加以确认，另一个奥洛夫松对此进行了确认。

那天晚上晚些时候，这两个兄弟向这个群体的其他十五名成员进行了汇报。他们曾一致决定要除掉伯爵和伯爵夫人。由于他们兄弟两个人喝醉了酒，所以这次会议实际上开得乱哄哄的，不过其他人至少从奥洛夫松兄弟那里得知，杀手安德斯目前似乎还是比较安全的。任何想主动接近他的人都要三思而后行。

不幸的是，用三思而后行来描述伯爵和伯爵夫人是最合适不过的了。伯爵夫人告诉她的伯爵，幸运的是进入教堂并打爆杀手安德斯的脑袋绝不是一件容易的事：保安措施非常严密，很难找到机会下手。她说"幸运"，意思是这样一个过程不会给杀手造成他应当受到的痛苦。

所以说，周六不是对他下手的最佳时机。但不幸的是，一周的其他六天，杀手安德都活得很好，他似乎还有一个跟他形影不离的保镖。

"一个保镖？"伯爵微笑着问道，"你的意思是，如果在一定的距离进行精准狙击，安德斯会一个人站在那里，而他的脚下将躺着一个头被打飞的保镖？"

"大差不差吧，"伯爵夫人说，"我看见钟楼上至少有一个狙击手，但是我很难想象他会在那里蹲守一个星期。"

"是这样吗？"

"我们也许应当相信，可能会有更多的狙击手分散在教堂四周。教堂至少有四个出入口。其中有一个是新近才建的，而且我认为四个出入口的安保力量都不足。"

"所以保安只有五六个人，其中有一个与杀手安德斯形影不离？"

"是的。我没法调查得比这个更准确了，现在还不能。"

"那么我建议，作为第一步，你还是戴着假发，就坐在老地方，看看这个离死期不远的杀手还敢不敢到教堂外管闲事。我们要对他的日常活动规律有更多的了解。如果有必要,我先在五百英尺开外干掉保镖,然后把另一颗子弹不偏不倚地打进杀手安德斯的腹部。至于这样会有多疼痛,我们不能要求太高。打烂内脏后的内出血并不像我们所希望的那么可怕,但在这种情况下,已经够可怕的了。"

伯爵夫人颇为失望地点点头。不过这也是不得已而为之的。反正,"把内脏打得稀巴烂"听起来蛮好。

伯爵还是像以往一样,她心想,内心感到少有的温暖。

第四十六章

奥洛夫松和奥洛夫松并非自愿地担负起消灭伯爵和伯爵夫人的任务。其他十五个人把自己的资源集中起来,才凑足了答应支付给两个杀手的钱。然而,在除掉他们之前,这项任务仅限于"观察但不要动手"。

所以说,这十七个人的非神圣联盟虽然有钱,但还没有想法。为首的那个恶棍跟奥洛夫松兄弟一样感到困惑。可是这群人中的老九突然想起来,几天前的一个夜晚,他破坏了位于耶尔费拉的磁性技术公司中央仓库的电子锁链,而且那是第二次了。你能想到的电子设备,仓库里都有。为了破坏该公司的报警系统,他只需要把配电盘里的一根黄线和一根绿线剪断就行。这个怎么说的来着?虎父无犬子。大楼里至少有五百个监控探头,全都整整齐齐地码放在平台上的箱子里,正准备在不费一枪一弹的情况下,用车推送到窃贼们的大货车里。

除此而外,老九还弄到了两百多套浴室磅秤(有点儿失望)、大量移动电话(极大的成功!)、各种各样的GPS组件、四十副望远镜,还有大约两倍数量的泡泡糖售货机。在仓库昏暗的灯光下,这些售货机就像一台台放大器。

"有谁想要泡泡糖机,跟我说一声。"

没有人吱声。一看这样,老九就把话题转向GPS组件上。它们是随着其他东西一起送过来的。"如果我的理解没有错的话,我们可以,比方说,把什么东西安装在伯爵和伯爵夫人的汽车上。这样我们在手机上就可以看到这辆汽车的动向。那些希望他们受到伤害的人就可以知道他们在哪里,我想这也不是什么坏事。"

"那么你觉得该让谁爬过去,把那个'什么东西'装到他们的汽车上比较合适呢?"奥洛夫松想知道,但话刚出口,就有些后悔了。

"你去,或者你兄弟去,怎么样?"那个小头目问道,"考虑到我们达成的协议,到目前为止,那些钱你只能是饱饱眼福吧。"

"我们连他们开什么车都不知道。"他的兄弟奥洛夫松说。

"白色奥迪Q7,"消息灵通的老九说,"他们的车晚上就停在自己的房子外面。它的边上还有一辆车,跟它一模一样。他们每人都有一辆。这样不是更加公平合理吗?你们每个人负责一辆车。你们想要他们的住址吗?另一个GPS可以给你们带路。"

跟那个小头目在一起的老九完全可以成为明星学生。奥洛夫松和奥洛夫松无法再反对。这使他们感到恐惧。用刚才告诉他们的这种方式去接近伯爵和伯爵夫人,无异于去送死。或者说无异于去见上帝。

可是:一百万克朗毕竟是一百万克朗啊。

第四十七章

伯爵的武器库蔚为壮观。这些武器不是他自己偷的,而是多年来一件一件地买来的。他花了不少时间,在那栋伯爵夫人一直不停地唠叨抱怨的乡村别墅里测试这些武器。实弹打靶射击很有趣,也很实用。谁也不知道在汽车交易中什么时候会爆发一场全面战争。

在这些收藏中,最异乎寻常的,也是使他时来运转的,是他从居住在首都北边的一个合法伯爵那里搞来的枪。这是一支所谓的双步枪,有九点三和六点二毫米两种口径的枪管,上面还有一个电子瞄准镜。这件武器在碰到大象的时候最有用,不过在斯德哥尔摩地区很难碰到大象。即使真碰到,电子瞄准镜也没有多少用处,除非受到打劫的伯爵是个瞎子。这是假伯爵此时此刻的想法。

即便如此,这件武器也即将投入使用。他很快就去了一趟乡下,接着马上赶回来进行瞄靶。为防不测,他计划在一个枪管里装一颗半包壳开花弹,在另一个枪管里装一颗全金属包壳子弹。这样就可以在一秒钟内射出两颗子弹。第一颗子弹会射进杀手安德斯那个保镖的眉宇之间,它将削去那保镖的整个脑壳。

然后只要把枪口快速移动几个毫米,就可以打出第二颗子弹,打进杀手安德斯肚脐眼周围的某个地方。这颗全金属子弹会穿过他的身体,从另一侧钻出,并在两个枪眼之间造成不可修复的损伤。然而,杀手不会立刻死去:首先他要经历极端的疼痛,还会产生极度的恐惧。接着他会慢慢地失去知觉,大量失血,然后再死去。虽然还是有点太快,但也只能做到情况允许的时间内尽可能地慢而已。

"如果能找到射击的最佳位置,我们就可以在十分平静的环境下重新装弹、射击,以防他躺在地上挣扎的时间太长。"

尽管伯爵很有男子汉气概,可是他曾拒绝在五百英尺开外进行射击,现在他承认即使射击距离再近一些,也未必会完全成功。

一个功能强大的武器可以在一秒钟内从两个不同的枪管发射两颗子弹,击中两个目标。还配备电子瞄准器和其他东西。伯爵感谢他那个可能眼睛半瞎的猎杀大象的同僚,因为他缺乏足够的安全意识,连枪保险都没有关。

第四十八章

一百一十二万四千三百克朗。不算那个桶里被呕吐物覆盖的钱。牧师和接待员根本不知道桶里那些钱的确切数字。他把桶拿过来放在膝盖上,屏住呼吸,看了一眼。玛拉高级中学的学生代表估计,里边的钱比他们小组用其他方式收集到的还多,所以他选择了那只桶,而没有接受之前双方同意的每人一百克朗。

"好啊,"牧师说,"起来吧,把那个桶拎走吧。"

"下周六再见。"那学生说着拎起桶走开了。

牧师把最近为收藏室安装的两扇门打开,给房间透透风(刀子杰里竭尽全力确保那个额外的通道战时用于逃生,平时用作装卸码头)。她不愿把自己、接待员和本堂牧师同时暴露给外部世界。但在目前情况下,她估计他们面临的风险很低。那道门口有一个保安,刀子杰里在房间里,与杀手安德斯几乎形影不离。还有,在教堂和它旁边那条公路之间有一百米的开阔地和草坪,而在公路的另一侧是一片小树林。即使那儿有人,一个配备瞄准镜的狙击手也完全有时间干掉至少一个人。

周日的跟进会议仍以讨论财务问题开场。杀手安德斯显然还没有睡醒,不然他们会把这个议题推迟的。

这一次,他们从参加礼拜活动的人那里平均获得毛利六百二十五克朗,净利不到六百。

"我认为我们找到了醉酒与慷慨程度之间很好的平衡点。"牧师十分得意地说。

这时,杀手跌跌撞撞地走进来。他听见牧师最后那句话,说他一直在想,为了保险起见,他们是不是应该在每一排座位旁边都放一只供人呕吐的桶。这样做的好处是可以把圣餐的气氛再搞得热闹一点。

对杀手安德斯的想法,牧师和接待员没有表现出很大的热情,这使他大失所望。呕吐用桶可能会转移圣餐的气氛。然而,你看,呕吐用桶没有丝毫神圣的意味。在自己帐篷里,诺亚可以随便醉到什么地步。

"而且赤身裸体。"杀手安德斯补充说,为的是强调他醉到什么地步。

杀手又消失了。那家酒吧和那里的轻松气氛在等着他,每星期五百克朗的钱,他到周六晚上还没有用完。还有,那个跟进会也太无聊了。其实,总的来说,所有的会议都很无聊。如果不是他希望宣扬自己关于水桶的意见,他可能早就开始美美地享用自己的第一杯酒了。

不管什么会,只要本堂牧师不来,牧师和接待员都感到求之不得。他们再次有机会单独在一起的时候,开始讨论那个可怜的教会执事的事情,因为他已经威胁到他们的整个计划了。他们明天与他的谈话非常重要。正如牧师所预见的,他们有两种选择,一是把他吓得尿裤,这一点刀子杰里肯定能做到;还有一个选择是让他进董事会……

"你说让他进董事会,是不是要贿赂他?"接待员很想知道。

"就是这个意思吧。我们可以表扬他,说他的清洁工作干得漂亮,每周给他两万克朗,并且一直给下去。"

"如果他不接受呢?"

牧师叹了一口气。"我想我们就不得不把保安队长请来参加谈话了。把他的刀子和家伙全带来。"

牧师和接待员对教会执事的担心是完全有道理的。伯耶·埃克曼认为有必要让大主教知道事情的真相。可她是个女的,而且是个外国人。更确切地说,是个德国人。德国人喜欢井然有序,即使他们有时候可能也会开怀畅饮。但是他们不会以教堂的名义组织这样的活动,这是非常重要的区别。但她毕竟是个外国人。而且是个女人。更重要的是,安德斯教堂也许并不受大主教的管辖,因为这是个非常世俗的教派。

不过,他还是要采取一些措施。向警方告发会是什么结果呢?把税务局找来?是的,悄悄地揭发财务不规范的问题,这也许不失为一个方法。

哦,呃,马上就是周一了——清扫时间,接下来就是和没有宗教信仰的牧师及其手下团队碰头的时间。他会牢牢地站稳立场。如果这个没有用,下一步就是找税务局。还要有第二个计划和第三个计划。他要把这些计划都想出来。

第四十九章

星期天下午,牧师和接待员正在讨论令人担忧的伯耶·埃克曼的问题,杀手安德斯突然出现,而且情绪很好。他是从城里回来的。在斯图尔普兰有一家酒吧,紧挨着它的是一家浴室。它们一起为杀手的身体和灵魂提供了鸡汤。

"哎哟,"他说,"我看我们今天的情绪不大好嘛。"

他刚刚洗了澡,刮了脸,穿了件新短袖衫。他的两只手臂上都是刺青,图案是刀子、骷髅,以及两条弯曲的蛇。牧师意识到,她要提醒他穿上外套再去布道。

"我刚才说了,我看我们今天情绪不大好,"杀手安德斯重复了一句,"难道我们不应该把周六的布道内容探讨一下?我有一些新的想法。"

"我们正在考虑问题,所以这个时候你最好不要来打扰我们。"接待员说。

"老是这么考虑问题,"杀手安德斯说,"你们为什么不能偶尔休息一下,享受一下生活呢?或者,就像《诗篇》第三十七篇所说的那样,'义人必承受土地,并乐享繁荣'。"

那本讨厌的书他到底要浏览多少遍呢?牧师暗中思忖,但嘴上没说。她上上下下打量着他说:"根据《利未记》第十九章,你不应当剃掉胡须或在手臂上刺青。所以请你闭嘴。"

"说得好。"接待员微笑着说。杀手安德斯灰溜溜地走开了,连同他那胡须刮得溜光的脸、纹有骷髅和弯曲的蛇状刺青,以及其他的一切也同时离开了。

时间从周日变成了周一,但他们还是没有研究出解决伯耶·埃克曼问题的办法。也就是说,他们原先经过一番推理的选择性解决办法并没有任何进展:伯耶·埃克曼自觉自愿地加入董事会,或者由杰里和他的刀子强迫他进入董事会。但愿下午两点的会议开得顺利:现在他们不希望节外生枝。

周日上午九点的钟声还没有敲响,教会执事已经开始了工作。他要干的事情很多。当然,首先是清理卵石小路。然后清洗停车场的相关区域,清理由于倒车碰撞而散落的碎片。这次碰撞虽然发生在两天前,但依然是瑞典破纪录的醉驾事件。但鉴于斯德哥尔摩警方的检查时间都是大家(包括警察自己)清醒时的工作日白天,所以也就没人遭遇什么不良后果。

到十一点左右,伯耶·埃克曼决定稍事休息。他坐在通往教堂这条路旁的长凳上,拿出香肠三明治和一小瓶牛奶。他目光呆滞地看着前方。当他看见玫瑰丛中有样东西的时候,他长长地叹了一口气,而且他也不知道自己是第几次这样叹气了。这个玫瑰花丛非常有效地挡住了教堂西边的那个停车场。难道对那些喝醉酒的人乱扔垃圾就没有什么量的限制?

不过那究竟是个什么东西呢?伯耶放下手中的牛奶和三明治,走过去仔细看一看。

一把……左轮手枪?两把左轮手枪!

他的脑子顿时僵住了。他是不是发现自己正在身陷某项犯罪活动?

这时候他想起来了:当他问他们一共有多少捐款时自己所得到

的回答。五千？我的老天爷呀，他当时是多么的天真啊！这才是他们向会众提供红酒的真正原因！这样他们就会把更多、更多的钱放进桶里，而且，在适当的时候，在上面呕吐一番。他不得不怀疑，在呕吐物下面的钱比他们所说的上周的全部收入还多。

一个曾经的杀人犯、一个显然并不信仰上帝的牧师、一个……唔，还有管他叫什么的那个家伙，那个自称佩尔·佩尔松的人。显然是个胡乱编造出来的名字。

还有什么？这个名字他只听见过一次。也许是从本堂牧师的口里说出来的。他管那个跟他形影不离的"保安"队长叫"刀子杰里"！他们考虑的不是耶和华，他们考虑的不是挨饿的孩子，他们考虑的只有他们自己！伯耶·埃克曼心想，他自己的整个一生基本上也是在做同样的事情。

就在这时候，就在他把一生都献给为耶和华的服务之后，耶和华第一次对他说："是你，伯耶，而不是其他人，才能拯救这个地方，我的家园。只有你看见了正在进行的疯狂活动。你是唯一真正理解的人。你必须做你必须做的事。做吧，伯耶。做吧！"

"是，我的主，"伯耶·埃克曼回答说，"告诉我：我必须做什么？告诉我，我这就去做。主啊，指引我走上正道吧。"

但是上帝和耶稣一样：只有在他有时间或者有意愿的时候才会说话。上帝没有回答他的问题，当时没有，后来也没有。事实是，只要伯耶·埃克曼还活着，上帝是不会再次现身了。

第五十章

教会执事没有参加两点半的会议,说是有点头晕,还说这也不是什么急事,因为他要把必须整理的东西整理出来。牧师非常惊讶地听说那片灌木丛的火已经熄了,但是让她担心的事情还有很多。可能会出现的这样或那样的情况,也许会出现在这样或那样之间的某个地方,想到这里,她感到很满意。

哦,她竟然真的在欺骗自己。

教会执事只是想把自己的思路归纳一下。他骑上自行车回到自己家里的工作室。"索多玛和俄摩拉。"他自言自语地说。这是《圣经》中的两个罪恶滔天的城市,后来被耶和华置于死地。"索多玛、俄摩拉,还有安德斯教堂。"伯耶·埃克曼说。

也许情况会变得更加糟糕,然后才会慢慢变得好起来。

这是尼克松总统分析越南局势的话。越南局势的结果很糟糕,但没有变得更糟糕。最后,尼克松完蛋了(虽然不是因为越南的原因)。

历史有个非常不幸的习惯,就是重复自己。教会执事的头脑中逐渐形成了一个计划。再说了,税务局一直就在那里:他可以把这本身作为一个计划。开始可能很糟糕,然后慢慢向好的方向转化(不管怎么说,这是他的计划)。

结果呢?开始就比较糟糕,接下来变得更加糟糕。在这个节骨眼上,伯耶·埃克曼也消失了。

伯爵夫人蜷缩在一片小树林里，潜心进行严密的侦查。从那里可以看见那两扇新建的、不断被打开和关上的门。它们最多也就在四百英尺开外，不过是在公路的另一侧。今天是周三，是供酒的时间；一辆卡车倒着开进去，两扇门开得老大，一箱箱酒被搬进教堂。在卡车和门之间有个保安，配备了一支隐藏不了的机关枪。

伯爵夫人可以看见里面的人，肯定是约翰娜·谢兰德和佩……什么的……扬松？除此而外还有杀手安德斯和他那个该死的保镖。

伯爵夫人有一副望远镜，从望远镜里看，她并不认识那个保镖——那人是她熟悉的圈子外的坏蛋。至于他叫什么倒也无所谓。如果有朝一日她和伯爵对他感兴趣了，他们总有办法找到他的坟墓，看看墓碑上写着什么就行了。

重要的是，只要他们做好准备，随时都可以一举消灭杀手安德斯和他的保镖。唯一剩下的问题，就是门外那个带着机枪的家伙。万一事情坏到极点，他就会冲着他们来。他们需要装子弹的时间。还有个问题就是：教堂和小树林之间的那条公路。

经过一番积极的思考，她现在可以抛开她的侦查结果了。不要轻举妄动：最重要的是别出差错。

伯爵夫人回到自己的白色奥迪车里，驱车离去。

"让她走，"奥洛夫松说道，"她不过是回去向他妈的伯爵汇报。"

"唔，"奥洛夫松做出回应，"我们最好到那边小树林中去，看看她当时在看什么。"

安德斯教堂的领导层再次呈现出欢快的气氛。又一批红酒送到了，还有饼干、葡萄，以及教区产的成熟奶酪。

"我们提供同样的小吃，"牧师说，"这些东西很受欢迎。也许我们下周也应如此。我们不能作茧自缚。"

"汉堡和炸土豆条?"杀手安德斯提出建议说。

"或其他东西。"牧师补充说。她说他们还要准备一篇布道。

但是杀手还在喋喋不休地提出自己的想法。为了适应一部分人的胃口,红酒可以涩一点。他想起自己十三四岁的时候,曾和他最好的朋友(后来服毒自杀,这很愚蠢)把劣质酒和可口可乐兑在一起,然后把这样调出来的东西喝下去。后来他们学会再向里面加弱碱性的气泡矿泉水,那就更有味道啦。

"听起来味道很好,"牧师说,"我说过,我们今后要仔细看一看菜单,我保证我们会认真考虑你的意见。现在我们是不是能把精力放在布道内容上?"

红酒是上帝赐予我们的礼物,而《圣经》则是我们对红酒表示敬意的宝库。牧师凭记忆写下了《圣歌》中的词句:红酒能使人心旷神怡,油脂能使人容光焕发,面包能使人力量倍增。她又加了一条人们不常用的《旧约》中的一句话:如果不能经常对生活进行调节,那生活就会变得没有意思,完全没有意思了。

"它上面是不是真的说了'调节'?"杀手安德斯很想知道。

"没有,不过我们不要犹豫不决。"牧师说。她这个预言是根据《以赛亚书》写的,那就是在最后审判日将会有丰富的食品和上好的红酒,丰盛的宴会上将会出现骨髓和清纯的陈年佳酿。

"我跟你说吧,"杀手安德斯说,"丰盛的食品。汉堡和薯条。我们可以不要可乐和弱碱性气泡矿泉水。"

"我们是不是休息一会儿?"牧师说。

第五十一章

第三个周六过后,事情的发展似乎开始趋于平稳。连续两周,这样的活动已经给这两个"有需要的"人带来了将近九十万的净收入。那道巨大的屏障已经基本不起作用,但是一排排长椅上依然坐得满满的。

教会执事埃克曼在失踪几天之后又回来了,但大多数时间他似乎都在偷偷摸摸地四处转悠。迄今为止,他并没有提出要和牧师或接待员见面。他就像一枚不断发出嘀嗒声的定时炸弹,但与此同时,他又有很多的问题需要考虑。坐下来和他谈谈,最多只能达到贿赂他成为这个俱乐部的成员(也就是,平静与安宁);弄不好,他们会适得其反,使一个似已搁置的问题加速出现。

"在这件事情上,没有消息就是好消息的说法,我实在不敢苟同,但是我还是认为,只要他不来惹我们,"接待员说,"我们最好不要去惹他。"

牧师表示同意,但她总觉得不管从哪个方面来说,事情的进展似乎太过顺利。经历了一段诸事不顺的生活之后,一旦出现相反的情况,很容易让人心生疑窦。

几乎毫无悬念的是,在一蹶不振的黑社会中,任何事件都不会以活动的形式出现。杀手安德斯威胁说,只要他一死,被带出去的合同就会被公之于世,看来这个计策似乎已经起了作用。

每周三下午一点的红酒和美食运送也进行得很顺利。接待员意识到,这种常规运输方式也许正中潜在袭击者的下怀,但是他信任刀子杰里和他的队伍。最近杰里有一名手下被解聘,因为他发现他玩忽职守,在钟楼上抱着一个摩尔多瓦酒的包装盒呼呼大睡,被逮了个正着。

杰里的动作非常快,这反而引起了他们对他的重视。眼下这个团队还差一个人,杰里正在进行招聘面试,希望这支队伍最多一个月就能满员。

他们每星期的现金收入几乎达到了一百万克朗,除此而外,接待员与社会媒体的巧妙周旋,直接为这次礼拜活动的银行账户增加了近二十万克朗的收入。纯粹从行政管理的角度来看,这笔钱也需要极大的关注,在瑞典,人们会很自然地认为,任何人手中的钱超过一万克朗,不是犯罪分子,就是偷漏税分子,或是两者兼而有之。所以,一个人在自己账户里可以存款和取款的数额是有限度的,而且要提前好几天,认真仔细地提出申请。但是,为了与"像时钟一样精准"的目标保持一致,接待员恰好遇到一个在银行工作的妇女,并博得了对方的好感,把她变成了最虔诚、最饥渴的会众之一。所以他每天都可以去找这个女人提取一笔数量可观的现金,而且也不需要冒险给财务主管打电话,因而也不会被怀疑为洗钱。她知道这笔钱是用于为耶和华服务的(此外,这也为她的周末狂欢提供了资金)。接待员连一秒钟也不愿意把这笔钱放在账户里。毕竟,在出现麻烦的时候,他们要能在半分钟之内就把钱带走。从瑞士的银行里提取上万克朗,估计需要半年多的时间。

"太阳已经照在我们身上了,也许现在不是过于贪婪的时候,"他暗暗对自己说,"我们是不是应当让这个傻瓜轻轻松松地再得到五十万?"

"这个意见也许是可取的,"牧师表示同意,"但是这一次的钱由我们来替他数。"

听说教堂的礼拜活动几个星期就收入了四十八万克朗，杀手安德斯大喜过望。他们很快就要再拿出五十万，而且牧师非常慷慨，不足的部分，她自己的腰包里掏出两万克朗补上了。

"到了天堂，你会在耶和华的右边得到一个位置。"他对牧师说。

牧师实在懒得告诉他那是不可能的。再说了，大卫早就坐在那儿了。根据《圣歌》上说的，他是坐在耶稣大腿上的。这是早就必须想到的，因为根据《马可福音》，耶稣早就把那个位置收入囊中了。

本堂牧师开始考虑这些钱可以送给什么地方。也许送给某个非营利性组织。恰好他紧接着想到了他道听途说的一件事情："所有那些有关热带雨林的说法，究竟是怎么一回事呢？保护热带雨林听起来美妙无比。再说了，森林也是上帝创造的。也许能找一个下雨不太多的热带雨林就更好了。"

对于本堂牧师的胡说八道，牧师已经见怪不怪了，尽管"Boletus edulis"（牛肝菌）依然是个神秘的东西。"我觉得我们应该考虑类似于多拯救几个生病或饥饿中的儿童这样的事情。"她说道。

杀手安德斯不是个自命不凡的人。热带雨林也好，饥饿中的儿童也罢，都没有关系。重要的是，以耶稣的名义进行施惠。不过，他确实想到把饥饿儿童与热带雨林相结合，这样听起来更加与众不同。不过，在瑞典有没有可能找到这种情况呢？

第五十二章

表面上郁郁寡欢的教会执事其实一点也不郁郁寡欢。他在伺机而动，悄然出没在教堂内外及其四周，收集证据来证明自己的理论：不是所有事物都是它的自身表象。即使有一样是。

一个星期过去了。三个星期过去了。伯耶·埃克曼曾经亲眼看见那个有呕吐物的桶里大约有上万克朗；他只要把这个数乘以当时桶的数量，就可以估算出他们的手里有多少钱。

在这一点上，那个假牧师，还有另外那个家伙，肯定把四五百万克朗藏到什么地方去了。至少！

最近的那笔捐款并没有送给什么森林，不管它是有雨还是没雨。牧师提出的意见是去阿斯特里德·林格伦儿童医院，邀请了两家报纸、一家电台和一家电视频道的记者随行，让杀手安德斯出人意料地拿出一个印着"耶稣永生"、里面装着五十万克朗的背包，捐给身患重病的儿童。这样一来，他们就可以尽可能地继续做他们的事。

医院的儿科主任是一位医生，也是儿科专家，当时没到现场，但很快就发表了一篇通讯文稿，表扬安德斯教堂及其主教"对孩子们和目前处于最困难阶段的家长们所表现出的极大慷慨"。

一时之下，伯耶·埃克曼有些动摇了，因为他曾经以为本堂牧师慷慨的背后是贪婪和玩世不恭。但是很快，他又以犀利的目光看待当下的情形。也许本堂牧师没有错（不过他曾经是个杀手，而且是个怪才）。问题是在幕后操纵的人，是牧师和那个名字正读和反读一样的家伙。

伯耶·埃克曼坐在自己的工作室里琢磨着，上次的五十万克朗如果受益人是他，那真获益匪浅啊。耶和华的重要奴仆需要坚实的财务基础，有了这个基础，他才能根据耶和华的意愿完成自己的任务。这就是为什么多年来他一直在为自己截留每星期捐款的十分之一，而且觉得没有必要告诉会众。这是教会执事和上帝之间的约定，与其他人没有任何关系。

第五十三章

伯爵夫人已经完成了基础工作,下面轮到伯爵了。下一步怎么干,他有点不太确定。他可以用足够的武器来武装自己,以便应对任何不测事件;他也可以不要配备太多的武器,以便在完成任务后迅速消失。

后者依然是最有可能出现的情况。伯爵夫人的报告说,她连续五个周三下午对教堂实施的侦察表明,那两扇门总是在一点钟准时打开。最后那次,守卫在那里的保安换了人,换上的人离杀手安德斯的距离不超过两英尺。看来他们似乎缺少一个人手,而且每周在一段有限的时间内,杀手安德斯和他的贴身保镖之间的距离都会拉大。

这就使情况变得既简单又复杂。

在上面提到的几个周三,都可以清楚地看到那两扇门里的杀手安德斯,和他在一起的是约翰娜·谢兰德和那个叫佩什么的。可以做一次不太离谱的猜想:那一天,也就是"谢谢你晚安行动"的一天,也可能出现与此相同的情况。如果是这样,那就按计划首先干掉杀手安德斯,要使用那颗全包壳子弹,然后再把那颗半包开花弹准备好,以防那个保安向他们冲过来。也就是说,先用全包壳子弹,后用开花弹,不要颠倒使用顺序。

不过能不能用一颗子弹就把那个保安放倒,他们也没有把握。一方面,他可能是个身手不凡的职业保安,听到第一次枪响,他不会待在原地等着自己的生命被终结。另一方面,在那种情况下,对目标的瞄准可能会调整几个毫米，而且要在几分之一秒的时间内完成这个动作；由于他们要消灭的对象可不是肩并肩地站着的，所以要花费的时间会长得多。

于是他们需要一个备用计划。一旦这一点确定下来，所有的事情就相对变得清楚了。毕竟，他们会卧倒隐蔽在一片小树林里，从高处控制着一个可能会愚蠢到进行反击的人。如果伯爵在适当的时候出其不意地投出一枚手榴弹，就会有百分之百的把握把敌人打得晕头转向。

"一枚手榴弹。"伯爵夫人在重复的同时，还在品味这个词的意味，以及它对那个保安可能造成的后果。

伯爵脸上露出了可爱的笑容。他的夫人不愧是女中豪杰。

一点差十分，快到接受每周运送的基督之血等物资的时候了。牧师和接待员来到圣器室（它现在也是储藏室、仓库、办公室、接收室，还兼有其他许多功能），结果发现那个自我任命的教会执事正在偷看他们那两只装了上百万克朗的黄色和红色手提箱。

"你他妈的到这里来干什么？"接待员大惊失色、怒容满面地问教会执事。

"的确是真他妈的。"教会执事的声音虽然平和，但很紧张。"因为这是你们两个人要来的地方。杀手、骗子手、三只手……还有什么？我是无话可说了。"

"你发现了我们的箱子，你这个寄生虫，"牧师说着把两只箱子关上，"你有什么权利偷看我们的账目？"

"账目？你们应当知道我已经采取了措施。很快你们在耶和华的眼里就一钱不值了。不要脸！真不要脸！耻辱，耻辱，耻辱啊！"

牧师当时就想，如果"不要脸"是他对他们行为的唯一评价，那就说明他们已经引起这个不善交流的寄生虫的注意了。但还没等她进行任何狡黠的反击，本堂牧师安德斯就出现了。他和以前一样，还是不会察言观色。他说："嗨，伯耶老兄，好久没见了。怎么样啊？"

几分钟前，还看见伯耶·埃克曼手拿耙子站在那里，即将完成对卵石路的清理。也就在那时候，他突然想到：手提箱！

毫无疑问！那里藏着他们从事罪恶活动所得到的好处。就在那只红箱子和那只黄箱子里。他要做的就是收集证据，然后打电话给警方、政府机关、儿童问题巡查员……以及任何希望、应当和愿意倾听的人，告发他们的罪恶行径。

儿童问题巡查员会有什么反应，他现在还不得而知。问题是要让每一个人——绝对意义上的每一个人——都理解。新闻单位、国家食品管理局、尊敬的格兰隆德先生、瑞典足球协会……

如果有谁觉得必须把这个滔天罪行告诉儿童问题巡查员和瑞典足球协会，人们就有充分的理由怀疑这个人的思维已经混乱不清。伯耶·埃克曼就是一个例子。在他的脑子里，他觉得这件事要让整个世界都知道，而在此之前，他必须做的只有一件事。如果他的行动很快，他就有时间拿走两个箱子里十分之一的钱，因为这理所当然是属于他的。

也许比较好的选择是小心从事，考虑前因后果。可是执事已经带着耙子进入放着两只箱子的圣器收藏室，根本没有考虑犯罪活动的时间因素和环境因素。

这就是眼前的形势。伯耶被抓了个现行。他被一些犯罪分子包围着，包括那个与本堂牧师形影不离的家伙，而且他的名字也跟眼前的情形非常吻合。

·201·

同时，本堂牧师那欢快的招呼也引起了伯耶·埃克曼的怀疑，认为杀手不过是在这场亵渎神灵的游戏中扮演被人利用的白痴角色。"你是不是意识到他们在剥削你？"他手里拿着耙子，朝本堂牧师那边跨了四步。

"谁？什么？"本堂牧师安德斯问道。

这时，两扇门外传来两次汽车喇叭声。每周一次的财源刺激品送到了。

刀子杰里当即做出判断，认为与外面等着他们的东西相比，本堂牧师身边那个小丑的威胁就不值一提了。他看了伯耶·埃克曼一眼，走过去把门打开，并对接待员和本堂牧师说："你们给我看看这个拿耙子的家伙，我来处理外面的事情。"

这个细心的保安队长首先检查司机，发现他上星期和上上星期都来过。他检查了车上的东西，然后立正站在门外，背对着墙，两眼不断左右扫视。牧师和接待员也一起去搬运红酒。

在四百英尺开外的小树林里，伯爵纹丝不动地趴在他夫人身边。他的效率很高，加上有瞄准镜的帮助，如果按原先计划，先干掉本堂牧师的保镖，实在是易如反掌。然而，情况发生了新的变化，这就意味着存在着这样的风险：即第二颗子弹还没有射出，现仍处于暴露状态的杀手安德斯就有时间移动位置，从而获得逃生的机会。

伯爵想把保镖作为附带收益，但他没有忘记他的主要目标依然是杀手安德斯。

因此伯爵的计划发生了变化。他把刀子杰里移到第二位，作为待消灭目标，准备直接对付主要目标。（虽然约翰娜·谢兰德或佩尔·佩尔松都已是秋后的蚂蚱，但伯爵一个人在一天内能完成多少任务总归是有限的。)

就在牧师和接待员完成了搬运工作,直接目的是杀人的伯爵把枪瞄准了杀手安德斯。就在这时候,本堂牧师和伯耶·埃克曼之间发生了争执。

"他们那都是在骗你!他们把所有的钱都占为已有了!这你难道还看不出来?难道你瞎了?"

但是,杀手安德斯没有忘记,他最近一次在阿斯特里德·林德格伦儿童医院的成功。"亲爱的、仁慈的伯耶,"他说,"你是不是在太阳底下用耙子干活的时间太长了?你是怎么回事啊?你难道不知道我们的钱还没有集中清点完,教堂的第一笔五十万克朗已经捐助出去了?这一次牧师把自己剩下的钱全都捐献了,这样我们才能以耶稣的名义进行第一次正式捐款,尽管我们当时的财务状况实际上还做不到。"

伯耶·埃克曼又想开口。牧师和接待员让他继续说下去。到目前为止,作为他们代言人的杀手安德斯表现很不错。

"一个人可以愚蠢到什么程度?"伯耶·埃克曼说,"难道你不知道每周六你们究竟有多少进项?"

一听到"一个人可以愚蠢到什么程度",杀手安德斯就沉不住气了。不仅因为他不知道答案,而且也因为他觉得自己的个人智力受到了对方委婉的嘲讽。于是他反唇相讥,对伯耶·埃克曼说:"你管好你的清扫工作,我管好我为那些需要钱的人筹钱。"

听到这句话,伯耶·埃克曼也沉不住气了。"好哇。如果你像这样傻瓜般的天真(这是他所知道的最粗鲁的语言),你就这么永远保持下去。你可以在业余时间来清扫那条路,"说着他把钉耙塞进本堂牧师手里,"毕竟,我已经采取了某些措施,"伯耶·埃克曼

·203·

说,"我要说的是,索多玛和俄摩拉!"他露出了高人一等的微笑,话音刚落,他面临的形势突然急转直下。

永远无法改变了。

树林中,伯爵定好瞄准具。他的视线中没有任何障碍。这颗子弹将击中杀手安德斯这个混蛋的胸部下方,直接穿透他的身体。"下地狱去吧。"伯爵说着开了火。

说时迟那时快,这剧烈的枪声使刀子杰里从一般戒备突然转向瞬间行动。他立即卧倒在地,直接向那两扇门爬去,把门关上。他自己留在门外(他还真不是怕死鬼),爬到停在那儿的那辆很难提供防护的卡车后面。子弹是从哪里打来的呢?

那个保镖运动速度极快。此时,伯爵看到他的任务已经完成,杀手安德斯向前跪下,接着向后一仰。这时那个保镖已经移动到卡车背后,超出了伯爵的视野范围。见此情景,伯爵对夫人说,他们最好立即离开。剩下一个保镖,只要不构成威胁,大体上看就没什么问题了。如果他们继续隐蔽在高处的灌木丛中,就会受到他的威胁。为了压制那个保镖,让自己待在原地不动,而能让对方冲出来拼命,伯爵射出了那颗半包壳子弹,原因很简单,只是要打卡车的侧面窗户(驾驶员躺在加速器、刹车和操纵杆前面的地板上,没有受伤,但离弹着点仅八英寸左右)。

上面说过,伯耶·埃克曼不相信有什么运气,无论是好运还是厄运。他最相信的首先是他自己和他的优秀素质,其次是上帝,然后是规章制度。从客观的角度看,应该说,伯耶·埃克曼遭到了厄运,尤其是杀手安德斯和他的团队已经在他的教堂里安营扎寨。糟糕的是，刚才那颗子弹打出来的时候，他正把自己的耙子递给杀手安德斯。更糟糕的是，安德斯接过耙子的时候，由于拿耙子的方式，伯爵那颗包壳子弹打在耙子的金属杆上，而不是杀手肚脐眼左右，因而没有贯穿他的身体。子弹的冲击力使耙子腾空飞起，砸在杀手安德斯的脸上；他向后一仰一屁股坐在地上，顿时鼻子鲜血直流。

"哎哟，他妈的！"他坐在地上说了一声。

这时候，伯耶·埃克曼什么也没说。无巧不成书，那颗子弹从金属杆上弹开后，直接钻进了他的左眼，而后进入他的大脑。这个曾经的教会执事现在连"曾经"都不是了。他倒在地上，一命呜呼。

"我正在流血！"杀手安德斯抱怨着慢慢爬起来。

"教会执事也在流血，"牧师说，"但是，他和你不同，他已经不再大声抱怨了。跟你说实话吧，从现在的情况来看，你鼻子流血是最微不足道的问题。"

牧师看了一眼躺在地上的教会执事，这个曾经给她带来痛苦的人，此刻头上鲜血正直往外冒。从那个曾经是他眼睛的地方。"《罗马书》第六章第二十三句说：'罪恶的报应就是死亡'。"她说。她并没有细想这是为什么，因为如果真是这样，她自己不是还活着嘛。

伯爵从衣服口袋里掏出一枚手榴弹——这是撤退前的最后一个防范措施——奥洛夫松兄弟终于赶到了现场。他们在一个圆形广场走错了出口，那辆白色奥迪也没有找到，尽管车上有供他们使用的各种电子设备。他们向这片高地走来的时候，听见一声枪响，接着是第二声。现在他们站在离伯爵和伯爵夫人大约二十码远的地方，

·205·

看见他们四肢着地、蜷缩在一片稀疏的丁香灌木丛中。伯爵的步枪显然是双筒的。他看见奥洛夫松和奥洛夫松,脸上露出惊讶和绝望的表情。这弟兄二人意识到,此刻伯爵已射击完毕,但并没有重新装弹。他哪有时间重新装弹啊?

"把他们干掉,"奥洛夫松对他的兄弟说,"先干掉伯爵。"

可是,奥洛夫松以前从来没杀过人。对于他这样的小混混,这可不那么容易啊。"我什么时候成了你的用人?如果你他妈这么厉害,那你就自己干,"奥洛夫松说,"而且应该先干掉的是伯爵夫人。在那两个人中,她更不是个东西。"

这时,伯爵正在摆弄自己的手榴弹,而且到了玩命的地步。几乎就在同一秒钟,弟兄俩终于看到了:他卸掉撞针——扔出的手榴弹卡在了丁香树枝上。

"干什么呀,你这个白痴?"伯爵夫人说了她一生中最后一句话。

至于伯爵,他的最后一句话早就说完了。

奥洛夫松兄弟赶紧卧倒在一块岩石后面,方得毫发无损,不过弹片已经把伯爵和伯爵夫人,连同那片树丛一起炸成了碎片。

第五十四章

　　刀子杰里小心翼翼地从卡车后面站起来。对于攻击两扇门的子弹来自何方，他已经完全知道了，因为紧接着就是公路对面那个小树林发生的爆炸。稍后他会发现那两颗子弹在房间里造成了怎样的损害。他的首要任务是到树林那边，去消灭可能存在的任何反抗。

　　为了不让自己成为明显易受攻击的目标，他采用了大弧度迂回运动的方式。还没有到达目的地，他就听见正在逼近的警笛声。要弄清究竟发生了什么已经是不可能了，但不同身体部位的碎片说明，袭击者是一男一女，而且都被炸成了碎片。但是他也说不清究竟有多少人被炸死。在一片乱糟糟的模糊血肉中，他看见附近有三只穿着靴子的脚形成了一排。杰里心想，前两只脚上穿的是男人的十号半鞋，第三只上是一只女人的六号鞋，而且是高跟的。只要这个袭击者不是三条腿，也不是两性人，那么不同型号的鞋子就说明，这个男人的身边曾经躺着一个女人。是伯爵和他的夫人，也许吧？就算是真的。那又是谁把他们炸得血肉横飞的呢？是不是因为这帮坏蛋对如何更好地处理杀手安德斯有意见分歧了——所以他们就交好运了？有两个人要置他于死地，可是这两个人现在只留下了三只脚，而且是不能走路的脚。刀子杰里还可以走，而且是在警察到达之前就离开了现场。

　　在返回教堂途中，杰里不得不再度提出这样的假设，甚至愿意相信这样的假设。果真有这样的巧事：有人想除掉杀手安德斯，有人想除掉那两个想除掉安德斯的人，所以他们来到现场，把伯爵和伯爵夫人炸成了碎片？

207

接着他就意识到,这次爆炸是在枪响之后发生的。第二颗子弹打在卡车上了,那么第一颗呢?打中了杀手安德斯。他无法不这么想。

总的来看,这意味着对本堂牧师安德斯形成的威胁已经达到了顶点。

也就是说,他已经死了。

过了一两分钟,刀子杰里发现他没能保护好自己的目标,但这个目标幸运地躲过了一劫。

"我们面临的情况是这样的,"他向牧师、接待员和鼻子出血的杀手报告说,"在不到五百英尺开外,警方正在进行一场犯罪现场调查,而且我们的地上也躺着一具尸体。警察很快就会来敲教堂的门,也就是等他们把二加二等于几弄清楚之后。①"

"等于四。"鼻孔里塞着纸巾的杀手安德斯说。

刀子杰里心想,能不能把教会执事塞进其中一只箱子,不过要对尸体进行分割才能装得进去,可是现在已经来不及了。再说了,不管从哪个方面考虑,这都不是一件令人愉悦的事情。

接待员说,那颗子弹好像还在伯耶·埃克曼脑壳里什么地方,还说如果是这样,那倒是去了一个好地方,也许就在他大脑出毛病的那个区域附近。

牧师倒是忧心忡忡,觉得教会执事的血把地板上弄得一塌糊涂,不过那一摊血是可以用拖把拖干净的。她主动去把拖把拿过来,同时建议杰里用手臂夹着尸体放进卡车里。她大胆提出自己的想法,建议设法让尸体和卡车消失得无影无踪。毕竟,这辆卡车会让警方看出很多问题,因为车子侧面的窗户被子弹打坏了。

---

① 二加二等于几,原文是"put two and two together",意思是极为简单的问题。

他们只能这样做。他们确实也在这样做。刀子杰里说服躺在车里的驾驶员往右侧挪两三英尺，给他腾地方坐到方向盘后面，以便操纵操纵杆进行驾驶。除此之外，当那个吓得魂飞魄散的驾驶员挪动到新位置后，他发现了那颗子弹：最后一个可以证明子弹是冲着教堂方向射来的证据。

卡车上的红酒、葡萄、奶酪和饼干早就搬下来了，所以车子后面有足够的空间来放一个死去的教会执事。事实上，如果有必要，这个空间可以容纳一个不大不小的受众群体来陪伴他。

很明显，警方并没有立即看出炸死两个人的手榴弹与公路那边的教堂有什么关系。一个警察巡官花了几个小时才想到这颗子弹可能与安德斯教堂有什么潜在的联系。直到第二天，警方才为此到教堂来了一趟。

牧师接待了找上门来的警官，说她是从报纸上看到这条可怕的消息，而且事情就发生在显然只有一箭之遥的地方，还说他们昨天正在卸货的时候，听见一声清脆的枪声，后来很快又听到了警笛声，这使他们像是吃了定心丸似的。"因为我们知道，无论出了什么事，当局正赶过来处理。知道警方如此警觉，我们觉得真是太好了。是不是可以请您喝点教堂的咖啡？我想你是没有时间跟我们玩金银棒游戏的了。"

大约十个小时之前，刀子杰里把一包捆了三只口袋的东西扔进了波罗的海，里面是体重一百七十五磅、被肢解了的教会执事的尸体，还有重达三十三磅的石头。接着他向停在偏远石子路上的卡车上浇了十加仑汽油，然后认真地给它放了一把火。为了安全起见，他是在瓦斯特曼乡村边界的另一侧动的手，这样，可以设想，对火情的调查将由另一个区的另一个警局来进行，而不是由斯德哥尔摩北边发生神秘爆炸的那个区的警方来进行。

第五十五章

曾经的教会执事,现在已躺在波罗的海六十英尺深的水下,不过他死了几天之后还要回来,最后对这帮人作一次祟。

就在上周二,伯耶·埃克曼还坐在自己的工作室,看着炉子上热气腾腾的稀饭,不止一次地说"索多玛和俄摩拉"。他咬了一口抹了果酱的新鲜面包,心想下一步怎么办,怎么开始。"主啊,我的想法正确吗?"伯耶·埃克曼得到的回应是一片寂静。

于是他换了一种说法。"主啊,如果我的想法是错误的,请你告诉我!你知道我是不会离开你身边的。"

耶和华还是什么也没说。

"谢谢你,主。"伯耶·埃克曼说。他已经得到了他需要的默认。

于是,这个自我任命的安德斯教堂的执事骑着自行车,从酒类专卖连锁店的一个专卖店到另一个专卖店,还不断跟坐在公园长凳上的男人和女人打招呼。这些人当中,有些人早就怀疑,由国家控制的酒水今天不会对他们开放,不过他们却说什么也不会离开。十点整,专卖店门上的锁打开之后,那些依然足够清醒的人得到了一次被允许进入的好机会。酒类专卖连锁店担负着一项非常复杂的任务,它一方面要尽量把酒卖给瑞典人,这样可以使国家的可纳税收最大化,另一方面,要以社会的名义告诉同样这些人,不应当花这么高的代价来喝酒。

这些商店雄心勃勃,要做负责任的事情。他们每天都要找理由,从最需要它的人中,不是选十个,而是选二十个潜在客户,让他们买酒并打包带走。

让这些顾客感到高兴的是,伯耶·埃克曼骑着自行车,把好消息告诉了他们:本周六,在城市北面的安德斯教堂有免费红酒供应。万能的主的慷慨是没有边际的。如果你按时到达,一切都是免费的,其中还包括小吃。不过,并不是非要你吃,是可选的。不不,即使是开始之前,也不会把人轰走。这一切都是主的安排,不是酒类专卖连锁店的决定。

伯耶·埃克曼知道玛拉高级中学的学生下午一点就开始上岗。可想而知,半小时后箱子里的红酒就会各就各位。"任何两点到场的人都不大可能来得太晚。"说完他又继续向前骑行。

他面带微笑,顶着凉风蹬车前行。到下一个专卖店。然后下一个,再下一个。这就是他死前几小时所干的事情。

又到了周六,教会执事伯耶·埃克曼依然静静地躺在波罗的海的海底。上午十一点刚过,那些由伯耶煽动起来、具有极其丑陋人性的代表,就都坐到这座教堂一排排的椅子上了。

三小时后,教堂里的人已坐满。二十分钟后,教堂里每个人的肚子也已填满。当然装的都是酒。剩下的就是来自摩尔多瓦的空箱子了。

给每个学生下达的指令是,一有空箱子就必须立即换上一只满的。这样的规定是为了防止在活动即将结束时还有一两个空箱子没有更换;人们没有想到的是,杀手安德斯还没有换好衣服,每只箱子都已经被换成了另一只箱子。

大约四点半钟左右,第一场冲突爆发。他们在争论谁该拥有离自己最近的那箱酒。由于随时都有人把满箱的酒送过来，所以谁也记不清他们刚才在吵什么，于是争论随之烟消云散。大概就在这个时候，那些习惯于在教堂里找茬儿的人开始出现，他们的口袋里装满了钱，但是刚走到大门口，就转身打道回府了。

四点三十五分，牧师看见了正在发生的事。学生们拎着桶开始第一轮捐款，收到了二十二瑞典克朗和一个一九八二年的西德马克。平均每个来教堂的人捐款仅有二点七欧尔。再加上那个潜在币值相同的德国马克，不过只有熔化之后才相同。

四点五十分，学生发言人告诉她，这个星期酒的配额已经用完。他们是不是要提前使用下个星期的配额，或者改用盘子来收善款？

两者都不可取。这就意味着要取消本周的布道，而且也意味着刀子杰里和他的手下必须在真正出现醉酒闹事之前把教堂清空。

"那就可能有点儿晚了。"刀子杰里说话时，透过窗帘看着会众。

有人坐在长凳子上，有人站在长凳子之间，有个人则躺在地上呼呼大睡；至少有四圈人在争论着什么；有几个人在推推搡搡；还有人在相互斗嘴。有个邋遢女人和一个比她还邋遢的男人躺在一张壁画的下方。那幅壁画是根据《圣经》记载，画了羊圈里身怀六甲的圣母马利亚，好像是想表现耶稣宝宝降生之前的情景。

显然是有人报了警（在这件事情上，伯耶·埃克曼不是怀疑对象），因为他们已经可以听见外面的警笛声。警官从金属探测器旁边走过，警报器发出嘀嘀的响声。这声音使两只警犬感到紧张。在教堂里一只狗叫的声听起来就像一窝狗在叫。两只狗叫起来就造成了混乱。

等一切平静下来之后，有四十六个人遭到逮捕，理由是醉酒或打人，或两者兼有。还有两个人因举止失当而遭拘留。

此外，负责人约翰娜·谢兰德牧师被传讯问话，怀疑她……不过，不大可能怀疑她什么。

根据治安法第三章第十八款的规定，为维护公共秩序，市政府可以在原有各种限制的基础上增加一些新的限制。

星期天，各家报纸纷纷刊登文章。市政府第二天就通过决议说，"禁止在安德斯教堂私下组织的宗教集会上消费酒精饮料，因为这样的消费不符合现有规章制度的条款"。市政府的决定并不复杂，因为该教堂与几天前的两起命案有说不清道不明的关系，一个犯罪团伙的两名成员被炸成了碎片。

第五十六章

牧师和接待员利用了一种经商手段,对那些即使在最理想的情况下也并非完全无辜的人下手,之后他们便改弦更张,采取了一种新的骗钱手法,针对的是那些内心充满信念、希望、仁爱、慷慨的人,而且为安全起见,还把红酒注入他们的循环系统。

如果不是伯爵和伯爵夫人已死于非命——还有那个自以为是、现在同样呜呼哀哉了的教会执事的最后行为——这样的运营方式也可能会一直持续到今天。可是,事实说明,不能把报纸看成信息的免费传播者。的确,许多新闻记者认为黑社会两个核心人物同时身亡与公路另一侧的安德斯教堂之间有着某种不清不楚的联系。有几个甚至认为杀手安德斯很可能已重操旧业,而且这一切的背后都少不了他。有理由认为,所谓的伯爵和伯爵夫人,不过是几个月前被杀手安德斯骗取过钱财的人罢了。

"一帮讨厌的记者。"接待员这句话总结了他和牧师现在的处境。

牧师表示同意。如果媒体不是那么执着地干自己的工作,现在的情况可能要简单得多。

这些文章似乎还不是最糟糕的,因为接踵而来的是地方当局匆忙宣布,禁止安德斯教堂把酒作为资源,并借此展开自己的良好运作(这正好与西北方的瓦姆兰德把风车错误当成资源相反)。这就是说,牧师和接待员发现,他们将面临一场没完没了的攻坚战。

简而言之,八百会众,加上停车场上的二百,在几周之内就减少到只剩下七个人。

七个会众。

他们带来的毛利润还不到一百克朗。

总共加起来啊。

这一百克朗要用来打发牧师、接待员、一帮保镖，还有一批高中学生。就连杀手安德斯也意识到他们陷入了财务危机。但是他说他的宗教信仰毫发无损。牧师和接待员要有耐心。"我们知道磨难可以产生耐力，耐力造就个性，个性产生希望。"杀手安德斯说。

"嗯？"接待员说。

"《罗马书》第五章。"牧师脱口而出，令人惊讶。

本堂牧师安德斯已经忘了刚才他对周围人产生的影响。他说他开始的时候还认为伯耶·埃克曼离开人世是令人遗憾的事，不过他意识到自己在三十多秒的时间里躲过了一劫，不然的话自己可能会被子弹击中腹部，而且子弹会从身体另一侧贯穿而出。想到这里，杀手安德斯不得不同意接待员说的，鼻子流血不算什么，是可以忍受的。

顺便说一句，上面提到的鼻子流血，十五分钟左右就止住了。虽然相对来说，接下来的周六并不成功，但是他毅然决定继续以耶稣的名义工作。他认为即使他们不能再向教众提供红酒，那也没有关系，只要他能有一大杯提神就够了。长凳上的七个人很快就会变成十四个。而牧师、本堂牧师、接待员都没有想到，会再次出现一千四百人的壮观景象。

"警察和警犬来了之后，我们把当时的情况说成是'相对的失败'，这是一种低调的说法。"接待员说。

"我们不妨说它是一次重大的失败。但是信仰可以移动大山。"杀手安德斯引用《利未记》上的话说。

"这个混蛋能记住《圣经》上的话?"杀手安德刚出门,接待员就迫不及待地问。

"并非如此,"牧师说,"我想我们对《圣经》上和《圣经》外的'信仰可以移动大山'进行过探讨,但不在《利未记》。那一章说的是他们用动物和一些其他东西来进行祭祀。"

接待员认为,杀手安德斯的信仰只会把他们带进一个麻烦的未来。牧师表示同意。

安德斯教堂的事已变得一团糟。他们能做的就是尽可能进行企业清算,同时确保本堂牧师对眼下的事情一窍不通。

"我实际上曾经想过,在这么短的时间内,当事情好得不可思议的时候,那就真的好得不可思议了。"牧师说。

接待员明白了她说的话。"我想在这段时间里,我也有过类似的想法。我当时就在想,**经过这么多年,事情终于有了转机**。我发誓再也不这么想了,我亲爱的。"

第五十七章

牧师和接待员的黄色箱子里放了六百九十万克朗（刚清点过）。他们还有一只红箱子空着，可以放他们的个人物品。

除此之外，他们还有一个本堂牧师，但由于各式各样的原因，他已经失去了商业价值，应该与他分道扬镳了。从某种意义上可以说，他们又回到了与本书之前谈到的情况类似的局面。当时的情况是关掉一家旅馆，然后携带两箱子钱逃之夭夭，并且摆脱了杀手安德斯。这一次他们要关闭的是一座教堂，要摆脱的还是这个杀手安德斯。这一次他们必须干得更漂亮一些。

他们只是不知道如何完成这项任务，不过他们可以平心静气地想出一个办法来，因为本堂牧师对于目前情况糟糕到什么程度依然一无所知。

"上周六来了七个人，"接待员说，"我估计这个周六只会来四五个人。"

"我最想听到的还是《圣经》里赞美红酒的语录，"牧师说，"我们不得不把事情交给本堂牧师安德斯，因为他可以对座位上的人施以魔法。我们还没来得及让事情向我完全喜欢方向发展，一切就结束了。"

"你完全喜欢的方向？"

"'由于耶和华，由于他那些神圣的话语，我变得像个醉鬼，被红酒征服了。'"

"哇噢！这是谁说的呀？"

"以赛亚，他喜欢喝两口。难道这不好吗？上帝说，任何人只要认真听，就可以免费品尝一口。"

她说这番话的时候，有点玩世不恭的味道。这引起了接待员的遐想，认为她也许要再过一百年才能原谅耶和华，因为是他赞同她们家的传统，让她来为自己服务，而她却不是心甘情愿的。上帝只要稍稍动一下小指头，在她无可挑剔的大学考试卷上做一点手脚，就可以给她一个不及格。如果那样做太麻烦，他也可以换一种方法。他可以完全不让她参加牧师学院最后一个学期的学习。毕竟，无论她那个当教区牧师的父亲身前摔坏过多少只盘子，如果没有那段学习，牧师绝对不会成为牧师。

当然啦，你可以让它从头再来，就像做任何其他事情一样。也许他父亲会把盘子砸向自己的女儿，这就意味着上帝通过哄她父亲来拯救她的生命。如果发生这种情况，人们想知道现在上帝会在多大程度上对自己的行动表示后悔。

接待员早就意识到，神学思维方面是他的短板。他比较在行的是具体数字，比如六百九十万克朗、两个被炸死的坏蛋、一个有点不幸但总体还是幸运的被子弹打死的教会执事，还有先前那些被打断的手臂和腿脚，偶尔还有部分人的脸。接待员心想，除此而外，他和牧师应该希望的就是天堂并不存在。否则他们两个人就会发现自己遇上了大麻烦。

"嗨，早上好！"杀手安德斯神气活现地来到收藏室，情绪好得几乎人都有点傻了，"这个星期布道开始的时候，我有一两次免费饮酒，我想让牧师试一试，因为现在所有该出现的事情都出现了。先得去撒泡尿！"

他刚才来得挺快，现在去得也挺快，消失在两扇门内。这门是刀子杰里安装的，是供逃生用的。这不是因为他要逃走，而是因为他要在上帝的绿色地球上去干点私事。

牧师和接待员还没有来得及对杀手的匆匆来去进行评论，就听见从收藏室门前台阶上传来另一个声音。

"各位好，"一个身穿西服的小个子男人说，"我是奥洛夫·克拉林德，税务局的。如果你们不介意，我想查看一下你们的账目。"

税务局的人这句话的意思是，他奥洛夫·特拉林德要查账，不管这个潜在的被清算人愿意还是不愿意。

接待员和牧师看了来人一眼，但不知如何作答，不过像往常一样，牧师很快就做出了即席反应。"我相信这个没问题，"她说，"不过你来得太突然，特拉林德先生。本堂牧师安德斯今天不在，我们只不过是他恭顺的仆人。麻烦你明天上午十点钟再来一趟怎么样？我将通知本堂牧师，让他过来。当然，他的临时安排很多。你看这样行吗？"

这个佩戴神职人员领圈、很有权威的女人说话语气轻松自如，奥洛夫·特拉林德心中闪过一个念头，也许这个教堂的聚会毕竟不会有什么不符合纳税规定的问题。匿名举报的缺点就是往往只会捕风捉影，缺乏真凭实据。

有活页装订账本可供查阅，这是个好消息。能翻阅装订成册的账本，让奥洛夫非常满意。"唔，这种检查的关键在于事先不发通知，"他说，"同时，严格但没有弹性也不是税务局的目的。明天上午十点钟是可以的。负责财务的本堂牧师到时候要在场，要带着他的……你说的是活页账本？"

公务员特拉林德前脚刚走，杀手安德斯就从另一个方向蹒跚走来，手还在拉裤子拉链。"你们两个人的脸色不好，"他说，"发生什么事了？"

"没事,"牧师连忙说,"没事,什么事也没有。尿尿没事吧?"

到了开会时间了,与会的是唯一没被解聘的保镖刀子杰里。没有本堂牧师。

就在几天前,杰里接到通知,要他安排一次送货,送来成箱的摩尔多瓦红酒,而且几乎没有付款。由于他有门有路。牧师突然有了一个想法。它不比她近年来,甚至她成年以后任何一个想法更符合道德——这取决于你如何看待——但它毕竟是一个想法。

"氟硝西泮①,"她对刀子杰里说,"或者与之相似的东西。你要多长时间能搞一些来?"

"很急吗?"刀子杰里问。

"可以这么说吧。"牧师答道。

"是干什么用的?"接待员问。情况紧急,所以她没有正式把这个计划告诉接待员。

"氟硝西泮在瑞典买不到了,我需要一些时间。"

"多久?"牧师问。

"这是干什么用的?"接待员追问道。

"三个小时,"刀子杰里说,"如果交通不那么糟糕,两个半小时。"

"这究竟是怎么回事?"

---

① 氟硝西泮(Rohypnol):一种麻醉药,用于手术前镇静及各种失眠。

第五十八章

她很快就向接待员通报了情况。不妨这样说吧,一阵犹豫之后,他对她表示祝福。

于是,大约在下午四点半,也是杀手安德斯最高兴的时候,牧师和接待员对他说,现在到了他真正接掌领导权的时候了。有几层含义,这意味着他们会把正式的产权和责任直接签字交给他;已经没有任何再等下去的理由。这也意味着本堂牧师可以按照自己的意愿分配未来礼拜活动的收入。牧师和接待员将退居二线,但仍然会与他站在一起,给他以道义上的支持。

本堂牧师安德斯深受感动。他们不仅每周给他五百克朗随便他使用(直到后来捐款数额暂时下降到最多只有三位数的时候),现在他们又要把全部收入都交由他来支配。

"亲爱的朋友们,非常非常之感谢,"他说,"我承认开始的时候我对你们的判断是错误的,但是我现在知道了,你们都是实实在在的好人。哈利路亚!和撒那!"

他在所有必须签字的文件上都签了字,可是他连文件上说的是什么也没细看。

牧师把行政上的东西脱手之后,提出让本堂牧师明天上午主持接待前来进行例行检查的法律代表。不过她认为最好是他能够实话实说,这样事情就完结了。

"捐款的钱我们还有多少?"杀手安德斯问道。

"三十二克朗。"接待员回答说。

他们计划明天上午九点在收藏室再次碰头。牧师和接待员提出与杀手安德斯共进早餐，不，这不是什么奇思妙想。早晨的葡萄酒和圣餐会上的一样；不可能因为要接待客人就用咖啡来代替。牧师还许诺有刚烤出炉的面包。

杀手安德斯明白了。也就是说，虽然他不明白"圣餐会上"这个词的含义，但是他知道宗教聚会的常规传统并没有受到威胁。"明天早上见，"他说，"我现在能不能带走一箱摩尔多瓦红酒？我自己还是很节约的，可是我有一两个朋友，我们打算今天晚上在露营房车聚会，进行《圣经》研究。我想你们二位还住在你们小姨妈的地下室里吧？"他眼睛看着接待员问。其实接待员经讨价还价已经住进了希尔顿大酒店利达霍姆套房。

"是啊，而且是免费的，愿上帝保佑她，"从来不曾有过小姨妈的接待员说，"给你的朋友拿一箱去吧，或者两箱。不过明天早上九点，我们希望你能准时到，头脑要清楚，要清醒。反正是这个意思吧。"接待员说完微微一笑，因为所有这一切都是为了他们的目的，而且对方回敬了一个毫无目的的微笑。

第二天上午九点，杀手安德斯没有出现。九点一刻了，还是不见人影。快到九点半的时候，他大摇大摆地来了。"对不起，我来晚了，"他说，"没想到我上午方便的时间比预期长了一点。"

"上午方便？"牧师问，"那个房车离这里才七十码，它的厕所至少有一个星期不灵了。"

"我知道，"杀手安德斯说，"难道这还不糟糕吗？"

不管怎么说，现在要抓紧时间。他们给杀手端了一杯酒，里面还兑了适量的伏特加。接着又是一杯。除此之外，还给了他三块奶酪三明治,并在黄油上仔细地撒了一些氟硝西泮。每块三明治只要一毫克就够了。稍微多一点儿也没有关系。

几年来杀手的生活座右铭是"酒精和药丸,不要再沾",他说今天的红酒特别好喝,也许因为耶和华想让他和税务局代表见面的时候以最佳状态出现。"可是难道你不认为会发生最糟糕的情况,也就是他们会对这三十二克朗课税百分之二十?"他非但没有对三明治提出评论,而且又要了一个。为保险起见,牧师又在上面洒了一点好东西,它的化学分子式是 $C_{16}H_{12}FN_3O_3$[①]。

到十点差五分的时候,牧师和接待员分别找了个借口离开了。他们留下三个活页账本,看上去很有分量,实际里面是打了孔的连环画装订起来的(只能用现有的东西来充数,在目前的情况下他们只弄到了一捆连环画,也不知什么原因在收藏室的橱柜里放着,他们所缺的,正是最近产权易手的文件)。可是他们告诉杀手安德斯,如果他需要任何帮助,可以打电话给他们当中的任何一个人。说完,他们就离开了,与此同时还关掉了手机。

"据我所知,那么多酒和药足以麻翻一匹马了。"接待员对牧师说。这时候他们已经到一个比较安全的距离,至于下面会发生什么就不关他们的事了。

"是的,可是眼下我们对付的是一头蠢驴。这头蠢驴以前有个习惯。我认为我们可以高枕无忧了,因为这头蠢驴和那个税务官之间见面的结局会很惨。"

那个税务局的公务员向本堂牧师安德斯做了自我介绍,但是在他们握手的时候,安德斯开始感到不大自在。这个人的握手有点盛

[①] 即氟苯达唑(flubendazole),肠道寄生虫的驱虫药。

气凌人,而且还说了一句:"很高兴见到你!"

他说"很高兴见到你"是什么意思?还有他戴的那条领带,他是不是认为自己要高人一等?

还有,这个系领带的人一开始就提出一些挑衅性的问题,如现金出纳登记、控制单元、模块、流水号、记账以及其他一些本堂牧师听了觉得云里雾里的问题。还有,那个人的样子显得很丑陋。

"你这个家伙到底有什么问题?"杀手安德斯问。这时他感到肚子里开始翻江倒海般难受。

"我有什么问题?"奥洛夫·克拉林德有些迫不及待地说道,"没有。我是一个公务员,只想做好我的工作。健康的纳税道德是民主国家的基石。难道你不同意吗,牧师?"

本堂牧师正在经历一次人格的改变,只有一件事他可以同意,那就是税务局可以对募捐得来的三十二克朗征收百分之二十的税。确切地来说,这个数字究竟是多少,本堂牧师不得而知,但肯定不会比一张五十克朗的钞票更多,是不是?

奥洛夫·克拉林德感觉有些不大对劲,可是他无法抗拒的诱惑是打开三个活页账本的中的第一和第二本。所幸的是,他顶住了本堂牧师对他的暴揍。因为这位公务员提出,他所看的这个从一九七九年到一九八〇年的十七本《幽灵》连环画并不是他要求提供的,其中也没有记载宗教聚会运作的任何信息。本堂牧师听了之后,完全变成一副凶神恶煞的模样。他抡起还抓在手上的第三个账本,劈头盖脸地把想看账目的公务员猛揍了一顿。这名公务员虽然挺过来了,但确实被打得不轻。

事后,本堂牧师已经记不清究竟发生了什么,但是根据以往的经验,他承认自己有罪。根据《刑法》第三章第七段的规定,他被判处十六个月的监禁。根据《税法》第四段的规定,他另外被判处九个月监禁。总共二十五个月。他很高兴地说,这是他被关押时间最短的。事情真的正在向正确的方向发展。

宣判之后,他立即得到一次与牧师和接待员简短见面的机会。他真心实意地向他们道歉,他一点也不知道自己当时是怎么了。牧师给了他一个长时间的拥抱,而且告诉他不要过于自责。

"我们会来看你的。"她微笑着说。

"我们会吗?"他们离开这个未来的囚犯之后,接待员问。

"不会。"牧师说。

为感谢刀子杰里所做的一切,他们举行了一次晚宴。现在希尔顿大酒店的套房里只剩下牧师和接待员,还有一只装着将近七百万克朗的黄色手提箱(其中包括从银行账户中定期提取的钱)。在这些日子里,教堂和房车都登记在杀手安德斯名下,所以全都被奥洛夫·克拉林德在警察局的同事没收了。克拉林德因多处骨折,在卡罗琳斯卡医院住了一段时间。对他来说,住在医院里还不太无聊,因为他正好把安德斯教堂三个活页账本中的两本带在身边。《幽灵》连环画其实一直是克拉林德喜欢的书。

第三部分

第三个不同凡响的生财之道

第五十九章

接待员躺在床上,盖着鸭绒被,身边躺着他的牧师,但他久久不能入睡。他在想他们的事情怎么会变成这样?他的事情怎么会这样。他想到了败家的祖父,家里的钱全都让他折腾光了,间接地使他的孙子沦为一个妓院的娱乐总监。

现在他和牧师的黄色手提箱里有令人眼馋的几百万克朗。他们现在几乎和当年的祖父一样富有。他们住在一个豪华酒店的套间里,而且经常享用鹅肝和香槟酒,当然味道好是原因之一,但主要还是因为佩尔·佩尔松坚持认为,他们吃的、喝的所有东西都应当是昂贵的。

佩尔·佩尔松在经济上已经报仇雪恨。这使他产生了一种奇怪的感觉,是某种……或者也许是因为缺少……其他什么东西。

如果在祖父破产五十多年后,到他手上已经扬眉吐气,那他为什么还不能完全满意,或者至少是比较满意呢?

他是不是有某种负罪感,因为他和牧师确实做到了让安德斯回到属于他的地方去了?

不,为什么会是他?

总的来说,人和野兽都或多或少地得到了属于他们的东西。也许那个教会执事除外,因为他当初抓了太多的东西,后来在那种情况下死了,但他也没有必要死得那么惨。一个不幸的因素,这是毫无疑问的。但是,从整体来看,那只不过是一个边缘事件。

这也许是为接待员辩护时，稍稍偏离主题的一个好机会。人们可能会发现，把一次未遂杀人所导致的杀人说成是"边缘事件"，的确是轻描淡写。但是只要考虑一下佩尔·佩尔松的基因遗传，就会发现，即便这不是借口，至少也是一种辩解。

他不仅继承了他的父亲，而且遗传了他祖父的道德取向。他父亲是个酒鬼，为了一瓶法国白兰地，就抛弃了才两岁的儿子。他爷爷是个马贩。小马驹刚出生，他就给它们喂适量的砒霜，好让它们逐渐适应这种毒药，这样它们就会处于极为良好的状态，不仅在售那天是这样，而且在今后的每一天、每一周、每一个月都是这样，当然也会一天不如一天。

如果有人在周六的市场上买了牲口，周日就来找他抱怨说买回去的牲口死了，那他的声誉很快就会一落千丈。可是佩尔·佩尔松祖父的马过了一夜还是稳稳当当地站着，即使又过了一天，它还是很有精神地眨着眼睛。几个月后，它们才出现死亡，死于慢性胃病、肺癌（或其他癌症）、肝脏（或肾脏）疾病，还有其他病症，但它们很难与那个富有且受人尊重的贩马人有任何联系。他总是进行正确的权衡与估量，而且他的马在死之前外观上从来都不会发紫。发紫是在出售前几小时喂过量潮湿砒霜产生的常见副作用。毕竟，大自然的马不是紫色的（相反，紫色是自然界的存在，有一种型号的拖拉机就是紫色的）。更重要的是，用于干活的马在用于干活之前不应当是死马。假如在一个周六的下午，一位农民买了一匹任劳任怨的驮东西的马，为庆祝交易成功，他痛痛快快地喝了几杯周末的酒。第二天早晨醒来的时候，他感到头有些昏昏沉沉，可是他新买的马就不同了，它再也没有醒过来。这个人没有去教堂，至少有两个原因。他拿起一只耙子，去追那个贩马的人，而这个马贩此刻已到了好几个教区之外的地方了。

在这种事情上,佩尔·佩尔松的祖父一直非常聪明,但后来他变得非常愚蠢,根本没意识到,拖拉机对市场造成的侵害比房子后面的草耙子上的利齿厉害得多。

有其父必有其子,所以接待员对于目前事态的种种考虑都是可以理解的。用熟练的手法毒死的马和离奇死去的教会执事:从纯粹伦理学的立场来看,这两者可能会有怎样的区别呢?

佩尔·佩尔松辗转反侧,苦思冥想了很长时间,他想从睡在身边的这个女人那里寻求帮助。"亲爱的?你醒着吗?"

没有回答。

"亲爱的?"

牧师的身体动了动。幅度不大,只微微动了一下。"没有,我没醒,"她说道,"什么事啊?"

啊哟,接待员真有些后悔,夜半三更把她叫醒,来跟他一起胡思乱想……白痴,白痴,白痴。"真对不起把你吵醒了。快睡吧,我们明天早上再谈。"

牧师抖了抖枕头,从床上坐起来。"告诉我你想要什么,不然我这一夜就不睡觉了,读基甸版《圣经》给你听。"

他知道她这是空口说白话。他们第一个晚上搬进来的时候,牧师就把基甸《圣经》从窗户里扔出去了。实际上,全国各个旅店的房间里都有这本《圣经》。他意识到自己必须说点什么,但又不知道说什么,或者不知道怎么说。

"呃,亲爱的,"他试探地说,"总的来说我们还是很聪明的,你不这样认为吗?"

"你是说,对我们碍手碍脚的人,现在都死了,死透了,或者遭到关押了,而我们却在享受香槟之乐?"

唔,不是的,他说的其实不是这个意思,至少没有这么直白。

佩尔·佩尔松指出，生活中出现了这样的历史性不公正之后，他们的结尾工作干得非常漂亮。他这个孙子已经走出了祖父的废墟，换成了豪华套间、鹅肝和香槟酒。他们有钱这样做了，因为佩尔和约翰娜联手发力，扭转了她父亲和先辈们迫使她接受的《圣经》的情况。

"我想我可能会说，我们在某种程度上已经达成了自己的目标。如果那个女人，那个诗人，不管她姓甚名谁，就是那个写这条小路值得痛苦付出……如果是她写的……那事情就讨厌了。"

"小路？"睡意蒙眬的牧师问道。她开始怀疑这番谈话在短时间内会不会结束。

"是的，小路。如果我们的目标是住一个豪华套间，把基甸《圣经》扔出窗外，那我们的生活为什么不像在公园散步一样悠闲？抑或你是这么想的。"

"像什么？"

"像在公园散步？"

"什么像散步？"

"生活。"

"现在几点了？"

"一点十分。"接待员回答说。

第六十章

生活就是在公园散步吗？

呃，有一点是肯定的：如果是，那这对约翰娜·谢兰德来说就是一个全新的现象。到目前为止，生活几乎一直都在推着她四处奔忙。

这完全是因为跟她父亲有关的那件事。还有他的父亲。还有他的父亲。还有他的父亲。他们似乎不谋而合，公开地说她应该是个男孩，这个男孩应该成为一名牧师。

首先，他们未能如愿以偿，但约翰娜的整个儿童时期所听到的就是，她没有足够的男人气质去做一个男人，这是她自己的错。

但是她成了一名牧师。尽管她没有再度昏昏欲睡，而是停下来思考，这主要并不是因为她缺乏信仰，而是因为她从原则上就不相信。毕竟，《圣经》可以从许多不同的角度来解读。牧师选择了她自己的方式——这种方式使她对她父亲、祖父、曾祖父、向上追溯到古斯塔夫三世之前的那些人一直耿耿于怀。（顺便说一句，古斯塔夫国王和那个教会执事之间有着某些相似之处，所不同的是，当年击中国王的子弹是从背后而不是从眼睛打进去的。）

"这么说你毕竟还是有点相信那本书的？"接待员说。

"我们不要离题太远。诺亚活到九百岁都没有使用过血腥的手段。"

"九百五十岁。"

"哦，他妈的，别忘了，我是刚刚才醒。"

"我都记不清以前有没有听你讲话带过脏字。"

"哦,偶尔。大多数是在凌晨一点之后。"

他们都露出了微笑。不是因为他们在黑暗中可以相互看见,而是可以相互感觉到。

接待员继续往下说,承认他刚才提的问题也许很傻,不过牧师一直避而不答。

约翰娜·谢兰德打着哈欠承认说,她没有回答,是因为她把这个问题忘了。"不过没关系,你再问一遍。反正这个晚上就这么报销了。"

对了,这大概就是所有问题的关键。他们的事情是不是都能够自然地顺利发展。生活是不是就像在公园散步。

牧师先是一阵沉默,然后决定认真地进行这场交谈。她确实喜欢和她的接待员一起在希尔顿大酒店享用鹅肝,这比她每周一次站在讲坛上,对着一群羔羊撒谎要好得多。

不过,佩尔说的当然没错。每一天都要像昨天一样,小心翼翼地过。在把钱花光之前,他们应当在套房里不要外出,当然这不是什么先决条件。不过在这种地方,那点钱也许很快就会花光,是不是?

"如果我们对鹅肝和香槟酒的消费减少一点,箱子里的钱大概还够我们花三年半。"接待员说花时,给自己留了可能计算错误的余地。

"那么然后呢?"牧师问。

"这正是我要说的。"

牧师记得佩尔·佩尔松特别喜欢这个国家一首非常有名的诗歌,开头有这么两句:"富有的日子从来就没有福,饥渴的日子永远最美好。"

促使她对他们的存在进行新一轮思考的,不是那首诗歌本身,而是那个诗人在几年之后的自杀。这无法被合乎逻辑地认为是生活的意义。

约翰娜回想她遇到接待员之后真正愉快的时候(除了他们的性关系以及在床上、房车里、管风琴后和其他所有方便的地方卿卿我我的美好时光),是他们向外撒钱的时候。在韦克舍红十字商店的喧闹也许还不是一次高潮,但是在海斯勒霍尔姆看见一名救世军成员步履蹒跚地退出酒类专卖店,事后倒觉得那反倒能使人哑然失笑;还有把野营房车随意地停在拯救孩子基金会总部外面时候;还有杀手安德斯训斥那个不愿意接受让他转交给女王的可疑包裹的哨兵……

接待员点点头,表示他想起来了,但他也开始感到紧张。牧师是不是想说他们应当把黄色手提箱里的东西分给那些穷人,而不是留给他们自己?是用这个方法?

"真他妈的见鬼!"牧师说着从床上坐起来,腰板挺得笔直。

"你刚才又说脏话了。"

"唔,还是不要去扯他妈的这些淡吧!"最后他们达成的共识是,有一段时间他们的生活的确就像在公园里散步,那是因为他们用一只手向外撒钱,但谁也没看见他们用另一只手攫取了比这个多了很多倍的钱。受惠比施惠更有福,不过施惠也确实有它的优越性。

接待员试图进行总结并展望未来。"生活的意义是为了让别人生活得幸福,但是如果我们有了经济手段,能让我们的生活比别人稍为幸福一点,那又怎么样呢?比如说教堂的项目,但是不要有上帝、耶稣,不要钟楼里的狙击手。"

"也不要有诺亚。"牧师说。

"什么？"

"没有上帝，没有耶稣，没有钟楼里的狙击手，也没有诺亚。我受不了他。"

接待员答应说要想出一个好的方程式来摆平慈善与贫穷这个主题，让别人没有机会知道他们认为他们才是最贫穷的。而这个方程式——不管结果如何——在任何情况下都不要包括诺亚或他的方舟。

"我再去睡个觉，你把细节想出来，可以吗？"牧师问。她有理由希望得到一个"可以"的回答。

接待员心想，即使在似睡非睡的时候，她也是一个值得称颂的对话伙伴。她可以把这种状态的时间保持得更长一些。因为他刚才在关于生活意义的主题方面有了一点小小的想法。所以他说她想再去睡一觉，他感到求之不得。他突然对他的同伴产生了"要求"，想劝说她对这一事实进行正面回应。佩尔·佩尔松扭动着身体靠过去。

"快一点半了。"约翰娜·谢兰德说着也向他靠过去。

第六十一章

瑞典第三次、也是第三大犯罪分子代表大会在同一个地下室里举行了第二次会议。总共十五个男人;自上次大会以来,有两个人因过量吸毒和涉嫌用装甲车违法抢劫而遭逮捕,但后来查明,那辆装甲车其实是一辆运送面包的面包车。

虽然他们只抢劫了埃斯克隆面包店生产的一捆十只装三明治圆面包(其中一个抢劫犯饿了),但他们动用的是子弹上膛的武器,因而遭到了相应的惩罚。埃斯克隆面包店登上了所有可以想得到的报纸。面包店经理把两棵可爱的盆栽天竺葵送给在狱中收押待审的抢劫犯,作为对他们并不高明的犯罪活动表示感谢。监狱工作人员怀疑这是企图把毒品悄悄带进监狱:以前从来没有人给刚关进来的人送过花(或者他们想让别人给他们送花)。在安全送交接收人之前,天竺葵被撕成碎片进行检查。不过东西最终还是没有送进去,因为已经没有必要送了。

剩下的这些人面临的形势是,伯爵和伯爵夫人已在与勇敢的奥洛夫松兄弟激战后撒手而去,而这弟兄俩也不想就这件事情的经过做更多的详细解释。

"商业机密。"奥洛夫松说完,他的兄弟点头表示同意。

更重要的一点,杀手安德斯遭到了监禁,他那个特别的教堂计划随即被打入了冷宫。

这十五个人面临的问题是:怎么处理杀手安德斯的两个死党。所有合理的逻辑分析都表明他们坐拥了数百万克朗。既然杀手在监狱中很安全，而且还活着，那么跟他的死党就"交出所有款项"的问题进行一次不完全友好的对话就不会有什么危险。至于如何分割这笔现金的问题，他们有十五种全然不同的、全都没有说出口的意见。

那个叫奥克斯的人提出，应当让这两个死党得到与伯爵先生和伯爵夫人同样的下场，比如强迫他们每人吞下一枚手榴弹。他还提出不妨再劳驾奥洛夫松兄弟干一次，因为他们最近连连得手。

经过一番争论，他们以十四比一的表决结果得出结论，认为吞下一枚手榴弹是不可能的，不管第三个人怎样使劲往对方嘴里塞（这甚至没有考虑塞手榴弹的人可能面临的危险），再说了，杀死这两个死党可能会引起杀手安德斯揭露一些他本来不应当揭露的事情。

所以，暂时就不要再杀人了。大家更加一致的看法是，他们曾给杀手安德斯发过那些合同，上面是杀人或让人致残的命令，这事绝对不能泄露。即便伯爵和伯爵夫人现在已经下了地狱（他们都想有朝一日到那条小路上去逛逛），在关于"谁敢动谁一根寒毛"的问题上，还是有大量的内容可能会被揭露。让牧师和另一个家伙把债还清之后自行离开，不失为是一个安全的办法。

他们以十三比二的投票结果认定，派奥洛夫松和奥洛夫松去把这两个死党带过来。弟兄俩大吵大嚷，为完成这项任务争取到了五万克朗的经费；想再多要是不可能的，因为现在不存在干掉那两个人的问题。

闷闷不乐的奥洛夫松兄弟俩根本不知道从哪里入手才能找到牧师和另一个人。他们先是在教堂四周转悠了好几天，然后又转悠了好几天。但是每一天和前一天的唯一区别是，通向门廊的卵石路面上的杂草又长高了。除此之外，没有别的事情发生。

将近一个星期之后，兄弟俩中有一个人意识到他们可以去看看卵石路尽头大个门上的把手，看看门锁是否被打开。结果一看，锁是被打开过的。

教堂里面看上去依然乱得像一个战场；执法部门的人没有一个考虑到应该优先清理被扣押的资产。

他们没有发现任何关于牧师和另一个家伙在什么地方的线索。

不过他们还是在收藏室的那些箱子里发现了差不多一千升的红酒。这倒是值得尝一尝的。酒的味道不错，虽然他们也没有从中得到任何线索，不过给他们不愉快的生活增加了些许愉快的感觉。

另外，橱柜里还有一批连环画。从日期上看，已经在那里放了三十多年。

"在教堂里发现连环画？"奥洛夫松说。

他的兄弟没有反应，坐在那里看起了《特工X9》来。

奥洛夫松走到收藏室办公桌边上的一个字纸篓前面。他把字纸篓翻过来，很快找到几张皱巴巴的纸，结果发现它们都是相同的东西——斯德哥尔摩斯鲁森附近的希尔顿大酒店住房的现金付款收据。一个晚上的，又一个晚上的，接着又一个晚上的……这两只猪，他们住在希尔顿大酒店，用本来属于奥洛夫松和其他人的钱去住酒店？每次只支付一个晚上，随时准备溜之大吉。

"过来！"奥洛夫松说。毫无疑问，他刚才得出了他有生以来最富智慧的结论。

"稍等一下。"奥洛夫松说，他在看《女金刚智破钻石案》，看得正起劲呢。

239

第六十二章

牧师和接待员——尤其是后者——在继续探讨生活的意义。六天后,他们得出了前所未有的一致意见:在希尔顿大饭店的利达霍姆套房里是找不到这个问题的答案的。

他们想换个住处。此前他们根本没有意识到房价有多贵。在斯德哥尔摩,一套三居室公寓意味着要花光箱子里所有的钱。如果他们准备以破产的方式开始,那么追求乐趣而又不至于破产还有什么意义呢?我们知道,迄今为止只有一个人活到九百五十岁,如果你的目标不是活那么久,那么为了一套可以合理租赁的住房而加入购房行列,那就实在是愚蠢至极了。

对于房地产市场的运作,接待员和牧师知之甚少。佩尔·佩尔松成年后,睡的地方不是在酒店大堂后面就是在房车里面。约翰娜·谢兰德对住房的理解基本也没有超出她父亲的教区、乌普萨拉大学的学生公寓,然后又是她父亲的教区(作为刚毕业的学生,她不得不像上班族一样,每天往返于儿时的卧室和十二英里外的工作单位之间,而且这也是父亲给她的最大自由)。

不过现在他们知道了,而且共同认识到,他们过于迷恋黄色手提箱里的东西,以至于没有能够把它用于自己的生活。

他们发现最节约的长期选择,是波罗的海中一个小岛上的渔夫窝棚。他们在网上发现了哥特兰岛这个宝贝地方,并被它的价格所吸引(比免费赠送略贵一点)。此外,它与斯德哥尔摩那些相互要把对方置于死地的犯罪分子的距离超过了一百海里。

如此低廉价格是有原因的。这个窝棚不允许长期居住，不允许修建保温墙或屋顶，也不允许修建厕所。

"我相信如果我们把炉子中的火烧得旺旺的，就可以从事不必保温的工作，"牧师说，"不过我不太喜欢在寒冷的气温条件下、在冰天雪地中，干你知道的那件事。"

"我想我们必须把它拿下来。首先试着在炉子里生个火，就用当局的法规小册子来引火。然后，我们可以弄一道保温墙，再建一个洗手间，假装我们什么都不知道。"

"如果被人发现了怎么办？"由于被父亲控制了多年，牧师对于权威依然心有余悸。

"如果被人发现？谁会发现我们？哥特兰地区的厕所特别巡视员？挨家挨户巡查，看人们是不是在规定的地方解手？"

这个窝棚的出售者在电话上说，除了前面提到的规定之外，还不允许人们随便在外面到处活动，并且颠三倒四地说什么受保护的海滩、受保护的海水、受保护的动物、受保护的生态群落以及其他一些受保护的什么，最后连牧师都听得不耐烦了。不过他终于说到了点子上，说他不想把这个文化珍宝交给任何人。然而，现在他觉得很有信心，因为有一个耶和华的奴仆希望亲自来关爱它。

"很高兴听你这么说，"牧师说，"你最好能尽快把文件给我们，我将非常愿意把它接管过来。"

买家希望他们能够面谈，在交易达成的时候，他们可以喝一碗海藻汤。这些话被在旁边的接待员无意中听到了。他认为要适可而止，于是接过话筒进行自我介绍，说他是教区牧师谢兰德的私人助理，还说他和牧师目前正在斯德哥尔摩希尔顿大酒店参加一次会议，两天后他们要去塞拉利昂，参加一个援助麻风病隔离区的人道主义活动；卖家最好在文件上签好字，然后送到酒店来。他们会在签字后把文件送回去的。

那个想请他们喝汤的人说了声"哇噢",并答应立刻按他们的吩咐去做。

电话打完之后,牧师告诉接待员,其实那些麻风病隔离区已经不复存在,这种病现在可以用抗生素治疗,不需要像以前的教区牧师那样亲自去做了。

"总而言之,干得不错,"她表扬了他,"塞拉利昂——你怎么会想到这个地方的?"

"我也不知道,"接待员说,"如果他们那里没有麻风病,我敢肯定也会有其他疾病。"

到了收拾行李的时候了。只需要一个箱子了。幸亏希尔顿酒店的费用高,他们的钱少了很多,所以他们那点可以忽略不计的个人物品才能和剩下的百十万克朗一起放进那只手提箱里。

最后,两个人带着那只黄色手提箱走出房间,把那只空无一物的红箱子留在房间里。他们的目标是步行到中央车站,然后乘坐公共汽车去尼奈斯港,因为那里有一艘渡船在等他们。

但是,这一切都没有发生。

第六十三章

前不久，奥洛夫松和奥洛夫松看见伯爵和伯爵夫人的时候，其实并没有遇上倒霉的事。现在他们也没有。实际上他们在希尔顿饭店门外的汽车里只等了大约十分钟。

"哎哟，我的天哪！"奥洛夫松对手里拿着连环画的兄弟说，"他们在这儿呢！"

"在哪儿？"奥洛夫松一头雾水地问。

"这儿！带了一只黄色手提箱！已经出酒店了。他们这是要去哪儿？！"

"是啊，去我们的地窖，"奥洛夫松的兄弟吐了一口吐沫，把连环画扔到后座上，"跟上，一有机会就抓住他们。"

他所说的机会出现在五十公尺开外的南马尔姆广场。奥洛夫松手持左轮枪，从汽车的乘客一侧冲出来，逼着牧师和接待员坐到他们车的排座位上。这支手枪比他在安德斯教堂外醉酒后扔掉的大一倍（他认为手枪越大，越不可能重复先前的错误）。看见眼前一支巨大的史密斯－韦森手枪对着他们，牧师和接待员都毫不迟疑地接受了这个陌生人的要求。

只剩下那只箱子了。奥洛夫松开始想把它丢弃在大街上，可是后来还是决定把它放在两个被劫持者的大腿上。不管怎么说，如果他抓住的这两个人非常愚蠢，不愿意说出钱放在哪里，这只箱子里可能会有这样那样的线索。

牧师、接待员和那只黄色手提箱，成一排站在大斯德哥尔摩那个黑社会的集结地：该市最不愿意纳税的一家酒吧的地下室里。使牧师感到惊讶的是，这伙人中谁也没有马上注意到那只箱子。

"欢迎啊，"这十五个恶棍中那个非正式的头头说，"我们保证你们最后会离开这里。不是装在尸体袋里，就是以某种其他方式。"接着他说牧师和另外那个家伙欠这伙人至少一千三百万克朗。

"不过嘛，这要看你们怎么算，"牧师勇敢地回答，"乍一听，一千三百万这个数字挺吓人。"

"乍一听？"这个坏头目说。

"我叫佩尔·佩尔松。"接待员说，因为他不喜欢被称为"另外那个家伙"。

"你叫什么关我屁事，"那个头目说着转脸对着牧师，"你说'乍一听'和'看你们怎么算'是什么意思？"

牧师也不知道这话出自何处、因何而起，也不知道应当怎么算，但是智斗已经开始了。所以她眼睛死死地盯着对方就显得非常重要。在这种情况下，她的一贯风格就是先说话，后思考。"这个嘛，初步估算，我觉得超过一千万就很多了。"刚说完她就意识到自己刚才很愚蠢，没有说一个大大超出他们现有现金的数字，这怎么能买通他们通向自由的道路呢？

那个头头进行反驳，提出了他自己想到的一个问题："假设一下，如果我们决定接受牧师大体上的估算，那么这一千万克朗在哪儿呢？"

在这样的情况下，佩尔·佩尔松肯定不善于临场发挥。他搜肠刮肚，想找到适当的词语，以便扭转局面，让事情变得对他们有利。不过牧师的脑子毕竟比他快。"首先最重要的，我想讨论一下这个数字。"她说。

"数字？"那头目说，"你他妈刚才不是说一千万吗？"

"你看，你看，没必要说脏话嘛，"牧师说，"上天什么都看得见，什么都听得见。"

她又要超常发挥了，接待员暗自思忖。

"我说了，粗略估算，一千万是个比较合理的数字。但是我不想大而化之，我必须指出，这一千万克朗中，有三百万可以追溯到几个方面：有些钱是伯爵和伯爵夫人出的，目的是干掉你们当中的几个人；有些钱是你们当中的几个人出的，目的恰恰相反；还有其他几笔数目不大，都用在一些恶作剧上了。"

地下室里的这些坏家伙按捺不住，窃窃私语起来。至于谁要了这些钱去干什么，她不准备多说了，是吧？

"如果我可以继续，"牧师说，"我想说说我的看法，你们要从杀手安德斯那里把钱拿走是不道德的，因为他没有杀过你们当中的任何人。"

接待员几乎无法跟上牧师的思路。地下室里也没人跟得上。她在说"不道德"这个词的时候，大多数人都没听懂。

"再多说一点，考虑到伯爵和伯爵夫人事件的最后结果，我认为进一步的退款问题也可以妥善解决。如果他们没有把枪对准那个受雇来杀他们的人，他们肯定不会死。难道不对吗？"

又一阵窃窃私语。

"你到底想说什么？"那个小头目低声下气地问。

"我们有一只红色手提箱。"牧师说着把手放在身边那只黄色手提箱上。

"一只红色手提箱？"

"里面有整整六百万克朗。我们俩的共同财产。我想你们中间至少有几个人曾经是被批准参加教会的。也许有一两个人还相信此生之后还有来世,而且此生不一定非要再去见伯爵和伯爵夫人。难道六百万克朗还不能很好地了结非要杀掉一个牧师的事情?"

"还有一个佩尔·佩尔松。"接待员迫不及待地说。

"当然,还有一个佩尔·佩尔松。"牧师补充说。

那个小头目反复说,他对佩尔·佩尔松这个名字不感兴趣。这时候,其他的坏蛋再次开始窃窃私语。牧师想从他们的语气中听出一些奥妙。他们似乎有不同的意见。所以她又讲了几句:"那只箱子藏在一个安全的地方。只有我知道它在哪里,我想我愿意随时告诉你们,不过只有在我遭到折磨的时候。而且还是——折磨一个牧师!这难道真的是让耶和华高兴的最好方法吗?据我所知,还应该了解这样一个事实:杀手安德虽然被关押了,但这并不意味着他失去了说话的能力。"

这伙人中有好几个人听了这句话后不寒而栗。

"所以我的建议是,我和这个你们对他名字不感兴趣的人,我们两个会在不久的将来把六百万克朗交给你们,作为回报,你们要以窃贼的名义起誓,保证让我们健康地活下去。"

"或者三百万,"接待员说,一想到要再次陷入贫困的时候,他的心都要碎了,"再说了,到时候我们也许会一起走进天堂的。"

但是佩尔·佩尔松和这帮坏蛋的关系无疑已经变得很僵了。

"我不但对你他妈的姓什么叫什么不感兴趣,我在帮你开肠破肚的时候,也不会在乎你的结局会是怎么样。"小头目说。看来他还想发表一番长篇大论的檄文,不过牧师把他打断了。

"那就六百万,就按我说的。"她刚才抓紧时间进行了一番分析,发现如果舍不得这个数,他们是走不了的。

又是一阵窃窃私语。最后,这伙人一致认为,六百万克朗是个可以接受的数目,这样他们就可以饶了这个该死的牧师和那个硬说自己有名有姓的男人。毫无疑问，把他们杀掉要简单得多，但杀人毕竟是杀人，警察毕竟还是警察。再说还有那个讨厌的杀手安德斯和他那张大嘴。

"好吧，"那个小头目说，"你带我们去拿那个装了六百万克朗的红色手提箱。我们要在这个地下室里清点钱数，进行复核，如果里面的钱数准确无误，你们就可以离开，我们以后不会再找你们的麻烦。从此以后，对我们来说，你们就不存在了。"

"可是对我们来说，我们还将继续存在吧？"接待员想把话说清楚。

"你想不想跳沃斯特大桥，那是你的事，但是你不会再出现我们的名单上。条件是，你们交出那只红色手提箱，而且里面要有你们所说的那个数。"

牧师的目光放低，然后说对于谎言耶和华永远是理解的，只要是善意的谎言。

"你这话什么意思？"

"那只红色的手提箱……实际是黄色的。"

"是你靠着的这个？"

"有点像快递直达，是吧？"牧师笑了笑，"我朋友和我想从装钱的箱子里拿走两支牙膏、一些内衣、几样其他东西，可以吗？"

她打开那只箱子，露出那些令人垂涎三尺的钞票，等着这个小头目和他的那些小喽啰改变主意。

第六十四章

　　在体现集体贪婪的脑袋和手被那个装满钱的手提箱所吸引的时候，牧师赶紧抢出几件内衣、一支牙膏、一条连衣裙、一条裤子，还有一些别的东西，然后小声对接待员说，现在是他们玩失踪的最佳时机。

　　那个小头目也没有注意到这两个被抓住的人会突然蒸发，因为他也像房间里的其他人一样贪婪。不过他确实冲着他们大喊，要他们不要哄抢，他们要用有组织的方式把钱分给大家。

　　他这么一喊，大多数（但不是所有的）钞票都被放回了手提箱。老二清楚地看见老四把一沓钞票塞进自己的左前胸口袋，现在老二正准备进行验证。

　　可是老四是不会让人随便摸的，特别不能让人这么靠近他的身体，肯定不能像这样在众目睽睽之下。为了维护他在这个等级中的地位，他抡起拳头朝老二打过去。老二倒在地板上，所幸的是，他的头磕在水泥地上，顿时昏了过去，不然的话当时的局面就会失控。他的昏迷状态持续了四分钟。

　　那个小头目暂时恢复了现场的秩序。他们面临着把六百万克拉分给十五个人的任务，也许只有十四个，这取决于倒在地上的那个人是不是打算苏醒过来。

　　可是怎么把六百万分成十五份呢？就连这个，房间里也没有一个人能算得出来。这时候，几个人节外生枝，大声说奥洛夫松兄弟应当少分一点，因为他们早就得到了一笔预付款，还说他们俩应当只分一份（而不是两份），因为他们俩只有一个名字。这弟兄两个人中，那个比较容易生气的此时比平常更气了。他气急败坏，竟然告诉老七（那个叫奥克斯的家伙），说他真为杀手安德斯没有按照他们的约定割断对方的脖子而感到遗憾。

"啊哈，你这个混蛋，"奥克斯说，"你们串通好了要谋害我！"他拿出一把刀子要杀奥洛夫松，就像奥洛夫松当初想让杀手安德斯去杀掉奥克斯一样。

这一来又刺激了另一个奥洛夫松。他虽然有些惊慌失措，但还是试图采取牵制措施。情急之下，他想到了用那把超大的史密斯-韦森左轮枪直接朝那个装钱的手提箱近距离打出一发子弹。当然，他使用的是当今世界上最大的左轮枪之一，在必要的情况下它可以把一头公牛打翻在地。所以它产生的火花引燃了部分钞票也就毫不奇怪了。

这一下产生了意想的效果。枪声使奥克斯和其他几个人（除了那个躺在地上的人）出现了几秒钟的短暂耳鸣，但他们紧接着就调整了自己的注意力。许多只脚不约而同地踩进那只箱子，企图扑灭那些正在燃烧的五百克朗的钞票。毫无悬念，火很快就会被扑灭。这时候老八突然灵机一动，准备牺牲一瓶九十度家酿酒，来扑灭少数还在燃烧的火焰。

奥洛夫松和奥洛夫松为了保命离开了地下室。他们刚跑出来，里面就燃起了熊熊大火。其他几个坏蛋很快被迫陆续跑了出来（除了那个还躺在地上的家伙，因为他的后脑勺砸在地上，没有夺路逃命）：九十度家酿酒并不具备——而且从来没有具备过——减小或扑灭火势的作用。

第二天夜里，奥洛夫松和奥洛夫松家里来了四位不速之客。他们没有按门铃，甚至连门都没有敲。他们用斧头砍门，把它砍成了碎片，然后径直走进房间。但是无论他们怎么找，也没有发现奥洛夫松和他的兄弟。房间里只剩下一个吓坏了的、名叫克拉克的仓鼠。它的名字是根据以前一桩著名的银行抢劫案来取的。奥洛夫松强迫他的兄弟把克拉克留在他们不会再回来住的公寓里。弟兄俩从混乱的酒吧地下室出去之后，立即搭乘火车去了三百七十英里外的马尔摩，从此离开了他们那些可能是世界上最愤怒的客户。

马尔摩是一个很好的城市；实际上它也是瑞典犯罪分子活动最少的城市之一。谁也没有注意到，统计数字上，它每周只有一两次犯罪活动的事实。奥洛夫松进行了非常接近理性的思考，然后和他的兄弟抢劫了一个加油站，拿走了所有的钱，还有四条凯克斯巧克力，并强行进入了加油站经理的汽车。

第六十五章

只有一件事接待员没有搞懂。那只手提箱里怎么正好有六百万克朗？难道不应当至少还有六十多万克朗吗？

是的，不过牧师在收拾行李时把一些现金带在身上了。牙刷、内衣和其他一些东西也许对得上号。不过每次打开箱子拿出很少一点钱来买公共汽车票，她都觉得是一种痛苦。

"或者拿出很少一点钱来买哥特兰岛上的那个小渔棚？"接待员问。

"确实如此。"

毕竟，生活可能会比这个更糟糕。更准确地说，他们支付了那个窝棚的款项后，只剩下六十四万六千克朗。把它整修之后只剩下不到六十万克朗了，而且还不知道违反了多少明确的规定。按照计划他们首先开始了烧火。为了保险起见，他们也没有打电话询问是不是可以用漂白粉消灭那些生活在海滩上、令人讨厌但又濒临灭绝的沙滩蜂。

牧师心想，如果他们能找到足够数量的汤姆、迪克和哈里[①]进行盘剥，就完全可能再弄到五十万。

接待员表示同意，同时把漂白粉的瓶盖儿拧上。他提醒她说还有一个重要问题：施惠于汤姆的钱不可以比迪克和哈里迅速回馈给他们的钱多，一个欧尔也不行。

[①] 原文是"Tom, Dick and Harry"，相当于中文的张三、李四、王五，即随便什么人。

第六十六章

维斯比是一座中世纪的城市，城里的商店正在为即将到来的圣诞节做准备。银行利率已经降到了零。这就激发了人们去花自己本来还没有的钱，这样圣诞节大减价就将再次创下纪录。结果，从总体上来说，人们可以保住自己的工作，这就意味着他们可以偿还自己欠下的新贷款。经济学是一门自成一体的学科。

几个月以来，接待员一直在思考如何才能（实际似乎恰恰相反）把"受惠比施惠更幸福"的原则转化为切实可行的方法。迄今为止，他并没有取得多大进展，只是列出了各种形式的方程式的前半部分。毕竟捐出一两个硬币很容易，而且很有乐趣，但是如果得不到至少相等的回报，那就显得非常愚蠢了。

这种方法一度曾十分奏效，有一个慷慨的前杀手，还有大量的募捐桶。可是他们现在既没有杀手和募捐桶，也没有教堂会众的礼拜。现在能得到的只有桶了，但是，只有桶有什么意义呢？

有一次，牧师和接待员沿着哈斯喀茨大街散步的时候，见到一个身穿红袍、头戴白色假胡须的老人，他很可能受雇于城市协会。他在小山坡上跑上跑下，凡是遇到的人，他都要说一声"圣诞快乐"，还拿出姜饼分给孩子们。无论大人小孩，见到这个穿红袍的人都很高兴。也许是他刺激了人们去当地小店购物，不过看起来又不像。总之，牧师说如果她当初劝说杀手安德斯相信圣诞老人而不是相信基督，可能所有事情都会产生不同的结果。

接待员脑子里浮现出杀手安德斯站在讲坛上的形象：他面对会

众，手持瑞典式热饮和姜饼，而不是红酒和奶酪，大声呼唤万能的圣诞老人时的情景，不禁露出一丝微笑。

"用烈酒制作的热饮，"牧师心想，"细节至关重要。"

这使她的接待员有了继续微笑的理由。但他突然变得很严肃。天堂里的上帝与圣诞老人（不管他生活在哪里）实际上都没有那么了不起。

"你首先考虑到的，是他们并不存在，还是他们的胡须？"牧师问。

"都不是。他们都具有好人的名声，对吧？从这一点上我们可以感悟到一种思想的萌芽。"

当着牧师的面说上帝"好"的人，是别想轻易脱身的。她说根据所有的《圣经》故事，她可以找出一百个理由，来说明耶和华还是有毛病的。她不知道在这方面圣诞老人的情况如何，不过把从烟囱里爬进爬出作为主要职业，这好像真的也不是什么健康的职业。

接待员风趣地回答说，他们两个人都不是圣诞老人或者上帝的好孩子。初步估算表明，"十戒"中十有八九都被他们破了。唯一没破的大概就是私通了。

"说到这个问题，"牧师说，"我们像这样形影不离，难道还不应当结婚吗？如果办一场世俗的婚礼，那你还要买戒指呢。"

接待员立马说是的，并保证说买金戒指，但他很快又回到"十戒"的问题上，说他要纠正一下：他们其实并没有主动去杀人。

这倒是真的，这意味着他们破戒与持戒的纪录不是九比一，而是八比二，不过这也不是什么了不起的纪录。

佩尔·佩尔松没有反应：因为没有必要。不过又回到"十戒"的问题上来了。下面准备怎么做——至少允许你去贪恋你未来的妻子？允许你贪恋你们共同拥有的那一堆五百克朗面值的钞票？

牧师说这只是个解读的问题,还说她将永远摆脱《圣经》的羁绊。天国之门并不存在,如果存在,那么人们排着队通过就没有任何意义了。一想到在天国之门的上帝会让她走开,她就觉得受不了。她想知道,圣诞老人会不会成为接待员的主要渠道,让他进入"人们在慷慨的同时是否能获利"这个主题。

佩尔·佩尔松的回答很诚实:目前还没有什么主要渠道,除非牧师——与他佩尔·佩尔松不同——乐于施惠并放弃索取。"而且我没有理由相信会出现这种情况。"

"有道理,"牧师说,"而且,不管怎么说,一旦钱都花光了,我们干什么?"

"结婚?"

"这是我们早就决定了的。而且它不会使我们变得更加富有,对不对?"

"别这么说。政府的子女津贴总是会有的。生他六七个孩子,也许就够了。"

"白痴。"牧师笑了笑说。

这时候,她看见一家珠宝商店。"来吧,我们进去订婚吧。"

第六十七章

冬去春来,春去初夏至。终于,至少在一个方面,罪恶即将成为过去。牧师和接待员成为合法夫妻的时候到来了。

他们找到了最合适的世俗司仪,是哥特兰地区的县长。她同意在海边那个渔棚为他们主持婚礼。

"你们住这儿吗?"她很随意地问。

"要是这样就好了!"牧师回答说。

"那你们住哪儿?"

"住在别处,"接待员回答说,"我们是不是能开始谈正题啊?"

这对年轻人希望县长只讲四十五秒钟,结果县长讨价还价到三分钟。毕竟她赶到现场要走好一段路,如果一来就说"你愿意嫁给……",然后直接回办公室,这对客户来说是一种浪费。再者,她准备了几句——用她自己的话来说——美妙的人生格言,围绕的主题是"我们必须相互关心,就像我们关心哥特兰极其脆弱的生态环境一样"。

在电话上进行了一番交涉之后,接待员突然开窍,原来无论婚礼的时间长短,县长来是不收费的,所以他答应说,如果她一定要把爱情和生物多样性问题结合起来谈,那就请她随意。他感谢她打来电话,挂上电话后,看是不是所有漂白粉的瓶子都藏起来了,因为如果不藏好,可能就会引起他们的婚礼司仪出现不必要的糟糕情绪。为保险起见,他买了十瓶小树牌空气清新剂,把它们塞进海藻里,这样县长心目中珍贵的大自然闻起来就不会那么糟糕:生机勃勃。

新郎新娘得到一张结婚许可证以及可以结婚的证明,而且还得到了县长的赞扬。

"你们的证婚人在哪里?"

"证婚人?"接待员反问。

"哦,见鬼。"牧师说。她自己就主持过许多婚礼,她意识到在这件事上他们疏忽了。"等一下。"她说着就朝着不远处沙滩上的一对老夫妻跑去。

县长注意到,就在她准备为一个口带脏字的新娘子牧师主持一场世俗婚礼的时候,这个牧师却跟那对老夫妻争执起来。结果她发现那对老人来自日本,既不懂瑞典语,也不懂英语、德语、法语,或其他具有逻辑形态的语言。不过他们确实明白了,牧师想让他们跟她走,所以这两个本性温顺的日本人就照办了。

"你们是不是这对新人的证婚人?"县长问这对日本夫妇。他们看着这个女人,因为她刚才对他们说了一通他们根本不懂的话。

"说哈侬。"接待员告诉他们(他就知道这一个日语词汇)。

"哈侬。"一个证人说。他不敢不说。

"哈侬。"出于同样的原因,他的妻子也这么说。

"我们相互认识已经很长时间了。"牧师说。

县长施展了小小的行政手腕和一定的创造力,确保了这场婚姻的有效性。但她是个喜欢解决问题而不是制造问题的人。不久,牧师和接待员开始签字画押,确定他们的结合。

夏去秋至。牧师已有了四个月的身孕。

"我们就要拿到第一个孩子的津贴了!"接待员发现后不由自

主地喊起来,"再过四五个月,我们的生意就开张啦。如果我们把间隔时间算算好,最少只要一套衣服,就可以够他们所有的人穿。老大的衣服可以给老二穿,老二的给老三,老三的给老四,老四……"

"我们是不是先等老大生出来再说?"牧师说,"老二的事情以后再说。其他的也要等他们出生以后再说。"

牧师说完之后,换了个话题。这些天来,他们一直在一个两百平方英尺的渔棚加阁楼的地方生活。但他们住在这里是非法的。他们的生活费用少之又少。比起他们曾经享受过的鹅肝加香槟的生活,面条和自来水真是不可同日而语了。他们现在除了观看海景,就是互相大眼瞪小眼了。多亏了那些漂白粉,沙滩黄蜂、蚂蚁、蜜蜂、祖母绿黄蜂、蚁蜂、寄生蝇以及所有与生物多样性有关的东西都被杀死了。

手提箱里的几百万,甚至连箱子本身,都没有留下。所以,老实说,现在这种情况下,接待员的少量施惠、多点受惠的计划进行得怎么样了?

在这种情况下,牧师也有自己的疑问。从他们目前的财务情况来看,也许索取而且只有索取,才能是一个比较好的开始。

接待员承认进展非常缓慢。他经常回到圣诞老人身边,可是那个混蛋再也没有拿出任何东西作为回报。

对于牧师来说,生活主要就是日益膨胀的肚子和哥特兰即将到来的冬天。她开始觉得厌烦,想换一种生活方式,建议他们到大陆上去一趟。

"你到那儿去干什么呢?"接待员感到莫名其妙,"除了有可能碰上一个不喜欢我们的坏蛋,或者两个。"

牧师并不知道去干什么。但是有一个想法也许会使他们感到高兴，因为有几个地方他们肯定不会遇到那些坏蛋。比如国家图书馆、海洋博物馆……她在说这些话的时候，仿佛听见有人在说那该多有意思。"或者我们可以去做一些好事，只要花钱不多就行，"她继续说，"如果这不能让我们高兴，那也许是我们选择的方向不对。在你那个没完没了的未来谜团中，这可能是一个重要事件。"

"我们未来的谜团，请说话的时候注意，"接待员说，"做一些好事？帮助老太太过马路吗？"

"唔，为什么不呢？也许我们应该去看一看正在那里采蘑菇的杀手，是我们亲自设局把他送进监狱的。如果我没记错的话，我们匆忙离开之前，我答应要去看他一次的。"

"那只是一个谎言，对不对？"接待员问道。

"我知道那是个谎言。我在什么地方看到这样的话：你不应当做对邻居不利的伪证。"他的牧师笑了笑。

在"十戒"游戏中，他们肯定是赢不了的，但是去探视杀手安德斯会对提高他们的比分有好处，可以把比分变成七比三。

接待员用怀疑的目光看着牧师。牧师承认，去看看被他们摆脱掉的人这个想法可能与她身为孕妇体内旺盛的荷尔蒙有某种关联。她从书上看到，怀孕的女人吃油焖金枪鱼，或者每天吃二十个橙子，或者嚼粉笔，所以有这个想法其实也差不多。但此时此刻，他们的生活平静得就像被冲上沙滩后的海藻的生物活性。现在连一只干扰他们生活的沙滩黄蜂都没有留下。也许一次短途的摆渡和一次短暂的探监可以使事情发生这样或那样的变化。从活动内容来看，所花的代价可以忽略不计。

接待员从来没有像现在这样明显地意识到，怀孕就是不一样。显然，他亲爱的牧师现在很想见到杀手或者沙滩黄蜂。他是个即将做父亲的人，必须承担起责任。仅仅出去买一箱橙子回来也许是不够的。"我建议我们下星期早点走，"他说，"你向监狱方打听一下探视时间，我来预定摆渡的船票。"

约翰娜·谢兰德高兴地点点头，但佩尔·佩尔松脸上看不出有高兴的表情。再次去见杀手安德斯不太可能有什么生活的意义。如果他妻子的荷尔蒙在作祟，这就好解释了。而且，国家图书馆或者海洋博物馆也没有多少诱人的地方。

"无论是好是坏，"他含糊不清地说，"我觉得我们可以把此行标记为'比较糟糕'。"

第六十八章

在监狱探视室,杀手安德斯见面的第一句话是:"亲爱的朋友们!愿上帝保佑你们平安,哈利路亚,和撒拿!"

他们几乎都认不出他来了。他看上去精神矍铄,而且满脸胡须。对后一点的解释是,牧师曾经对他说,根据《旧约》,人是不能把胡须剃掉的。他记不清这个说法的原话是什么了,虽然他试图查找过,但他没有查到,不过他信任他亲爱的朋友。

"《利未记》第十九章,"牧师脱口而出,"'你们不可吃带血的物,不可用法术,也不可观兆。头的两鬓不可剃,胡须的周围也不可损坏。不可为死人用刀划身,也不可在身上刺花纹。我是耶和华。'"

"哦,是的,就是这个,"前本堂牧师挠了挠自己的胡须说,"想弄掉身上的刺青比较难,不过耶稣和我探讨过这个问题,我们决定不去管它了。"

杀手安德斯现在是如鱼得水。他一周三次组织《圣经》小组的学习,并至少规定了三个原则,周围还有许多摇摆不定的人。他的努力只有一次失败,那就是他想在食堂里让大家赞美上帝。食堂那个被判终身监禁的厨师突然无名火起,发起飙来。排队打饭的人有一个离他最近,是个小个子外国人。大家喊他"话篓子",因为他从来就没什么话说(主要因为他的语言没有人能懂,其他语言他又不会说,而不用自己的语言,他就没有话可说)。厨师把一只打破的瓶子戳进"话篓子"的脖子。这个人临死之前用瑞典语说了一声

"哎哟",这也是他一生中说的最后一句话。

"用瓶子杀人的家伙因此延长了刑期,被判了另一个终身监禁,而且被降为洗碗工。"

杀手安德斯认为,一次或两次终身监禁并没有什么区别(不过连续两辈子站在那里洗碗的命运可能比死亡更惨)。安德斯非常急切地告诉他们,他虽然被关押在这里,无法与会众在一起,但他和耶稣的关系却没有受到不良的影响。虽然杀手安德斯不想惹牧师和接待员生气,但他在《圣经》学习时发现,他们俩对礼拜中的一两件事可能有误解。不能因为一个人皈依了基督教,就意味着他每天要喝一瓶或几瓶红酒。如果他们愿意听,他可以做更进一步的详细解释。

"不必了,谢谢,"牧师说,"我觉得大体上我是能理解的。"

不过嘛,总有一天他们还会谈到这个问题的。这个问题总的来说是这样的,那个厨子现在每天都得去洗碗,洗到他死两次为止。根据目前监狱的规定,每天只能给他提供牛奶和越橘汁。没有哪个犯人真的能靠牛奶和越橘汁活下去,于是有人搞起了走私,把大量杀手安德斯几年来从来没有吃过、也永远不会再吃的东西带进了监狱。

"比方说?"牧师很想知道。

"氟硝西泮或诸如此类的可怕玩意儿,"杀手安德斯说,"过去,氟硝西泮加小酒就能使我癫狂。那是很久以前的事了,谢谢主。"

在他那晴朗的蓝天中只有一片乌云,那就是监狱管理当局发现他表现极好,是犯人中的光辉典范,于是背着他搞了一个将他提前释放的计划。

"提前释放?"接待员说。

"还有两个月,"杀手安德斯说,"甚至还不到。我那些研究

· 261 ·

《圣经》的学员会怎么样？还有我，我真的对此忧心忡忡。"

"这可真是好消息，"接待员说话的诚恳程度，牧师听了都感到惊讶，"释放你的那天，我们来接你。我想我有件工作给你。"这句话使牧师更加感到意外。

"愿上帝保佑我们！"杀手安德斯说。

牧师什么也没说。她已经失去了说话的能力。

在这次见面的过程中，佩尔·佩尔松注意到一些牧师没有想到的情况。多亏了《利未记》第十九章第二十七至二十八句，杀手安德斯把自己变成了十足的圣诞老人的样子。他们只要把他那乱蓬蓬的头发整理一下，给他戴上一副更像圣诞老人的眼镜就行了。当然，他的胡须是真的，而且要白得恰到好处。

接待员认为这是一种信号，来自……某个人……很快他就想到了圣诞老人。似乎有一种神的力量介入其中，即使他没有怀疑过这种力量的存在，也不管它有多神，这个力量也不愿意稍作举手之劳，来帮助他或他的牧师。

第六十九章

再次与牧师单独在一起的时候，接待员解释了他在监狱探视室里的想法。他们一回家，就坐下来翻阅当地的《哥特兰新闻集锦》的旧报纸，很快就发现，接待员的想法是有道理的。其中有一篇文章说，有个人无法继续在租来的公寓里居住，因为墙上爬满了臭虫。房东认为臭虫不是他的问题，现在这个人无处可住，可是他还要被迫继续缴纳房租。

"我只能靠退休金生活。"老人对报纸说。他感到自己有理由感到难过。

老人的悲惨境遇没有引起接待员或牧师的多大兴趣。他皱纹满面，佝偻着腰，没有任何商业价值。所以他只好想办法尽可能地与他的臭虫友好相处。尽管接待员犹豫了一两秒钟，考虑要不要给老人打个电话，把漂白粉的事告诉他，因为它好像什么都能杀死。

老人把他这段人催人泪下的故事告诉了当地一家报纸。几天之后，另一个具有不同遭遇的人把自己的不幸告诉了这家报纸的竞争对手《哥特兰消息报》。这使得牧师和接待员确认了他们想要知道的情况。

在全国的各类出版物上，这类令人伤感的故事几乎每天都数不胜数。即使不算老人和臭虫的事、百万富翁花园里西班牙蜗牛成灾的事、情感压抑、手持气枪的少年把受伤老鼠扔进垃圾箱的事，这些凄凄惨惨的故事依然层出不穷。

接待员拿出几年前用募捐桶得来的钱购买的两片药片，从中取出一片，然后开始工作。

"进展如何啊？"牧师问。她边揉肚子，边看着丈夫，见他正专心致志地看手机，身边还放了一台笔记本电脑。

"还行，谢谢。"接待员回答说。他告诉她，他最后订阅了一家报纸的电子版。大功告成了。

"《于斯达尔邮报》，"他说，"每月一百九十九克朗。"

呃，为什么不呢？牧师很想知道。于斯达尔这地方很美，但这并不意味着就没有可以值得同情的人。接着她就错误地问他们还可以订阅哪些电子版报纸（这个问题的答案是没有穷尽的）。

"我这里有一张表，"接待员说，"我们来看看……你看，《厄斯特松德邮报》《达拉民主报》《耶夫勒日报》《乌普萨拉新报》《纳捷克新闻集锦》《南瑞典日报》《瑞典日报》……"

"打住！够了。"牧师说。

"不，如果我们要建立我们需要的基础设施，来代表这个国家的每个角落，这一份是不够的。我这里还有很多，而且这背面还有更多。总共五十来个。这些都不免费，不过有几家提供几天免费试读。顺便说一下，这里要向《布莱金厄兰兹信息表》致敬。在试读期间，每月只收一克朗。"

"实际上我们可以订两种，"牧师说，"如果它们说的东西都一样，那就得不偿失了。"

接待员脸上露出微笑，他打开电脑内部的电子制表软件。从长远看，全年订阅费用大概十万克朗，试销价、短期订阅价以及试读价使他们的初期投资下降到他们可支配经费能够允许的范围。这也许对施惠方和（尤其是）受惠方都有好处。从总体上来看，别人的慷慨程度要超过他们一点，这就确保了底层订阅的人数是正数。也许开始并非如此,但在相当短的时间框架内,他们可以感觉到它的好处。

"我完全同意,亲爱的,我认为其他人的慷慨程度要大大超过我们。"牧师说。

她认为阻碍他们成功的最大威胁就是圣诞老人。杀手安德斯过去是,今后仍将是一个安全威胁。如果他们的计划因为这样或那样的原因而泡汤,他们也只好接受失败。接待员的想法真诱人,不能不让人想立即开始全面的试验。

"明天自有明天的忧虑,今天的忧虑就够多的了。《马太福音》第六章第三十四句。"①

"你刚才是不是不由自主地引用了《圣经》?"接待员问。

"是的。可想而知啊。"

总的来看,人是一个具有许多特征的大杂烩。例如:吝啬、自恋、嫉妒、无知、愚昧、恐惧……但同时又具有仁爱、聪颖、友善、宽容、谨慎,还有慷慨,不过不是每个人都同时具备这些特点,这一点牧师和接待员都知道,但知道这一点并不是来自他们自身的经验。哲学家伊曼努尔·康德可能提出过这样的假设,即每个人内心都有一个道德律令,只是因为他没有任何机会与我们的牧师或接待员接触而已。

这项新的受惠与(随意)施惠计划经过一番拼凑、打磨后,已经可以实施了。这个计划可以隐约追溯到维斯比那个欺骗性的商业圣诞老人,因为他唯一的礼物就是送给孩子们的姜饼。

首先,接待员开始了一项自导自演的调查。他需要更多地了解

---

① 书中的原文是"Let tomorrow bring worries of its own",但《圣经》原文是"Tomorrow shall take thought for the things of itself. Sufficient unto the day is the evil thereof"。

市场和潜在的竞争对手。

需要考虑的竞争对手有好几个,例如瑞典邮政局。每年它收到上百万封给圣诞老人的信,地址是"瑞典托姆特博拉一七三〇〇〇号",收件人是"汤姆滕"(这是圣诞老人在瑞典的名字)。邮局代表在电话上对接待员自豪地说,写信的每个人不仅都能收到回复,而且还能收到一份小小的礼品。

接待员说:"谢谢你告诉我这些信息。"然后挂断电话,口中念念有词地说,那件礼品的价值肯定低于邮资。这就意味着要把做极为有限的好事和赚极为有限的利润相结合。从本质上看,这不是一个坏的想法,但它很难行得通。考虑到行政方面的成本,一个企业到头来最多也是零利润。牧师和接待员最不愿看到的数字还不是零,而是那些以减号开头的负数。

除了邮局,还有位于达拉那的圣诞之乡。接待员阅读了他想阅读的材料,了解圣诞之乡可以提供什么。他得出的结论是,那里是一个游乐场,只要买了门票,人们就可以在里面花上几百克朗吃吃喝喝,甚至花上几千克朗在里面住它一宿,并允许他们向假圣诞老人提交一张希望清单,圣诞老人当晚就可以用那些清单来生火。

这个主意倒也不错,不过它明显地偏向受惠而不是施惠。在这种事情上一碗水端平很重要。

另一个戴涤纶仿真胡须的圣诞老人住在芬兰的罗瓦涅米。这个圣诞老人似乎与达拉那的大同小异,问题和缺陷也基本相同。

顺便说一句,丹麦人认为圣诞老人住在格陵兰岛。美国人打赌说他住在北极,土耳其人说他在土耳其,俄罗斯人说他在俄罗斯。所有这些国家中,只有美国把他们的圣诞老人打造成一个特有的产业,一是因为在所有饮料中,这个圣诞老人最喜欢可口可乐,二是因为他们每年至少拍摄一部圣诞影片,而其中的圣诞老人开始总会把事情搞得一团糟，而到了最后一分钟，会让世界上的所有儿童都会变得欣喜若狂。或者至少会让其中一个儿童变得这样。这些虚构的故事，每张电影票价值十二美元。

此外还有圣诞老人的堂兄圣克拉斯，或圣尼古拉斯。接待员了解到，圣诞老人开始的时候只是所有小偷的守护神，这种想法当然很奇葩。不过，他还是没抱太大的希望，因为他过早地（十二月六日）就把孩子们的礼物拿来了。

"不过难道这不取决于我们想让它在世界上有多大的影响吗？"牧师说。

"一个一个国家来，"接待员说，"以德国为例，它的人口是瑞典的十倍。这就可能需要十个像杀手安德斯这样的人来充当圣诞老人，而且所有人都需要至少能用德语说'圣诞节快乐'的能力，而不至于完全离题万里。"

两个外语单词。牧师和接待员都意识到，这是杀手安德斯没有能力对付的（除非他们说的是有关蘑菇的那两个拉丁名词），还有一个风险词是"和撒那"，因为它在德语里同样也是"和撒那"。

所以，一个圣诞老人，要给出真正的礼物，但没人把钱预支给他。这样的竞争不是不存在，却极其少有。

开展这样的业务，利润率取决于他们能从报纸上发现多少令人伤悲的故事。最好能有单亲母亲、患病儿童、或者各种被遗弃的可爱的宠物。丑陋的老人和许多臭虫的故事不会激起多少人怒火满腔；垃圾箱的老鼠受虐待的故事也不会。说到百万富翁的花园里有许多西班牙蜗牛，瑞典传统这么认为，这说明那个富翁活该倒霉。

根据从当地报纸中精挑细选的故事来执行这一计划，真的非常聪明，因为根据定义，受惠者早就已向媒体反映过情况，因此在与圣诞老人不期而遇的时候，应该会自觉自愿地把所有的苦情再重复一遍。

这反过来又会引起上网流量增加。在网上人们会发现圣诞老人——脸上的胡须是经得起又拉又拽的。

如果上帝好到一定程度（接待员想这么说），反过来会促使人们捐出一两个克朗，抑或是一百。又或者，为什么不是一千呢？

在计划启动之前，佩尔·佩尔松要做的无非就是先执行他自己的计划，那就是让杀手安德斯获得自由——这个计划很精彩，也很疯狂。

第七十章

当然,圣诞老人计划的基本思想是,施惠可能是唯一比受惠更有意思的事情。在牧师和接待员看来,能够同时做这两件事情的人,应当能拥有一切机会去享受长寿和幸福生活。毕竟,他们的目标不是与他们尚未出生的孩子一起饿死。就连杀手安德斯也不该有这样的命运。

由于脑子里存在这样的想法,接待员在"脸书"网站上创建了一个网页,还贴上一个口号:"真正的圣诞老人——全年都在送欢乐。"

这个网页上全是各种声音表达的爱的信息(其中没有一个是宗教性质的)。网页空白处有一个留言说,每一个人都可以自由地打开心扉(也就是说,打开他的钱包)来帮助圣诞老人完成他的使命。这可以通过银行转账、信用卡、直接转账、移动电话或者其他几种方法中的任意一种来完成。无论哪种方式,钱都会转到维斯比汉德尔银行的一个账户。这个账户属于一家名叫"真圣诞老人AB"的瑞典公司,由一家匿名的瑞士基金组织把控。在任何情况下,他们都不能透露是谁在人们的生活中散布欢乐。杀手安德斯的招牌已经搁浅。与此同时,圣诞老人的牌子已经存在了几百年,与之齐名的有纳尔逊·曼德拉、特蕾莎修女、还有那个不愿意透露姓名的人。

迄今为止,这项计划与基于互联网的杀手安德斯原先的捐款网站有着惊人的相似之处。在那些日子里,该网站上全是要求退款的各种留言。

为保险起见，接待员订了一本《纳税人指南》，收集了瑞典全部的二十三个版本，每本二百七十一克朗，总共花了六千两百克朗。不过这很值。在这一过程中，他得到了这个国家所有纳税人的姓名、地址、可纳税就业所得，再加上资本所得。瑞典就是这样运作的，没有什么秘密。圣诞老人的身份除外。但绝不能把钱捐给报纸认为可怜的人，然后却发现这个人年收入两百万克朗，而且在于什霍尔姆有一个世纪之交兴建的黄色三居室豪宅。有没有西班牙蜗牛倒无所谓。

圣诞老人的第一个任务的对象是一位住公寓房的年轻女子。进一步调查发现，这套房是租的，她的年可纳税收入为九点九万克朗。

第七十一章

　　玛丽亚·约翰松今年三十二岁，带着五岁的女儿吉泽拉，住在瑞典最南端人迹罕至的于斯塔德一间破烂的两居室住房里。孩子的爸爸不在家，已经有一年多没回来了。母亲玛丽亚没有工作，根据《于斯塔德新闻集锦》的报道，有人朝她家的房子扔了一块石头，砸烂了卧室的窗户。问题是，她现在拿不到保险公司的钱来修理窗户，因为保险公司认为，那块石头是孩子爸爸周日晚上扔的。主要证据是，他在警察询问时已承认，说他去过一家旅馆后，就回到他前女友的家，冲着她大喊大叫，她就是不给他开门，不让他回来与她发生性关系，就是给钱也不行，于是他骂她是婊子，临走捡起一块石头砸进了窗户。

　　从保险公司的角度来看，吉泽拉的父亲登记的住址仍然是这个地址。一个人故意砸烂自家物品是不能指望保险公司理赔的。这样，玛丽亚和她女儿吉泽拉只能用块木板挡住窗户过圣诞节，不然玛丽亚就要用最后一点存款来买新窗户，那就没钱给吉泽拉过圣诞节了。即使南方的冬天，也非常冷，吉泽拉的圣诞节将没有礼物和圣诞树。这就是她们的现状。这时候突然有人敲响了玛丽亚和她女儿的门。母亲玛丽亚小心翼翼地打开前门，以防万一是……

　　不是。而是圣诞老人，看起来是真正的圣诞老人。他先鞠了个躬，然后给了吉泽拉一个漂亮的洋娃娃，一个她可以对着说话的洋娃娃！洋娃娃名叫南尼，成了吉泽拉最心爱的物品，尽管它的编程其实非常简单。

"我爱你,南尼。"吉泽拉可以这样说。

"我不知道。我不能报时。"南尼回答说。

圣诞老人在把洋娃娃递给吉泽拉的同时,递给孩子母亲一个装有两万克朗的信封,还说了一声"圣诞快乐!",因为圣诞老人就该这么说。接着他违反了事先的指令,不由自主地说了一声"和撒那",而且这个圣诞老人没有用驯鹿拉着的可以飞的雪橇。

他来也匆匆,现在去也匆匆。开出租车的人叫塔克希·托尔斯滕。出租车后座上坐着两个小精灵,但他们都没有穿精灵的衣服,而且其中有一个已有八个月身孕。

圣诞老人行动从于斯塔德开始,逐步向北移动。下一站是舍布。接下来依次是霍比、霍尔、海斯勒霍尔姆,然后继续向北。连续四个星期以来,平均每天给出的礼物价值一到三万克朗。有时以礼品的形式,有时以现金的形式,有时两者兼有。

单亲妈妈是比较理想的施惠对象。失去父母的难民孤儿更好,当然最好是女孩儿。孩子们的年纪越小,经济上潜在的可能性就越大。病人或残疾人也行,患了癌症小男孩或小女孩——那就更是求之不得了!

无巧不成书,圣诞老人曾经去过海斯勒霍尔姆。塔克希·托尔斯滕开车来到一个很特别的地方,圣诞老人走上楼梯,按响一户人家的门铃。屋子里住的是一个上了年纪的救世军成员。他以前曾经给过她很多钱。

老人把门打开,接受了一个装着一万克朗的厚信封,他朝信封里看了一下后说:"上帝保佑你。我们以前不是见过面吗?"

听见这句话,圣诞老人匆匆离开,上了出租车就走了,老人原来还准备问一声:"我可不可以请你喝一点萝卜汁?"

根据预算，第一个月的开销应当非常接近他们剩下的五十万克朗。这就是说，他们的生意和他们的钱到二月份就没有了——假定他们得不到任何回报的话。

从十二月二十到一月二十日，所有开销不到四十六万克朗，尽管他们在哈斯勒霍尔姆的支出大得惊人，而且一开始的这四个星期，他们是在马不停蹄地工作。此外，未来他们还计划每个月用三个星期的时间在瑞典的公路上，第四个星期在哥特兰的家中休息。假如——再次假如——他们还没有破产，他们唯一的出路就是生孩子，而且越快越好。

"比我们的预算要好！"牧师说着激动起来，结果羊水破了，"哦！哇噢！现在我们必须去医院。"

"等等！我还没准备好。"接待员说。

"和撒那！"圣诞老人说。

"我去把车开过来。"塔克希·托尔斯滕说。

是个女孩，六斤重。

"我们开始了！"接待员对筋疲力尽的牧师说，"我们就要开始领第一个孩子的津贴了！你觉得你什么时候可以生第二胎？"

"今天不行，谢谢你。"牧师说。这时候助产士正替她在必要的地方缝针。

过了几个小时，小宝宝依偎在妈妈肚子上满意地睡着了。牧师发现自己有了一点力气，于是问接待员，他们刚才被其他事情打断了，他没来得及说的话是什么。

试想，子宫真正开始收缩的时候，接待员完全把那事儿给忘了。不过，目前倒是最好的时机。"哦，我想说的是一件了不起的大事，我们的开支突破了四十六万。不过我们也通过互联网的运作而有了小小的斩获。"

"哦,是吧?"妈妈牧师问道,"多少?"

"第一个月?"

"第一个月还不错。"

"大概数字?"

"大概数字也不错。"

"这个嘛,事先说一下,我的记忆可能不准,因为我没来得及把准确的数字记下来,事先说一下,我们在生孩子的过程中,也许有一两个克朗的小小进项。事先说一下……"

"你能不能直截了当一点?"牧师说话时想,实际上在生孩子的问题上她比他付出得多。

"是,对不起。我满脑子全是'事先说一下'了。我要说的是大约两百三十四万五千七百九十克朗。"

如果技术上有可能,牧师的羊水又要破了。

第七十二章

　　一天之中，圣诞老人有时间访问的人数越多，他给他们送去的幸福也越多，他的生意的所得也越多。每天来自瑞典全国各地（实际来自世界各地）的小额捐款能达到成千上万克朗。单亲母亲们欢呼雀跃，伶俐的小姑娘们也是如此，连小狗都感激得汪汪直叫。各家报纸纷纷发表文章，各个周刊都用整整两页进行报道。电台和电视台进行跟踪报道。圣诞节前后，圣诞老人带来了真正的幸福，可是冬去春来，春去夏至，他依然停不下来。看来他永远都停不下来了。

　　莫拉和罗瓦涅米的圣诞之乡都被迫重新思考他们的圣诞理念。当小丽莎想要一匹小马的时候，仅仅有个戴着涤纶仿真胡须的圣诞老人点头表示同情已经不够了。圣诞老人要么不得不满足她的愿望（但是这么做是没有利润的），或者不得不尽可能非常抱歉地说，他只能给她一个小包裹（与丹麦比隆德乐高集团合作，上面印有商标标志）。没有小马，甚至连仓鼠也没有。这个礼品（永远不可能满足小丽莎的愿望）的费用从略高一点的报名费中得到补偿。

　　喜欢穷根究底的记者想找出圣诞老人是谁，并想弄清他或者她从捐款这种形式中能捞到多少钱。可是查到维斯比汉德尔银行时，就再也查不下去了。根据瑞典法律，银行里任何人都没有理由报告有多少钱转给了瑞士一个匿名账户。因为每个捐款者给的钱都很少（毕竟，捐款之所以达到百万以上，是因为捐款的人数太多），没有一个记者从这个真正仁慈的匿名圣诞老人的形象上找出任何漏洞。

有一次，有人抓拍了一张圣诞老人的照片，可是他经化装已经成了百分之百长胡子的圣诞老人，谁都没有想把他与先前的杀手及安德斯教堂的本堂牧师联系在一起。出于安全考虑，塔克希·托尔斯滕去斯德哥尔摩办事的时候，顺手牵羊偷了一对车牌。而且他还用了一点油漆把 F 改成了 E，所以如果查一下他的出租车，就会发现它不属于任何人，但仔细看一下，发现它很像哈塞尔比一名电工的车牌号。

一时疑云密布，谣言四起。是不是有可能是国王在四处奔波，把欢乐送给人民？毕竟，女王对儿童和弱者倾注的心血是人尽皆知的。这种说法在网络上引起种种猜测，直到有一天，圣诞老人在海讷桑德为一个十二岁的难民女童祈福的时候，有人发现在索姆兰德的森林里，国王正把一支四筒猎枪装进了护套。

牧师、接待员、圣诞老人和塔克希·托尔斯滕共享百分之八的利润，这使他们能够愉快地生活在波罗的海那个岛屿上，而且把那儿变成了他们的家。其余的钱重新投入光荣的施惠中去。接待员开始完善牧师原先的计划，把他们的活动范围扩大到德国。德国人有钱、有慈善心，而且足球踢得好。再加德国人口众多，如果把钱撒在那里，圣诞老人计划能赚回多少钱实在无法估算。唯一的问题是要找十个德国圣诞老人，理解他们要说什么，让他们理解自己要说什么。而且要让他们在几个月内对自己想干什么的事缄口不言。

还有关于耶和华的行事方式等等之类的事情。几乎就在这时候，接待员的母亲——当初差点当了德语老师——厌倦了丈夫脾气的爆发和冰岛火山的爆发。他们很少到城里去，一次去买生活用品的时候，她打电话给警察，告诉他们在哪儿能找到她那个贪污的丈夫，说完后，她就甩掉了他。

接着她在"脸书"上和她儿子取得联系,把所有的话说完,把所有的事做完,她在哥特兰岛也有了一个鱼棚,就在离开儿子的家不远的地方,她还将在德国启动的发展计划中领导开发部的工作。与此同时,冰岛的法院裁定,她丈夫需要进行与经济相关的道德康复治疗,他将在监狱里度过六年四个月时间。

杀手安德斯遇上了一位叫斯廷娜的女士,很快就跟她住在一起了。她爱上了他,因为他正好知道花椰菌在拉丁语中的说法(而这恰恰可以用一个事实来解释:在杀手尚未成为杀手之前,他曾经买过一本书,希望学会如何把蘑菇变为与药品有关的灵丹妙药,在通读了第十二遍之后,才知道自己对现有蘑菇的品种几乎无所不知,却不知道如何把它们变得比现在更讨人喜欢)。

他们有一头很驯服但又很笨的猪。在它的帮助下,他们也没有找到任何松露块菌。接着,他们又开始种植芦笋,但同样不太成功(尤其是当那头猪在花园里到处野蛮地拱食)。

斯廷娜的头脑非常简单;她根本不知道连续三个星期以来,自己所爱的约翰在大陆上干的是什么活。重要的是:他说要回家的时候就回家,而且每次都带回来很多钱;他们第四个周日可以去教堂,感谢耶和华给了他们一切,但不包括在种植松露块菌和芦笋这件事上的厄运。

塔克希·托尔斯滕在不给圣诞老人当私人司机的时候,就抓紧时间在岛上开出租车。这并不是因为他多么需要钱,而是因为他喜欢开车。每月第四个星期,从周一到周五,每天中午到下午四点,他从来不干活。其余时间,他不是去泡酒吧,就是睡大觉。在维斯比市中心一家公寓旅馆,他长期包租了一个房间。从那里可以去他能想得到的、不论多远的酒吧。

牧师和接待员喜欢带着孩子住在海边那个简陋的鱼棚里,有时候祖母会来帮忙照看孩子。

他们没有必要生四五个孩子,然后通过微不足道的儿童津贴来骗取购买食品的钱。不过再生一两个也挺好,完全是出于爱。一天晚上睡觉之前,接待员说他们没有理由不对世界上的其他人怀有恶意,也没有理由不停止这种做法。

"停止?"牧师问道,"为什么呢?"

哦,这不过是他不经意间说的话。也许是因为他们的例外太多了。当然,这个列表中包括他们的孩子。也许还可以包括杀手。要不是过于愚蠢,他其实是个非常好的人。还有那个女人,叫什么来着,就是那个给他们主持婚礼的县长,虽然她可能早就怀疑那两个证人根本不知道要他们证明什么。

牧师点点头。他们也许还能在这个列表中再添加一些项目。孩子的祖母、杀手的新女友,如果不算塔克希·托尔斯滕,至少还应该有他那辆出租车。

"顺便说一句,今天我看见海藻旁边有一只沙滩蜂。我们的漂白粉用完了。我们要不再去买一点,要不然就把它们跟杀手、县长和其他人一样对待。"

"那就这么办。我的意思是,把沙滩蜂加在列表中。它们将来是不会少的,不过我想再多一点,它们所需的空间还是有的。我们是不是暂时先把界线画在这里?继续对所有其他东西持憎恨态度?"

是啊,这是一个很好的妥协。

"但是今天晚上就免了吧。我好像有点儿累了,恨不起来。这一天很长。天很好,但是很长。晚安,我亲爱的前接待员。"这位前教区牧师说罢就进入了梦乡。

后　记

在一个美丽的黄昏，牧师站在他们家鱼棚前的斜坡上，凝望着大海。海面平静如镜。远处奥斯卡港的渡船在海面上静静地航行。一个赶海捡牡蛎的人在被海浪冲上沙滩的海藻中间大步行走。她感到惊讶的是，他发现了一只牡蛎后，接着就把它吃到肚子里去了：这种事情在这里已经很久没有发生了。除此之外，一切都很平静。太阳慢慢地西沉，从黄色变成了橘红色。

接着，寂静被打破。

"约翰娜，你不是一个坏人。我要让你知道这一点。彻头彻尾的坏人是不存在的。"

是那边有人吗？

不是。是发自她内心的声音。

"什么人？谁在说话？"她不由自主地问。

"你知道我是谁，而且你知道我们的主是随时都会原谅我们的。"

牧师惊讶万分。是他吗？这么多年之后？一想到他的存在，她就有点头晕。恼火。如果他真的存在，那为什么不早一点，在时间来得及的情况下，下决心阻止谢兰德的爸爸威胁他的家人呢？

"我父亲什么都不原谅，所以我也没有原谅他的意愿。不要再跟我说什么'如果有人打你右脸，把左脸也转过去'。"

"为什么不呢？"耶稣很想知道。

"因为那不是你，也不是第一个说这句话的马太。几个世纪以来，人们在没有取得你同意的情况下，硬说这句话是你说的。"

"且住，"耶稣耐着性子庄重地说，"人们确实以我的名义编造出各种各样的东西，可是你又知道什么是……"

他的话刚说到这里，接待员抱着小和撒那从鱼棚里走了出来。

这一时刻结束了。

"你是在自言自语吗？"接待员惊讶地问。

起初牧师沉默没有作答。

继续保持一阵沉默后，她说："是的。我想是的。可他妈的，谁知道呢？"

作者鸣谢

我要感谢整个皮拉特弗拉格特团队,特别是高级编辑索菲亚以及编辑安娜。这一次尤其要感谢安娜,感谢她在最后一刻单枪匹马所担当的了不起的工作。

还要感谢汉斯与迪克逊大叔。随时都能找到他们,请他们对初稿提出意见。感谢拉克索的拉尔斯和斯特凡兄弟,是他们在关键时刻给了我鼓励和信心。

在写鸣谢的时候,我还要感谢我的代理人卡琳娜·勃兰特。她不仅非常专业,而且非常友好。说到朋友,每一位我都要感谢:安德斯·阿韦纽斯、帕特里克·布利斯曼、马丽娅·马格努松。你们使我的写作变得轻松多了。

我想将我诚挚的谢意再扩大一点范围。我想感谢无国界的医生,在世界上有比以前更多的人陷入困境的时候,是他们出来改变了这些人的命运。不是每一个人都表现出对他们的关心,但是他们做到了。

由于篇幅有限,我不能一一致谢,但我要提一下上帝。他担得起这份感谢,因为他允许我在书中多处借用了他的故事,不过与此同时,我认为他应当更努力地工作,说服他的支持者们不要太把他当真。这样我们相互之间就可以更加关爱,我们就更有理由欢笑而不是哭泣。

这样的要求是不是太过分,请不吝赐教。

约纳斯·约纳松